KB062606

클론
게임

CLONE·GAME ~INOCHI NO NINGYO~

© Dai Yokozeki 2019, 2022

First published in Japan in 2019 by KADOKAWA CORPORATION, Tokyo.

Korean translation rights arranged with KADOKAWA CORPORATION, Tokyo.

생명의 인형

요코제키 다이 장편소설
김은모 옮김

클론 게임

CLONE GAME

하빌리스

목차

프롤로그

소년은 목소리가 들린 방향으로 눈을 돌렸다. 교실 입구
였다. 비싸 보이는 옷을 입은 남자와 여자, 그리고 그 옆에 선
생님과 아이가 서 있었다. 그 아이는 소년의 친구라 늘 함께
놀았지만, 오늘은 저 멀리 있는 듯한 기분이 들었다.

돈이 많아 보이는 남자와 여자가 웃음이 담긴 눈으로 친
구를 바라보며 머리를 쓰다듬었다. 친구는 조금 부끄러운
표정이었지만 어쩐지 만족스러워 보이기도 했다.

1년에 한두 번, 소년이 생활하는 보육원에 어른이 찾아
와 아이를 데려간다. 그걸 입양이라고 한다는 모양이다. 어
제까지 사이좋게 같이 밥을 먹었던 저 친구도, 이제 보육원
을 떠난다.

"자, 그럼 마지막으로 모두에게 작별 인사를 하자."

선생님의 말에 친구가 앞으로 나섰다. 어제까지 열심히
연습했던 작별 인사를 꺼내는 친구. 그 모습을 본체만체하
며 소년은 누군가 가지고 놀던 점토를 집었다. 만들다 만 목

이 긴 동물. 기린일까.

"잘 가. 앞으로도 잘 지내."

보육원 아이들이 입을 맞추어 친구에게 마지막 인사를 했다. 하지만 소년은 아무 말도 하지 않았다. 쳐다보지조차 않았다.

양부모가 친구를 데리고 교실에서 나갔다. 그 순간 주변이 소란스러워졌다. 술래잡기가 시작된 모양이다. 술래가 된 아이를 약 올리는 소리가 들려왔다. 평소 같으면 함께 술래잡기를 하겠지만 오늘은 그럴 기분이 아니었다. 소년은 양손으로 점토를 반죽했다.

잠시 점토를 가지고 놀다가 역시 궁금해져서 창문으로 다가가 밖을 내다보았다.

친구는 새로 생긴 아빠 엄마의 손을 하나씩 잡고 보육원을 나서는 참이었다. 보육원 앞에 커다란 차가 서 있었다. 친구는 차 뒷좌석에 올라탔다. 창문이 열리고 친구가 이쪽을 쳐다보았다. 시선이 마주쳤지만 소년은 손을 흔들지 않았다. 다시는 못 만나겠지. 그런 예감이 들었다.

차가 떠날 때까지 지켜본 후, 소년은 점토를 놓아둔 곳으로 돌아왔다. 손바닥으로 점토를 둥글게 빚었다. 굵은 포도알만 한 구체를 두 개 만들었다. 이건 머리다.

이어서 몸통, 팔, 다리를 만들었다. 만들어 놓은 부분을 이어 붙이면 완성이다. 점토 인형 한 쌍이 완성됐다.

"잘 만들었네."

고개를 들자 선생님이 있었다. 엄밀하게 말하면 선생님이 아니라 보육원 직원이지만, 다들 선생님이라고 부르는 여자다. 선생님이 완성된 점토 인형을 보고 말했다.

"○○이구나. 그러고 보니 ○○이랑 친했었지."

○○. 방금 보육원을 떠난 친구의 이름이다. 선생님이 착각한 모양이지만 틀렸다고 말해 줄 마음은 없었다. 이 점토 인형은 ○○이 아니다.

소년이 만든 건 아빠와 엄마였다. 큰 쪽이 아빠고 조금 작은 쪽이 엄마다. 이 점토 인형처럼 쉽게 부모를 만들 수 있으면 얼마나 좋을까. 자기 손으로 아빠와 엄마를 만들 수 있는 세상이 오면, 다정한 양부모가 찾아오기를 애타게 기다릴 필요도 없을 것이다.

뭔가 등에 부딪혔다. 돌아보자 여자애가 서 있었다. 술래를 피해 도망치다 소년에게 부딪친 모양이다. "미안해"라는 말을 남기고 여자애는 다시 도망쳤다.

손을 보자 엄마 인형의 머리가 떨어져 나갔다. 아까 부딪쳤을 때 떨어진 것 같다. 역시 점토로 만든 부모는 망가지기 쉽다.

소년은 엄마 인형의 팔을 떼어 내고, 다리도 떼어 냈다. 다음으로 아빠 인형의 머리와 팔다리를 떼어 냈다.

"자, 애들아. 간식 시간이야. 손 씻고 식당으로 가자."

소년은 그 목소리를 듣고 일어섰다. 발아래에는 산산이 흩어진 점토 인형 조각이 아무렇게나 널브러져 있었다.

CLONE
GAME

1장

어느
인형의
죽음

사이렌 소리가 가까워졌다. 돌아보자 뒤에서 달려오던 경찰차가 속력을 줄이지 않고 지나갔다. 세타가야구 고마자와의 주택가. 오후 10시가 지난 시간이다. 가와무라 나오키는 편의점 봉지를 들고 집으로 돌아가는 길이었다.

일하느라 바빠서 아직 저녁을 못 먹었다. 역 앞 편의점에서 산 소고기덮밥 도시락을 집에 가서 먹을 생각이었다. 맥주 한 병, 그리고 위스키도 조금 마시리라. 평소와 다를 바없는 저녁 식사다.

잠시 걷다가 교차로에 접어들자, 건너편에 서 있는 경찰차가 눈에 들어왔다. 구급차도 있다. 가와무라가 사는 맨션은 교차로에서 오른쪽으로 꺾어서 500미터쯤 가다가 또 오른쪽으로 꺾어야 나오지만, 자신도 모르게 교차로를 건너서 앞으로 나아갔다. 내버려 두면 될 텐데. 가와무라는 속으로 자조하듯 웃었다. 직업병인지도 모른다.

양복 차림의 남자들이 5층짜리 맨션으로 들어가는 모습

이 보였다. 모두 하얀 장갑을 꼈다. 〈레인보우 힐 고마자와〉가 이 맨션의 이름인 듯했다. 가와무라는 맨션 입구 앞에 서 있는 제복 차림 순경에게 다가갔다.

"이봐, 무슨 일 일이지?" 가와무라는 양복 안주머니에서 경찰 수첩을 꺼내 경찰관에게 보여 주었다. "경시청(일본 도쿄도를 관할하는 경찰 조직-옮긴이 주) 수사 1과 가와무라다. 이 근처에 사는데, 지나가는 길에 눈에 띄어서."

순경은 가와무라의 신분증을 확인한 후 경례하고 말했다.

"수고 많으십니다. 남자가 죽었다는 신고가 들어왔습니다. 저희도 방금 도착해서 자세한 상황은 아직 모르고요."

"그렇군. 잠깐만 보고 가지."

"네. 3층입니다."

그냥 지나가려니 마음에 걸렸다. 하다못해 사망자의 사인 정도는 파악해 두고 싶었다. 가와무라는 경시청 수사 1과 소속이므로, 살인 등의 형사 사건으로 발전하면 담당하게 된다. 수사 1과에는 반이 여러 개인데, 사건이 발생한 순서대로 담당이 돌아온다. 실은 오늘 밤 관내에서 사건이 발생할 경우, 가와무라의 반이 담당할 가능성이 크다. 그런 이유가 아니고서야 가와무라도 이런 식으로 사건에 함부로 참견하지는 않는다.

엘리베이터를 타고 3층에서 내리자 현장인 303호는 문이 활짝 열려 있었다. 문 앞에 서 있던 양복 차림 남자에게도 경찰 수첩을 제시했다. 남자 형사가 고개를 끄덕이고 말했다.

"알겠습니다. 잠시만 기다리세요."

형사는 방으로 들어갔다. 상사에게 설명하려는 거겠지. 잠시 기다리자 형사가 돌아와서 말했다.

"들어가시죠. 아직 감식과가 도착하지 않았으니 주의하시고요."

"고마워."

가와무라는 303호로 들어갔다. 널찍한 원룸에 남자 세 명이 서 있었다. 가와무라를 보고 세 사람이 눈인사를 건넸다. 가와무라도 눈인사를 한 후 신발을 벗고 안으로 들어갔다. 세타가야서에서 준비해 놓은 슬리퍼가 있길래 그걸 신었다.

마룻바닥에 남자의 시체가 있었다. 나이는 30세 전후, 특별한 외상은 눈에 띄지 않았다. 세타가야서에서 나온 형사 중 한 명이 가와무라에게 다가왔다. 40대 초반인 가와무라와 동년배로 보이는 형사였다.

"가와무라 경위님, 오랜만입니다."

"안녕하세요. 오랜만에 뵙네요."

가와무라는 경시청 수사 1과 소속이므로 관할서 형사를 만날 일이 많다. 이 사람도 수사하면서 만난 형사 중 한 명이겠지만, 이름이 기억나지 않았다.

"사망자의 회사 동료가 시신을 발견했습니다."

관할서 형사가 설명해 주었다. 사망자가 오늘 회사를 무단결근하자 수상쩍게 여긴 회사 동료가 집으로 찾아왔다. 문이 잠겨 있지 않아 들어와 본 회사 동료는 쓰러져 있는 사망자를 발견하고 경찰에 신고했다.

"누마 씨, 계장님은 시간이 좀 걸린답니다."

다른 형사의 말에 가와무라 옆에 있던 형사가 대답했다.

"알았어. 곧 감식과가 도착할 거야."

누마 씨. 누마타. 가와무라는 드디어 기억이 났다. 2년쯤 전에 살인 사건을 함께 수사한 적이 있다. 분명 탐문 수사를 몇 번 같이 했었을 것이다. 가와무라는 누마타에게 물었다.

"누마타 씨, 사인은 뭘까요? 보아하니 외상은 없는 것 같은데요."

"살인일지도 모르겠습니다." 누마타가 시신으로 눈을 돌리고 말했다. "독극물을 먹고 죽었겠죠. 저기 잔이 두 개 있잖아요. 손님이 왔었다는 증거입니다. 잔에 독극물을 넣었을 가능성이 크겠죠."

누마타가 시선을 준 나지막한 테이블에 잔이 두 개 놓여 있었다. 확실히 손님이 왔었다고 봐도 무방해 보였다.

"살인이라."

나쁜 예감이 적중한 듯했다. 속마음이 얼굴에 드러났는지 누마타가 쓴웃음을 지으며 물었다.

"설마 가와무라 씨가 이 사건을?"

"네, 아마도요. 저희 반이 담당할 것 같네요."

가와무라는 들고 있던 편의점 봉지를 보았다. 집은 여기서 걸어서 5분 거리다. 일단 집에 가서 씻고, 맥주는 안 되더라도 식사는 해 두는 게 좋을 것 같다. 그러는 사이에 호출을 받을 것이다.

누마타에게 그렇게 말하려는데, 남자 네 명이 방으로 들어왔다. 세타가야서 감식과가 도착한 줄 알았지만, 보자마자 감식과가 아니라는 걸 알아차렸다. 네 명 다 양복 차림이었다.

"다, 당신들 뭐야?"

세타가야서 형사가 놀라서 목소리를 높였다. 하지만 남자들은 표정 변화 하나 없었다. 그중 한 명이 앞으로 나섰다.

"여기는 저희가 맡을 테니, 경찰분들은 철수해 주십시오."

단정하게 생긴 남자였다. 네 명 중 제일 젊었지만, 주눅 든 낌새는 전혀 없었다. 분명 20대겠지. 자신 넘치는 말투에서는 망설임이 일절 느껴지지 않았다.

"잠깐, 갑자기 그게 무슨……."

"이 중에서 제일 계급이 높은 분은 누구시죠?"

가와무라와 누마타 둘 다 경위지만, 여기는 세타가야서 관할이다. 따지자면 가와무라는 외부인이다. 같은 생각이었는지 누마타가 앞으로 나섰다.

"접니다. 세타가야서의 누마타라고 합니다."

"여기요."

제일 젊은 남자가 양복 안주머니에서 서류를 꺼내서 누마타에게 건넸다. 가와무라는 옆에서 서류를 슬쩍 훔쳐보았다. 〈시신 인도 및 사건 수사 권한 위양 각서〉라는 제목으로 시작되는 서류였다. 후생노동성(한국의 보건복지부와 고용노동부에 해당하는 일본의 중앙관청-옮긴이 주) 장관의 도장이 찍혀 있었다. 이 사건을 후생노동성이 도맡겠다는 뜻일까. 오랜 세월 형사로 일해 왔지만 이런 서류는 처음 봤고, 지금까지 이런 서류가 있다는 말도 못 들어 봤다.

이 남자들은 후생노동성 소속인가. 하지만 곧이곧대로 받아들여도 될지 의심스럽기도 했다. 적어도 신분증 정도는 확인해야 하지 않을까.

"잠깐만. 사람이 죽었어. 살인일 가능성도 없지 않다고."

누마타가 남자들에게 따졌다. 다른 수사관도 시비조로 그들에게 대들었다. 하지만 상대편은 한 발짝도 물러나지 않았다. 형사를 앞에 두고도 배짱이 두둑하다.

"수사하는 게 우리 일이야."

"맞아. 꺼져."

혼란스러운 상황 속에서 가와무라는 냉정하게 생각했다.

애당초 왜 후생노동성인가. 혹시 전염병 등의 감염증이 얽힌 문제일까. 몇 년 전 뉴스에서 화제가 됐던 감염증이 생각났다. 해외에서 돌아온 사람이 고열에 시달리자 감염증이 의심돼 병원에 실려 갔었다.

가와무라의 불안을 알아차린 것처럼 남자가 말했다.

"감염증일 우려가 있으니까 철수해 주십시오."

가와무라는 의문이 들었다. 정말로 감염증일까. 그런 것 치고는 남자들이 너무 차분해 보였다. 방호복은커녕 마스크조차 착용하지 않았다. 감염증이 우려되는 시신을 앞에 두고 이렇게 침착한 모습을 보이다니, 어쩐지 미심쩍은 기분이었다.

"좀 알려 주시죠." 가와무라는 참지 못하고 말을 꺼냈다. "병명이 뭡니까? 무슨 감염증이에요? 그 정도는 알려 주셔도 될 것 같습니다만."

"지금은 감염증이라는 말씀밖에 못 드립니다."

제일 젊은 남자가 대답했다. 더는 할 말이 없다고 거절하는 낌새가 느껴졌다.

휴대 전화 벨 소리가 들렸다. 누마타가 호주머니에서 휴대 전화를 꺼내 화면을 확인한 후 귀에 댔다. 어쩐지 긴장한 것처럼 보였다.

"누마타입니다. ……네, 지금 현장입니다. ……네. ……네, 알겠습니다. ……알아들었습니다. 그렇게 하겠습니다. …… 실례하겠습니다."

통화를 마친 누마타가 벌레라도 씹은 듯한 표정으로 말했다.

"얘들아, 이만 가자." 그리고 가와무라를 보고 고개를 살짝 숙였다. "가와무라 씨도 부탁드립니다."

그렇게 말하는데 따르지 않을 수가 없었다. 가와무라는 세타가야서 형사들과 함께 방을 나섰다. 방 안에서 남자의 목소리가 들려왔다.

"이 방에서 시신이 발견된 일은 비밀로 해 주시기 바랍니다."

방에서 나온 후에도 세타가야서 형사들은 아무 말이 없었다. 엘리베이터를 타고 1층으로 내려가 맨션 밖으로 나오자 가와무라는 누마타에게 물었다.

"방금 그거, 누구 전화였습니까?"

"저희 서장이요." 누마타가 대답했다. "서장이 물러나라는데 물러나는 수밖에요. 그나저나 뭘까요? 이런 일은 처음입니다."

가와무라도 마찬가지였다. 행정 관료 같은 사람들이 사

건 현장에 나타나 형사를 쫓아냈다는 이야기는 못 들어봤다. 그들의 말처럼 위험한 감염증이 발생했다면, 그러는 것도 이해는 간다. 하지만 아무 근거도 제시하지 않은 게 마음에 걸렸다.

"그럼 가와무라 씨, 저희는 이만."

누마타와 형사들은 경찰차에 올라탔다. 그들의 표정에서 이해가 안 된다는 심정이 전해져 왔다. 제복을 입은 순경도 자전거를 타고 밤길을 달려갔다.

경찰차와 구급차도 떠났다. 가와무라는 편의점 봉지를 들고 잠시 그 자리에 우두커니 서 있었다. 석연치 않은 뭔가가 가슴속에 남았다.

다음 날, 가와무라는 평소대로 출근했다. 경시청 수사 1과의 자기 자리에 앉아, 배달된 조간신문을 훑어보았다. 각 신문사의 조간신문을 전부 살폈지만, 어젯밤 고마자와에서 발생한 사건에 관한 기사는 한 줄도 없었다.

"가와무라, 네가 조간신문을 읽다니 별일이군."

고개를 들자 우메모토였다. 계장 우메모토는 가와무라의 직속 상사다.

"계장님, 잠깐 괜찮으실까요?"

"뭔데?"

"실은 어젯밤에 집에 가는 길에……."

가와무라는 어젯밤에 있었던 일을 설명했다. 변사한 것으로 추정되는 시신이 발견된 현장에 후생노동성 소속 사람들이 나타나, 감염증이 우려된다며 사건을 가로챘다는 내용이다. 가와무라의 이야기를 듣고 우메모토가 입을 열었다.

"그건 이상한데. 신문에도 감염증 관련 기사는 없었잖아."

"네. 확인했습니다. 도무지 이해가 안 되네요."

"그나저나 상대의 이름과 소속 부서를 물어보지 않은 건 실수야. 후생노동성이라고 뭉뚱그려서 말하지만, 거기에도 부서가 참 많으니까."

그건 멍청했다고 인정하지 않을 수 없었다. 하다못해 명함 정도는 받아 두어야 했다. 우메모토가 말을 이었다.

"하지만 세타가야서 서장을 통해서 지시가 내려졌잖아. 그럼 틀림없겠지. 그건 그렇고 후생노동성이 시신을 확보하다니 대체 무슨 일일까. 감염증이 아니라면 약물 관련?"

"그럴지도 모르겠네요. 시신에 외상은 없었거든요. 하지만 약물 관련 사건이라면 더더욱 저희가 수사해야죠. 시간 날 때 세타가야서에 가 보겠습니다."

"일을 사서 할 것까지는 없겠지만, 네 생각이 그렇다면 말리지는 않을게."

동료들이 하나둘 출근했다. 컴퓨터를 켜고 화면을 들여다보는 사람, 출근길에 사 온 아침거리를 먹는 사람. 각자 자유롭게 시간을 보낸다. 가와무라가 잠시 조간신문을 읽고 있자니 우메모토의 목소리가 들렸다.

"좋아, 다들 출근했군."

팀원들이 모여들었다. 아침 회의는 매일 아침 일과다.

"어젯밤 늦게 아카사카 길거리에서 패싸움이 벌어졌어. 다친 사람이 몇 명 나와서 우리가 맡을 것 같아. 일단 아카사카서에 가 봐야겠는데. 가와무라가 맡을래?"

"네, 알겠습니다."

"두 명 데리고 가. 그리고 지난주에 하치오지에서 발생한 강도 사건과 관련해 소식이 있어. 범인의 것으로 추정되는 유류품이……."

회의가 진행됐지만 가와무라는 어쩐지 집중이 안 돼서 우메모토의 이야기를 건성으로 들었다. 어젯밤에 있었던 일이 머리를 떠나지 않았다. 느닷없이 나타난 수수께끼의 남자들에게 사건을 통째로 빼앗겼다. 아무리 후생노동성 소속이라지만, 그렇게 월권을 행사해도 된단 말인가. 일본의 범죄 수사를 근본부터 뒤흔드는 행위라고 보는 건 지나친 생각일까.

가와무라는 찜찜한 기분을 떨쳐 내지 못했지만, 그래도 마음을 다잡고 우메모토의 이야기에 집중하려 애썼다. 이윽고 회의가 끝나자 가와무라는 자리에서 일어났다.

"이토, 사카베, 아카사카서에 같이 가자."

"네."

가와무라는 우메모토 다음으로 나이가 많기에 필연적으로 부하를 지도하는 역할을 맡는다. 사정이 있어서 반년쯤 현장을 떠났지만, 지금은 상태가 거의 회복됐다. 하지만 잃은 것이 너무 컸다.

가와무라는 올해 마흔세 살이다. 수사 1과에 배치된 지 5년 됐다. 운도 좋았는지 지금까지 형사로서 순조롭게 경력을 쌓아 왔다. 그런데 작년 가을, 지금으로부터 딱 1년 전에 그 사건이 발생했다.

계기는 오쿠보에서 발생한 술집 마담 살인 사건이었다. 치정 살인으로 추정된 그 사건을 가와무라의 반에서 담당했다. 수사를 시작하자마자 용의자가 부각됐다. 이름은 나가오카 다쓰지, 마담의 정부로 추정되는 무직 남성이었다.

수사반은 나가오카가 들를 만한 곳을 감시하기로 했다. 가와무라가 담당한 곳은 나가오카의 친구 집이었다. 연립주택 앞에 위장 경찰차를 주차하고, 부하와 함께 잠복에 들어갔다.

잠복을 시작하고 다음 날 저녁, 연립주택에 움직임이 있었다. 나가오카의 친구 집에서 한 남자가 나왔다. 인상착의

가 나가오카와 흡사했다. 계단을 내려온 남자는 잠복 차량 반대쪽으로 걸어갔다. 남자가 향하는 곳에는 월정액 주차장이 있었다. "어떻게 하죠?" 하고 부하가 지시를 기다렸다. 남자가 차를 타고 간다면 선택지는 두 가지다. 차에 타기 전에 말을 걸거나, 그대로 놔두고 남자의 행선지를 확인하거나. 가와무라는 전자를 선택했다. 만약 나가오카가 차를 타고 도망칠 때에 대비해 부하는 위장 경찰차에 남기로 했다. 가와무라는 남자를 쫓았다.

월정액 주차장 앞에서 남자를 따라잡았다. "나가오카 다쓰지 씨 맞으시죠?" 하고 가와무라가 말을 걸자 남자가 돌아보았다. 가까이에서 얼굴을 보고 가와무라는 나가오카임을 확신했다. 경찰 수첩을 꺼내려고 안주머니에 오른손을 넣었을 때, 나가오카가 갑자기 어깨로 확 떠밀었다.

가와무라는 균형을 잃고 무릎을 꿇었다. 고개를 들자 나가오카가 경차에 올라탔다. "거기 서!" 하고 경차로 달려갔지만, 절실한 표정으로 운전대를 잡은 나가오카는 가와무라의 제지를 무시하고 차를 출발시켰다.

월정액 주차장을 빠져나간 경차가 속력을 높여서 달려갔다. 부하가 운전하는 위장 경찰차가 따라가는 모습이 보였다. 차가 쫓아오자 겁을 먹었는지, 경차가 속력을 더 높여서 모퉁이를 돌았다. 그리고 급브레이크를 밟는 소리가 높게 울려 퍼졌다. 가와무라는 죽어라 달렸다.

모퉁이를 돌자 넘어진 자전거가 눈에 들어왔다. 나가오카의 차와 충돌한 것이 분명했다. 여자가 쓰러져 있길래 가와무라는 "괜찮으세요?" 하며 얼른 달려갔다. 30대 중반의 여자였다.

충격으로 의식이 몽롱한지 여자는 "모에, 모에"라는 말만 되풀이했다. 가와무라는 주변을 둘러보다 전신주 뒤편에 쓰러진 여자아이를 발견했다. 허둥지둥 달려가서 여자아이의 상태를 살피니, 아이는 눈을 감고 있었다. 콧구멍에 손을 대니 숨을 안 쉬는 것 같았다.

"119 불러!"

그 목소리가 들렸는지 위장 경찰차에서 내린 부하가 휴대전화를 귀에 댔다. 나가오카가 달아났다는 건 머릿속에서 사라지고 없었다. 구급차가 도착하기까지 걸린 시간이 몹시 길게 느껴졌다.

어머니는 경상으로 그쳤지만 딸은 목숨을 건지지 못했다. 머리를 세게 찧었는지 사인은 뇌타박상이었다. 자신의 행동을 돌이켜 본 가와무라는 깊은 후회에 휩싸였다. 만약 나가오카의 행선지를 확인하는 쪽을 선택했다면 그 사고는 안 일어나지 않았을까. 좀 더 빨리—나가오카가 연립주택에서 나온 직후에 말을 걸었다면 차에 타는 걸 막을 수 있지 않았을까.

결국 휴직했다. 잠 못 이루는 밤이 계속됐고 주량이 단숨에 늘었다. 우메모토가 걱정하길래 정신건강의학과에서 상담을 받기도 했다. 사건이 발생하고 석 달 후, 아내가 집을 나가고 나서야 가와무라는 깨달았다. 아내가 정 떨어져 할 만큼 자기가 폐인이 됐다는 사실을.

반쯤 억지로 복직했다. 일하는 편이 정신적으로 편하다는 걸 깨달았다. 도주한 나가오카는 사건을 일으키고 3주 후에 체포돼, 살인과 위험 운전 치사상죄로 이미 기소된 뒤였다.

복귀한 지 아홉 달이 지나자 예전과 거의 다름없는 상태로 회복됐다고 느꼈지만, 상처가 완전히 사라지지 않았다는 것도 자각했다. 술의 힘을 빌리지 않으면 잠을 못 자고, 가끔 불안에 휩싸여 고함을 지르고 싶을 때도 있다.

그리고 두 달 전, 집을 나간 아내가 오랜만에 연락했나 싶더니 이혼을 요구했다. 수사로 집을 비울 때가 많아서인지 그 사건이 일어나기 전부터 이미 부부관계에 금이 갔고, 무엇보다 아이가 없다는 사실이 컸다. 둘 다 아이를 원했지만 좀처럼 소식이 없어서 불임 치료를 고려하던 시기였다. 이번 일을 계기로 두 번째 인생을 살고 싶다. 그런 아내의 결심을 받아들이지 않을 수 없어서 가와무라는 이혼에 동의했다.

이혼 절차는 전부 서류와 메일로 진행했다. 그러던 어느 날, 집에 돌아오자 아내의 물건이 몽땅 사라지고 열쇠만 우편함에 남아 있었다.

~~~~~

웬일로 에러가 발생했다. 다카쿠라 류세이는 컴퓨터 화면을 다시 들여다보았다. 역시 에러라고 표시됐다.

류세이는 〈체크 앤서〉라는 프로그램을 확인하는 중이었다. 전임자에게 인계받아 류세이가 완성한 독자적인 프로그램이다. 경시청 관할 구역에서 수집된 사건의 정보를 입력하면 프로그램이 처리 과정을 거쳐 경찰 수사로 도출한 해답이 옳았는지 확인한다. 즉, 수사를 채점하는 프로그램이다.

전임자가 아웃라인을 만들었으므로 류헤이는 아웃라인에 따라 세부 사항을 보강하거나 데이터만 관리하면 됐다. 프로그램 자체에는 상층부도 크게 기대하지 않는다. 이를테면 전임자의 착상이 채택됐을 뿐이다. 가동해 보고 잘 돌아가면 도입해 볼까 하는 수준의 프로그램에 불과했고, 류세이가 사용한 지 반년이 지나도록 별다른 에러는 발생하지 않았다. 요컨대 경찰 수사가 틀리지 않았다는 뜻이다.

오후 3시가 좀 지났다. 컵이 비었길래 류세이는 자리에서 일어났다. 각자의 자리는 옆 사람이 어떤 업무를 하는지 모르도록 칸막이로 구분해 놓았다.

사무실 중간쯤의 공용 공간에 과자와 음료가 있다. 전부 무료로 제공되는 것들이다. 류세이는 커피 메이커에서 보온 중인 커피를 컵에 따라 근처 소파에 앉았다. 류세이 말고 공용 공간에 앉아 있는 사람은 없었다.

모두 자기 자리에서 열심히 일하고 있다. 여기는 시나가와역 근처에 자리한 20층짜리 빌딩이다. 입주한 기업은 전부 IT 기업이고, 류세이는 15층에 있는 〈사쿠라 엑스퍼트 주식회사〉라는 회사에 근무하는 SE, 즉 시스템 엔지니어다. 하지만 그건 표면상의 직책이고, 실제 직업은 경찰관이다.

사쿠라 엑스퍼트 주식회사는 경시청이 만든 가공의 회사명으로, 정식 명칭은 경시청 사이버 보안 대책실이다. 경시청이 있는 사쿠라다몬과 거리를 두고서 가공의 회사를 사칭한 데는 당연히 이유가 있다. 만약 사이버 보안 대책실의 소재지가 드러나면 사이버 테러의 표적이 되기 때문이다.

류세이가 여기서 일한 지 3년이 지났다. 그전에는 시나가와에 있는 다른 IT 기업에서 일했다. 그러다 어떤 남자에게 영입돼 여기서 일하게 됐다.

경시청은 인터넷 보급에 따른 범죄의 고도화 및 다양화에 대응하기 위해 IT 기업 경력자를 적극적으로 채용한다. 채용된 기술자들은 사이버 범죄 수사관이라는 명칭으로 불린다. 틀림없이 경찰관이자 공무원이다. 보통 경찰관과 대우에는 차이가 없지만, 현장에 출동하지 않고 늘 컴퓨터 앞에서 업무를 보는 것이 특징이다.

현재 여기서 일하는 SE는 약 마흔 명이다. 남녀 성비는 8대 2고, 모두 민간 근무 경력과 일정한 자격을 갖춘 사람들이다. 20대부터 30대가 대부분이라 젊은 분위기지만, SE끼리 교류가 많은 편은 아니다. 굳이 따지자면 내향적인 사람이 많아서 성가신 인간관계가 없는 직장이다.

"다카쿠라 군, 일은 잘되나요?"

목소리가 들려 고개를 들자 초로의 남자가 서 있었다. 머리가 희끗희끗해지기 시작한 이 남자는 사이버 보안 대책실의 실장, 지가 세이지다. 실장이라지만 엄격한 면은 전혀 없고, 늘 창가의 자기 자리에서 신문이나 잡지를 읽으며 시간을 보낸다. 예전 직장에도 이런 아저씨가 있었다. 분명 한직으로 밀려났을 거라고 류세이는 생각했다.

"그냥 그렇습니다."

류세이가 무뚝뚝하게 대답하자 지가가 말했다.

"다카쿠라 군, 어때요? 다음에 한잔하러 안 갈래요?"

"죄송합니다. 술은 잘 안 마셔서요."

"그렇군요. 요즘 젊은 사람들은 정말이지 술을 잘 안 마시더라고요."

지가가 어깨를 축 늘어뜨렸다. 그는 툭하면—더위나 송년회를 핑계 삼아 술자리를 만들지만, 찬성하는 사람이 없어서 흐지부지될 때가 많다. 그래도 4월의 환영회와 환송회만큼은 모두 참석하는데, 대부분 무알코올 음료를 시키므로 지가 혼자 술을 마시는 모습이 매년 익숙한 광경으로 자리 잡았다.

"그럼 카페에 다녀올게요."

얼마 안 되는 지가의 업무 중 하나가 영입이다. 매년 사이버 범죄 수사관을 모집하지만, 경찰관이라는 말이 너무 무겁게 다가오기 때문인지 매번 미달이 되는 모양이다. 그러면 지가가 나설 차례다. 지가는 시나가와의 IT 기업이 입주한 건물의 카페를 돌아다니며 눈에 띄는 인재를 점찍어 둔다. 눈에 띄는 인재란 카페에서 농땡이를 부리고 있는 사람이다. 일이나 인간관계에 지쳐 카페에 시들시들한 모습으로 앉아 있는 사람을 유심히 봐 두었다가, 사이버 범죄 수사관으로 영입한다.

사실 류세이도 그렇게 영입된 사람 중 하나였다. 지금으로부터 4년 전, 카페에서 스마트폰으로 게임을 하고 있는데 갑자기 웬 남자가 말을 걸더니 명함을 주었다. 그 후로도 여러 번 카페에서 마주치던 끝에 남자가 사이버 범죄 수사관 이야기를 꺼냈다. 그가 바로 지가였다.

처음에는 놀랐고, 나 같은 사람이 무슨 경찰관이냐고 생각했다. 하지만 지가의 이야기를 듣다가 시험이나 한번 쳐볼까 싶은 생각이 들었고, 이러저러하는 사이에 어느덧 경찰관이 되었다.

"아, 실장님."

류세이가 불러 세우자 지가가 멈춰 서서 돌아보았다.

"왜요? 한잔할 마음이 생겼나요?"

"아니요. 일 때문에요. 자료를 가져올게요."

아까 발생한 에러를 실장에게 보고해야 한다. 류세이는 자기 자리로 돌아가 에러 내용을 출력해 공용 공간으로 돌아갔다.

"이겁니다."

지가가 눈을 오므리고 서류를 들여다보다가 물었다.

"이거의 어디가 문제인데요?"

"체크 앤서라는 프로그램인데요. 어떤 사건에 대해 프로그램이 에러라는 판단을 내렸어요."

"즉, 수사가 잘못됐다, 컴퓨터가 그렇게 말한다는 건가요?"

"그런 셈이죠. 사건의 자세한 내용은 다음 장에 있습니다."

지가가 서류의 다음 장을 읽으며 말했다.

"세타가야서에서 담당한 사건이로군요."

"네, 맞습니다. 1주일 전에 발생한 사건이에요."

1주일 전 세타가야구 고마자와의 한 맨션에서 남자의 시신이 발견됐다. 세타가야서 형사가 현장에 출동했지만, 병으로 사망한 것으로 보고 수사를 종결했다.

"요컨대 병으로 죽은 게 아니라는 거네요." 지가가 고개를 들었다. "세타가야서에서 내린 결론이 잘못됐다, 컴퓨터는 그렇게 판단했군요."

"네. 다만 정보가 얼마 없어서 미심쩍기는 하지만요."

체크 앤서는 경찰서에서 제공한 정보를 다각적으로 분석하는 프로그램이다. 정보량이 많으면 많을수록 정확도가 높아진다. 세타가야에서 발생한 이 사건은 병사로 단정했음에도 의사의 진단서가 없을뿐더러 진찰한 의사의 이름조차 불분명했다.

"그럼 저는 이만."

직책은 사이버 범죄 수사관이지만, 기본적으로 SE가 할 수 있는 일은 정보 수집과 분석뿐이다. 수집한 정보를 바탕으로 판단해서 실제로 수사에 임하는 건 현장에서 뛰는 경찰관이다. 그 때문에 사이버 보안 대책실에도 경찰관이 몇 명 배치돼 있다.

"다카쿠라 군, 좀 더 조사해 보는 게 어떻겠어요?"

"네?"

"직접 조사해 보라고요. 다카쿠라 군도 이 정도는 조사할 수 있겠죠. 세타가야서에 가서 이 사건을 담당한 수사관에게 물어보는 겁니다. 간단해요."

전혀 간단해 보이지 않았다. 관할서 경찰관과 만날 일은 좀처럼 없다. 다만 지가의 말도 이해는 갔다. 이미 해결된 사건을 조사할 뿐이니 위험하지도 않다.

게다가 에러를 방치해 둘 수도 없었다. 왜 에러가 발생했는지 알아내야 프로그램의 수준을 높일 수 있다. 버그라면 빨리 잡아야 하고, 개선해야 할 점은 개선해야 한다. 현재는 임시 운용 단계지만, 만약 일정한 성과를 보이면 몇 년 후에는 이 프로그램을 기반으로 대형 소프트웨어 개발회사에 정식으로 개발을 의뢰할 예정이었다. 그런 의미에서도 간과할 수 없는 에러다.

"알겠습니다. 세타가야서에 다녀올게요."

"그게 좋겠죠. 나도 카페에 갈 거니까 중간까지 같이 갑시다. 경찰 수첩 꼭 챙기고요."

"알겠습니다."

류세이는 자료와 경찰 수첩을 챙기러 자기 자리에 돌아갔다. 오늘도 사이버 보안 대책실은 평소처럼 조용했다.

"가와무라 씨, 일부러 여기까지 오실 줄이야."

세타가야서 형사, 누마타가 송구스러운 표정으로 가와무라를 맞이했다. 가와무라는 탐문을 하고 돌아가는 길에 생각나서 세타가야서에 들렀다. 고마자와에서 사건이 발생한지 1주일이 지났지만, 그날 밤 일이 머릿속 한구석에 들러붙어 떨어질 줄 몰랐다.

"이쪽으로 오시죠."

형사과가 있는 층으로 가서 창가에 자리한 응접 테이블로 안내받았다. 누마타도 용건을 알아차렸는지 소파에 앉자마자 말을 꺼냈다.

"정말 기묘한 사건이었습니다. 실은 사건인지 아닌지조차 모르겠습니다만."

"그 후로 연락은 있었습니까?"

"네. 사건 다음 날에 그쪽─후생노동성의 담당자에게 연락이 왔는데, 병사였다고 하더군요. 무슨 병이냐고 물었지만 안 알려 줬고요. 범죄성은 없지만 현장에 출동한 건 사실이니, 보고서를 간단히 작성했습니다."

그 보고서를 상사에게도 제출했다고 한다. 서장이 철수를 명령한 사안인 만큼, 누마타가 작성한 보고서를 보고 트집을 잡는 사람은 없었다.

"그때 그 남자들 말인데요, 후생노동성의 외곽단체(관공서나 단체 등의 조직과는 형식상 별개이고, 보조를 받아 외부에서 운영되며 사업 활동을 돕는 단체-옮긴이 주) 소속이었던 것 같습니다."

"외곽단체요? 후생노동성 사람들이 아니었다는 겁니까?"

"참 묘하죠? 자기들 말로는 '돌스'라는데, 뭘 하는 건지 모르겠는 작자들이에요."

돌스. 무슨 뜻일까. 직역하면 '인형들'이지만, 그것만 가지고는 무슨 뜻인지 알 수가 없다.

"그런데 사망한 남자 말인데요, 신원은 확인하셨습니까?"

가와무라의 질문에 누마타는 수첩을 펼쳤다.

"더는 간섭하지 말라지만, 신원 정도는 알아봤죠. 사망자는 노즈에 다카아키, 28세, 도쿄 도내의 사무 자동화 기기 제조사에 근무하는 회사원입니다. 돌스라는 자들이 오기 전에 시신의 사진을 몇 장 찍었어요. 본인이 틀림없다는 집주인의 증언도 얻었고요."

"시신은 어떻게 됐을까요? 돌스라고 했나요, 그자들도 시신을 가족에게 돌려주지 않을 수는 없을 텐데요."

"가족은 없는 모양입니다." 누마타가 서류를 한 장 꺼냈다. "직장에서 제공해 준 이력서예요. 아무래도 노즈에라는 남자는 보육원 출신인가 봐요.”

가와무라는 이력서를 확인했다. 누마타 말대로였다. 고토
구에 있는 보육원 이름이 이력서에 적혀 있었다. 즉, 노즈에
의 시신을 거둘 가족은 없다는 뜻이다. 이게 뭘 의미하는지
현재로서는 아무 짐작도 가지 않았다.

수수께끼만 깊어질 따름이었다. 후생노동성의 외곽단체
인 돌스 소속 사람들이 노즈에 다카아키라는 회사원의 죽음
을 은폐하려 한다. 가와무라는 머릿속에 떠오른 의문을 입
밖으로 꺼냈다.

“노즈에라는 남자는 어떤 사람이었을까요?”

“이틀 전에 직장에 가서 이야기를 들었습니다. 이렇게 말
하면 뭐하지만, 아주 평범한 회사원이라는 느낌이었어요.
존재감이 흐릿한 사람이었던 것 같습니다.”

그러더니 누마타가 사진 한 장을 꺼내 가와무라에게 내
밀며 말했다.

“노즈에의 사진입니다. 회사 동료에게 빌렸어요.”

가와무라는 사진을 들여다보았다. 회식 때 찍었는지 얼
굴이 약간 불그레한 노즈에는 눈이 가늘고 신경질적인 인
상이었다.

“가와무라 씨. 이 사람, 어디서 본 적 있지 않으세요?”

누마타의 말에 사진을 한 번 더 유심히 들여다보았지만,

기억에 없었다. 가와무라의 표정을 보고 알아차렸는지 누마타가 말했다.

"그렇군요. 저는 어디서 본 적 있는 얼굴 같더라고요. 그런데 어디서 봤는지 통 기억이 안 나네요. 역시 제 착각일지도 모르겠습니다."

사진과 이력서를 복사해서 사본을 받았다. 하지만 이걸 받는다고 노즈에가 사망한 일의 진상이 밝혀지는 건 아니다. 그 이전에 노즈에가 병사했다는 것이 후생노동성 측의 견해다. 하지만—.

경찰관으로 생활한 지 20년이지만, 느닷없이 외부인이 나타나 사건 자체를 가로채는 건 처음 겪는 일이었다. 굴욕에 가까운 감정을 느꼈다. 경찰관으로서, 형사로서, 나는 적절한 행동을 취했는가. 지난 1주일간 가와무라는 자기 자신에게 그런 질문을 계속 던졌다.

"누마타 씨." 가와무라는 솔직하게 말하기로 했다. "저는 이대로 끝내고 싶지 않네요. 노즈에라는 남자의 죽음을 왜 덮어 버리려는 건지 밝히고 싶습니다. 그때 저는 잠자코 물러날 수밖에 없었어요. 그게 과연 올바른 행동이었는지 의문입니다."

누마타는 진지한 표정으로 즉시 대답했다.

"동감입니다. 어쩐지 개운치 않다고 할까, 찜찜한 기분이에요. 저도 가능한 범위에서 돕겠습니다."

"감사합니다."

노즈에의 주변을 탐색해도 별 의미는 없을 것 같았다. 가와무라는 오히려 돌스라는 조직이 마음에 걸렸다. 그들이 무슨 목적으로, 어떤 활동을 하는지 알아내는 것이 우선이었다.

"누마타 씨, 역시 돌스가 궁금한데요. 뭔가 짚이는 점은 없으십니까?"

"음. 저도 여러모로 생각은 해 봤지만 잘 모르겠네요."

누마타는 팔짱을 꼈다. 가와무라는 스마트폰을 꺼내 '돌스'로 검색해 보았지만, 이렇다 할 정보는 얻지 못했다. 알파벳으로 쓰거나, 후생노동성 등의 단어와 조합해서 검색해 봐도 결과는 마찬가지였다. 그때 사건 당일 밤이 생각나서 누마타에게 물어보았다.

"그자들은 어떻게 왔을까요?"

"네? 무슨 말씀이시죠?"

"누마타 씨 일행은 경찰차를 타고 철수하셨잖아요. 구급차도 함께 떠났고요. 저는 마지막으로 걸어서 돌아갔는데, 그때 맨션 앞에 관용차 같은 차량은 없었습니다."

그들의 이동 수단은 뭐였을까 궁금했다. 그러자 가와무라의 의도를 알아차린 듯 누마타가 고개를 갸웃하며 말했다.

"택시일까요? 하지만 좀 걸리는 점이 있으니 잠시만 기다려 주십시오."

그렇게 말하고 일어선 누마타가 누군가를 찾으려는 듯한 눈빛으로 걸어갔다. 가와무라는 인터넷에서 힌트를 찾기 위해 다시 스마트폰을 들여다보았다.

돌스. 후생노동성의 외곽단체. 노즈에 다카아키라는 회사원.

현재 가지고 있는 정보는 이것뿐이다. 노즈에의 죽음에는 어떤 의미가 있으며, 그의 죽음을 은폐하려는 돌스의 목적은 대체 뭘까.

"다녀왔습니다, 가와무라 씨."

10분 후, 누마타가 돌아왔다. 제복 차림의 젊은 순경도 함께였다. 그날 밤, 맨션 앞에 서 있었던 순경이다. 두 사람은 가와무라 앞에 앉았다.

"이쪽은 다구치입니다. 1주일 전 사건이 발생했을 때, 현장에 출동한 경찰관 중 한 명이에요. 평소에는 역 앞 파출소에 있는데, 그날은 차출돼서 지원을 나왔습니다. 다구치, 직접 설명해."

누마타의 지시에 다구치가 입을 열었다.

"네. 저는 조금 늦게 현장에 도착했습니다. 맨션 앞에서 대기하고 있는데, 맨션에서 나오신 누마타 경위님이 이만 돌아가라고 지시하셨죠."

그래서 다구치는 자전거를 타고 파출소로 돌아가려 했다. 하지만 이왕 밖에 나왔으니 순찰도 할 겸 주변을 둘러보자는 생각에 다구치는 고마자와의 주택가를 돌아다녔다.

"15분쯤 지났을까요. 순찰하면서 다시 그 맨션 앞에 접어들었을 때, 맨션에서 웬 남자가 나오길래 바로 자전거를 세웠습니다. 그쪽은 주변을 경계하는 눈치였지만 제가 있다는 건 알아차리지 못했고요."

남자는 경계하듯 주변을 둘러본 후, 종종걸음으로 맞은편 맨션에 들어갔다. 얼마 지나지 않아 3층 제일 동쪽 방에 불이 켜졌다. 다구치는 그 자리에서 5분쯤 기다렸지만, 남자는 맨션에서 나오지 않았다.

다구치의 이야기가 끝나자 가와무라는 물어보았다.

"즉, 그들은 현장 맞은편 맨션에 방을 빌렸다, 그런 건가?"

"그럴지도 모르죠." 누마타가 그렇게 말하고 테이블에 주택 지도를 펼쳤다. "현장은 레인보우 힐 고마자와. 그 남자가 들어간 맨션은 제퍼 고마자와 일번관입니다."

이유는 모른다. 하지만 돌스라는 조직이 예전부터 노즈에 다카아키를 감시했던 건 아닐까. 그 전초기지로써 감시 대상자가 사는 맨션 맞은편에 방을 빌렸을지도 모른다.

"제퍼 고마자와라는 맨션에 대해 조사해 보겠습니다. 뭔가 나올지도 모르니까요."

누마타가 자청하길래 가와무라는 감사를 표했다.

"감사합니다. 뭔가 알아내시면 연락 주십시오."

가와무라는 경찰 수첩에 끼워 둔 명함을 누마타에게 건넸다. 경시청 직통 전화번호뿐만 아니라 핸드폰 번호도 적힌 명함이다. 누마타가 내민 명함도 받아서 잘 넣었다.

가와무라가 이만 물러나려는데, 한 남자가 다가와 누마타의 어깨를 두드리고 귓속말을 했다. 누마타는 "잠깐 실례하겠습니다" 하고 일어서서 카운터로 향했다. 카운터 앞에 젊은 남자 한 명이 난처한 표정으로 서 있었다. 누마타가 그 남자 앞에 섰다.

멀어서 두 사람이 무슨 이야기를 나누는지는 들리지 않았다. 하지만 누마타가 뭐라고 위협하듯 말하는 기척만큼은 전해져 왔다.

누마타는 2, 3분 만에 대화를 끝내고 돌아왔다. 소파에 앉은 누마타가 웃으며 말했다.

"저런 약골이 경찰관이라니 믿기지가 않네요."

"아까 그 사람요?"

"네. 사이버 어쩌구에서 나왔답니다. 고마자와에서 발생한 사건이 무슨 프로그램에서 에러가 난 이유를 조사한다나 뭐라나. 수사 자체를 안 했는데, 정보가 모자란다고 한들 어쩌겠습니까."

사이버 보안 대책실일 것이다. 최근 몇 년 새 증가한 인터넷 범죄에 대응하기 위해 설치된 부서다. 거기 배치된 경찰관은 대부분 중도 채용된 SE라고 들었다. 일반직으로 채용된 경찰관에게 IT 관련 지식을 가르치기보다, 처음부터 그런 지식이 있는 인재를 데려오는 편이 낫다는 논리다. 가와무라도 그게 옳다고 생각한다. 장점이라고는 정의감과 완력뿐인 신입 경찰관을 IT 전문가로 키워 내기는 여간 어렵지 않을 것이다.

명칭은 사이버 범죄 수사관이던가. 아까 그 남자도 그중 한 명인 건가. 왜 사이버 범죄 수사관이 사건에 의문을 품었는지 궁금했다.

"죄송합니다. 이만 실례하겠습니다."

가와무라는 자리에서 일어나 아까 그 젊은 남자를 쫓아갔다.

～～～

"즉, 체크 앤서라는 프로그램이 에러라고 판정해서 수사하러 나왔다, 그런 건가?"

"네, 그렇습니다."

"에러는 자주 떠?"

"아니요, 잘 안 뜨죠. 그래서 수사하는 거고요. 헛걸음으로 끝났지만요."

류세이는 세타가야 경찰서 근처 패밀리 레스토랑에 있었다. 세타가야서를 나섰을 때 가와무라라는 형사가 이야기를 좀 하자고 했다.

역시 현장에서 뛰는 경찰관은 껄끄럽다. 아까 카운터에서 이야기를 나눈 누마타라는 형사는 이쪽이 소속을 밝혀도 제대로 상대해 주지 않았다. 사이버 범죄 수사관이 뭔데. 사이버 보안이 뭔데. 자기가 모르는 걸 이해하려 들지 않는 고리타분한 인간이다.

"에러가 뜬 원인 말인데, 역시 정보가 부족해서 그런 거야?"

가와무라의 질문에 류세이는 대답했다.

"아마도요. 그래서 정보가 필요했습니다. 더 많은 정보를 배치 프로세싱(처리의 대상이 되는 데이터를 모아 놓고 종합해서 처리하는 일괄처리 방식-옮긴이 주)해서 결과를 검증해 보고 싶었어요."

"배치 프로세싱?"

"어, 배치 프로세싱이 뭐냐 하면요……."

가와무라라는 형사는 류세이의 말에 진지하게 귀를 기울

였다. 누마타라는 아까 그 형사보다는 머리가 유연한 듯했다. 설명이 끝나자 가와무라가 또 질문을 던졌다.

"체크 앤서라는 그 프로그램은 언제 실용화되는데?"

"아직 시험 단계라서 뭐라고 말씀 드리기가 애매하네요. 시험 결과에 따라서는 보류될 가능성도 있어요. 그렇게까지 기대받는 프로그램은 아니거든요."

경찰이 우선하는 사항은 첫째가 범죄자 검거, 둘째가 범죄 방지다. 해결된 사건 검증은 우선순위가 낮다는 걸 류세이도 잘 안다. 류세이도 업무를 볼 때 체크 앤서에 할애하는 시간은 얼마 안 된다. 보통은 다른 SE처럼 감시 업무를 하느라 바쁘다.

이제는 사람들의 생활에서 인터넷을 분리할 수 없다. SNS가 발전해서 개인의 글이 실시간으로 전 세계에 퍼져 나가는 세상이 됐다. SNS에는 범죄를 예고하는 글도 자주 올라오므로, 그런 글을 포착해서 검증하는 것이 사이버 보안 대책실의 주된 업무였다.

"고마자와에서 발생한 사건 말인데, 정보는 더 없다고 봐야 할 거야. 자세하게는 말할 수 없지만."

가와무라는 그렇게 말하고 커피를 마셨다. 가와무라라는 이 형사, 고마자와에서 일어난 사건에 대해 뭔가 알고 있구나. 류세이 생각은 그랬다. 아니라면 생판 모르는 사이버 범죄 수사관에게 이야기 좀 하자고 말을 걸지는 않을 것이다. 사이버 범죄 수사관에게 뭔가 힌트를 얻을 수 있지 않을까. 그 기대가 헛수고로 끝났음을 가와무라의 표정으로 알 수 있었다.

"다카쿠라, 경찰관이 되기 전에는 무슨 일을 했지?"

가와무라가 물었다. 더는 정보가 나올 것 같지 않으니 커피를 다 마실 때까지 잡담이나 나누기로 한 모양이다. 류세이는 대답했다.

"민간 IT 기업에서 소프트웨어를 개발했습니다."

서비스업을 대상으로 한 소프트웨어, 주로 호텔이나 전통 여관의 숙박 예약 관리 시스템이나 음식점의 주문 시스템 개발에 특화된 회사였는데, 성과만 우선하고 사원들을 노골적으로 차별해서 진저리가 났다. 게다가 싸움이 끊이지 않는 파벌들 사이에서 눈치를 보기도 싫었다. 그때 이직을 제안한 사람이 사이버 보안 대책실의 지가 실장이었다.

"그렇지만 민간에 있을 때보다 연봉은 낮아지지 않았어?"

"조금은요. 그래도 복리후생은 지금이 나아요."

"하긴. 공무원이니까."

자신에게 공무원이라는 자각심이 부족하다는 건 류세이도 잘 알고 있었다. 국가를 위해 봉사한다는 낡은 사고방식 자체를 이해할 수가 없었다.

"이만 가야겠군." 가와무라가 컵을 내려놓았다. "다카쿠라, 미안하지만 명함 한 장 주겠나?" 그러더니 본인이 먼저 경찰 수첩에 끼워 둔 명함을 꺼내서 테이블에 내려놓았다. "경시청 수사 1과 가와무라야. 잘 부탁해."

류세이는 허둥지둥 호주머니에서 경찰 수첩을 꺼냈다. 명함을 교환할 기회는 좀처럼 없다. 경찰 수첩에서 명함을 꺼내서 건네자 가와무라가 말했다.

"오, 경사로군."

당시 채용 조건이 그랬다. 민간 기업에서 3년 이상 근무한 경험이 있으면 경사, 5년 이상은 경위다. 다만 경사라는 계급으로 불린 적은, 경시청 회의실에서 높은 사람에게 임명장을 받았을 때 딱 한 번뿐이다.

"그럼 이만 실례. 여기는 내가 낼게."

가와무라가 계산서를 들고 계산대로 걸어갔다. "잘 마셨습니다" 하고 인사하고 나서 류세이는 컵을 입에 댔다.

류세이는 가마타에 있는 맨션에 산다. 방 하나에 거실, 식당, 주방이 딸린 구조다. 퇴근 시간인 오후 5시 15분에 시나가와의 사무실을 나서서 대개 오후 6시경에는 집에 도착한다.

"다녀왔어."

현관문을 열고 안으로 들어가자 뭔가를 볶는 맛있는 냄새가 풍겼다. 류세이는 안심한 마음으로 신발을 벗고 거실로 향했다. 주방에 여자친구 안조 미나가 서 있었다.

"어서 와, 류헤이. 다 돼 가니까 조금만 기다려."

"응, 알았어."

미나와는 정말 오래된 사이다. 초등학교 때부터 알고 지냈다. 고등학교와 대학교는 따로였지만, 사회에 나온 후 중학교 동창회 때 다시 만나 연인으로 발전했다. 사귄 지 4년 됐다.

미나는 시나가와역에 인접한 복합빌딩의 카페에서 일하다가 지금은 휴직 중이다. 실은 지난달에 미나가 유산했다. 임신 3개월째였다. 미나는 심한 우울 증세를 보였고, 일하러도 가지 않은 채 온종일 방에 틀어박혀 있기만 했다. 결혼하자는 이야기도 어느 틈엔가 흐지부지됐다. 지난 한 달은 정말 힘들었다.

다행히 최근 미나의 상태가 조금씩 안정됐다. 류세이 생각에는 이렇게 요리를 하는 것도 좋은 징조 같았다.

세면실에서 손을 씻은 후 침실에서 옷을 갈아입고 거실로 돌아왔다. 식탁에는 음식이 차려져 있었다. 오늘 저녁은 돼지고기 생강구이다. 입맛을 돋우는 냄새가 풍겼다.

"맛있겠다."

류세이는 그렇게 말하며 의자에 앉았다. 예전에는 저녁을 먹으며 반주로 맥주를 한 병 마셨지만, 미나가 유산한 걸 계기로 그 습관도 없어졌다. 원래 술이 그렇게 센 편도 아니다.

"잘 먹겠습니다."

젓가락을 들고 식사를 시작했다. 돼지고기 생강구이는 맛있었다. 미나가 앞치마를 벗고 의자에 앉으며 물었다.

"오늘은 어땠어?"

"똑같지 뭐. 온종일 컴퓨터랑 눈싸움했어."

"하지만 그걸로 치안을 지킬 수 있다면 다행이지."

경찰관 채용시험을 친다고 했을 때 미나도 찬성했다. 실은 지가의 제안을 받아들이기로 결심한 큰 이유 중 하나가 미나였다. 당시 미나와 사귄 지 얼마 되지 않았지만, 류세이는 이미 결혼을 염두에 두고 있었으므로 지가의 제안이 매력적으로 다가왔다. 공무원은 안정적이라고 들었고, 당시 근무하던 회사에서 정년까지 버틸 자신도 없었다.

"돼지고기 생강구이 맛있다. 완전히 밥도둑이야."

"그래? 많이 먹어."

요즘 두 사람 사이에 어쩐지 어색한 분위기가 흐른다는 걸 류세이도 알고 있었다. 유산하기 전에는 밥 먹을 때도 이런저런 이야기를 많이 했다. 아이 이름을 뭐라고 지을까, 좀 더 넓은 곳으로 이사할까 등등의 이야기를. 하지만 이제는 대화에 별로 활기가 없다.

폭풍우는 지나갔지만 여전히 흐린 하늘 아래 있다고 류세이는 느꼈다. 언젠가 화창한 날이 돌아오겠지. 미나도 자신과 동갑인 스물여덟 살이므로 아이를 포기할 나이가 아니다. 산부인과 의사도 아무 문제없다는 진단을 내렸다고 했다.

"나, 다음 주부터 일하러 나가 보려고."

"그렇구나. 좋은 생각이야."

"아직 불안하지만 조금씩 몸을 적응시켜야겠지."

오랜만에 듣는 밝은 소식이었다. 흐린 하늘 틈새로 한 줄기 광명이 비친 듯한 기분이었다. 류세이는 된장국 그릇을 들어서 입에 가져갔다.

~~~~~

"나쓰카와, 쭈뼛대지 말고 의견을 팍팍 내놔 봐. 까딱하면 내년쯤에는 너보다 젊은 신입이 들어올지도 몰라."

나쓰카와 이쿠토는 맥주를 마시며 회사 선배 고이케 노리오의 말에 귀를 기울이고 있었다. 아사가야역 앞에 있는 술집이었다. 고이케의 집이 아사가야에 있으므로 한잔할 때는 보통 이 술집에서 마신다.

"뭐, 네 마음을 왜 모르겠냐. 나도 네 나이 때는 그랬어. 하지만 자기 피알은 중요해."

이쿠토는 가부토야 슈퍼의 기획추진과 소속이다. 가부토야 슈퍼는 도쿄 도내를 중심으로 자리 잡은 슈퍼마켓으로, 본사는 니시신주쿠에 있다. 이쿠토가 소속된 기획추진과는 각 점포에서 주력으로 밀 상품을 결정하거나 호텔, 요리점, 농가 등과 제휴해 새로운 상품을 개발하는 부서다. 오늘 회의시간에 프레젠테이션을 제대로 하지 못해 축 처져 있으니 고이케가 한잔하러 가자고 했다.

"나쓰카와, 2차 가자."

가게를 나선 후 고이케가 기분 좋게 말하길래 이쿠토는 점잖게 거절했다.

"선배, 오늘은 이만 돌아가시죠. 내일도 출근해야 하잖아요."

"그럼 우리 집에서 딱 한 잔만 더 해. 그럼 되잖아."

7, 8분 걸어서 고이케의 집이 있는 5층짜리 맨션에 도착했다. 고이케는 아내, 딸과 함께 산다. 여섯 살인 외동딸은 올해 초등학교에 입학했다고 한다.

"다녀왔어. 나 왔다니까."

고이케가 현관에서 소리치자 집 안쪽에서 아내 미키가 얼굴을 내밀었다. 예전에도 이런 식으로 고이케의 집에 한 번

왔었으므로 미키와는 안면이 있었다. 이쿠토는 미키에게 고개를 숙였다.

"이렇게 찾아와서 죄송합니다."

"나쓰카와, 사과는 됐고 얼른 들어와. 여보, 딱 한 잔만, 한잔만 더 마실게. 오늘 나쓰카와가 과장한테 왕창 깨졌단 말이야."

이쿠토는 신발을 벗고 집으로 들어갔다. 방 두 개에 식당과 주방이 딸린 구조다. 짧은 복도 저편에 있는 식당의 테이블 앞에 앉았다. 그 안쪽의 방 두 개 중 하나가 침실, 다른 하나는 딸의 방이다. 딸의 방문이 열리고 미오가 고개를 내밀었다.

"아빠 왔다, 미오. 아빠 때문에 깼니?"

딸의 얼굴을 보자마자 고이케가 다정한 아빠의 얼굴로 말했다. 미오는 고개를 젓고 대답했다.

"아니. 아직 안 자고 있었어."

저녁 10시가 다 됐다. 진짜 한 잔만 마시고 돌아가자. 이쿠토는 그렇게 생각하며 미키가 테이블에 꺼내 준 캔 맥주를 입에 댔다.

"아 참, 미오. 나쓰카와 삼촌한테 그거 보여 주렴."

엄마의 말에 미오가 이쿠토에게 손짓했다. "뭔데?" 하고 이쿠토는 자리에서 일어나 미오와 함께 방으로 들어갔다.

그것은 장난감과 봉제 인형이 널린 방의 벽 앞에 놓여 있었다. 뒤에서 고이케의 목소리가 들렸다.

"굉장하지? 지난주에 도착했어."

피아노였다. 음악을 잘 모르는 이쿠토도 그 피아노가 신품임을 한눈에 알아보았다. 미오가 피아노 앞에 앉아 간단한 멜로디를 연주했다.

"옛날부터 미오에게는 피아노를 가르치려고 했지. 그래서 방음 설비가 잘 되어 있는 맨션을 산 거고. 미오는 지난주부터 피아노 학원에 다니고 있어."

국산 업라이트 피아노라고 한다. 아직 배운 지 얼마 안 돼서 그런지 아마추어인 이쿠토가 듣기에도 미오의 연주는 어설펐다.

"나쓰카와도 한번 쳐 볼래? 미오, 삼촌이랑 자리 바꿔 줘."

"저는 피아노를 쳐 본 적이……."

"건반만 눌러 봐. 소리가 얼마나 좋은지 몰라."

고이케는 이 피아노가 아주 마음에 드는 모양이다. 피아노 가격은 모르지만 아마 수십만 엔은 하리라. 이쿠토는 미오가 앉아 있던 의자에 앉았다. 검지로 건반을 누르자 소리가 났다. 그 순간 이쿠토는 지금까지 느껴 본 적 없는 즐거움을 느꼈다.

이건 뭐지…….

그 옆의 건반을 눌러 소리를 냈다. 그 옆, 그리고 그 옆으로 옮겨 간다. 건반을 누를 때마다 나는 소리가 몸속에 스며드는 것 같은 기분이었다. 검은 건반을 포함해 여든여덟 개의 건반을 한 번씩 다 눌렀을 때, 모든 준비가 끝난 듯한 자신감에 휩싸였다. 왜 이렇게 기분이 좋은 걸까. 왜 이렇게 기쁜 걸까.

손가락이 움직였다. 아까 미오가 쳤던 곡이다. 이쿠토는 건반을 누르면서도 놀랐다. 손가락이 멋대로 움직인다.

"깜짝이야. 나쓰카와, 피아노 칠 줄 알면 처음부터 그렇다고 하든가."

고이케의 말에 이쿠토는 손가락을 멈추고 대답했다.

"아니요, 처음인데요."

"거짓말하기는."

"정말입니다. 악보도 볼 줄 몰라요."

보면대 위에 악보가 놓여 있다. 미오가 아까 쳤던 곡의 악보겠지만, 그걸 봐도 이쿠토는 아무것도 모른다. 외국어로 쓴 암호를 보는 것 같다.

신기했다. 왜 피아노를 칠 수 있는 걸까. 지금은 그 의문의 답을 알고 싶은 생각보다 피아노를 치고 싶다는 기분이 더 강했다.

다시 손가락을 건반에 얹었다. 눈을 감고 멜로디를 떠올린다. 그 소리를 재현하는 느낌으로 건반을 두드린다. 기분이 좋았다. 잠시 멜로디를 연주한 후 고이케를 쳐다보니, 고이케의 입이 떡 벌어져 있었다.

"선배, 노래방에서 서던 올 스타즈의 이 노래 자주 부르시잖아요."

"어, 응. 대단한걸."

고이케가 노래방에서 부르는 곡을 중심으로 한동안 피아노를 쳤다. 이대로 계속 치고 싶다는 마음이 솟구쳤지만, 간신히 그 욕망을 억누르고 건반에서 손을 뗐다. 그러자 박수 소리가 들렸다. 미오가 웃는 얼굴로 손뼉을 치고 있었다.

"피아노 치게 해 줘서 고마워, 미오."

"나쓰카와, 거짓말 맞지? 실은 피아노 배운 적 있잖아."

"아니요, 정말로 처음이에요."

"굉장하다. 처음인데 이렇게 잘 치는 사람은 거의 없을 거야."

"여보." 미키가 옆에서 끼어들었다. 피아노를 배운 경험이 있는 만큼 미키는 냉정한 의견을 내놓았다. "당연히 거짓말이지. 옛날에 배운 거야. 우리를 놀라게 하려고 그런 거 아니겠어?"

"그, 그런가."

"이만 가 보겠습니다." 이쿠토는 일어나서 가까이 있던 미오의 머리를 쓰다듬었다. 미오의 방에서 나와서 테이블에 놓여 있던 캔 맥주를 다 마셨다. "실례했습니다, 형수님. 괜히 소란을 피워서 죄송해요."

이쿠토는 현관으로 가서 신발을 신었다. 고이케와 미키가 뭔가 하고 싶은 말이 있는 표정으로 현관에 다가왔지만, 이쿠토는 머리를 꾸벅 숙이고 밖으로 나갔다.

문을 닫고 숨을 크게 내쉬었다. 자신의 손가락을 보았다. 손끝에는 아직 피아노 건반의 감촉이 남아 있었다.

~~~~~

가와무라는 시나가와에 있었다. 30층짜리 고층빌딩 앞이다. 수많은 회사원이 빌딩을 드나들었다.

아까 세타가야서의 누마타에게 연락이 왔다. 1주일 전에 고마자와에서 노즈에의 시신이 발견됐을 때, 돌스라는 조직이 경찰 수사에 제동을 걸었다. 그때 돌스 중 한 명이 현장의 맞은편 맨션에 들어가는 모습을 관할서 순경이 목격했다.

문제가 된 맨션은 원룸형이고 세입자는 대부분 학생이나 회사원이었다. 남자가 들어갔다고 추정되는 3층 제일 동쪽 방인 301호는 〈J제네릭〉이라는 사단법인이 임차했다. 집주인의 이야기에 따르면 2년 전부터 임차했고, 이는 노즈에

가 맞은편 맨션에 이사 온 시기와 같다는 게 누마타의 조사로 밝혀졌다.

가와무라는 그러한 정보를 하루 만에 알아낸 누마타에게 감사를 표하고, 즉시 인터넷으로 정보를 수집했다.

J제네릭이라는 이름으로 봤을 때 제네릭 의약품(오리지널 의약품과 동등성이 인정된 후발 의약품-옮긴이 주) 보급 등이 목적인 후생노동성의 외곽단체로 추정되지만, 전모는 전혀 알 수가 없었다. 요즘 보기 드물게 홈페이지도 없어서, 유일하게 알아낸 주요 사무실 소재지를 찾아 이 빌딩에 와 본 것이다.

가와무라는 빌딩으로 들어갔다. 안내판을 보자 25층에 J제네릭이라고 표시돼 있었다. 엘리베이터를 타고 25층에서 내렸다. 긴 복도를 걸어서 드디어 J제네릭의 사무실에 도착한 가와무라는 이질적인 분위기를 느꼈다.

이 빌딩은 기본적으로 내부 벽이 투명 유리라서 사무실은 물론, 안에서 일하는 사람들의 모습도 복도에서 훤히 보였다. 하지만 J제네릭은 안쪽의 블라인드를 모조리 내려놓았다. 자동문도 열리지 않고, 인터폰 같은 것도 없다. 외부의 접촉을 일절 거절하는 듯한 느낌이었다. 지금 안에 사람이 있는지 없는지도 알 수가 없다.

"저기요, 뭐 좀 여쭤볼게요."

가와무라는 지나가던 여자를 불러 세웠다. 이 빌딩에서 일하는 회사원인 듯했다. 경찰 수첩을 제시하자 여자는 놀란 표정을 지었다.

"J제네릭이라는 회사, 늘 이런 느낌입니까?"

"맞아요." 여자가 대답했다. "낮에는 대체로 이런 느낌이에요. 가끔 사람이 드나드는 걸 본 적은 있지만요."

"어떤 사람이 드나들던가요?"

"글쎄요. 그렇게 자세히 보지는 않아서요."

별 수확은 없었지만, J제네릭이 부정기적으로 활동하는 조직이라는 건 알았다. 어쩌면 다른 활동 거점이 있을 가능성도 부정할 수 없다. 어쨌거나 수수께끼에 휩싸인 조직이라는 것만큼은 확실했다.

지금은 J제네릭을 돌스라고 보고 추적하는 방법밖에 없을 듯했다. 하지만 별안간 벽에 부딪힌 느낌을 지울 수가 없었다. 가능하면 후생노동성에 직접 문의하고 싶지만, 아쉽게도 연줄이 없다. 더구나 노즈에는 형식상 병사로 처리됐다. 사건 수사라는 대의명분을 꺼낼 수 없는 것이 뼈아프게 다가왔다.

엘리베이터를 타고 1층으로 내려갔다. 이제 어떻게 할까 생각하는데 스마트폰에 전화가 왔다. 세타가야서의 누마타였다.

"뭐 좀 알아내셨습니까?"

누마타가 그렇게 묻길래 가와무라는 대답했다.

"J제네릭의 사무실에 와 봤지만, 진전은 없네요."

드나드는 사람은 있지만 직원 같은 사람은 보이지 않는 다고 전했다. 가와무라의 보고가 끝나자 누마타가 입을 열었다.

"죽은 노즈에 말인데요, 생각났습니다. 기사예요. 기사 나구라 다이잔과 닮았어요."

처음에는 기사라는 단어가 한자로 바로 떠오르지 않아서 자세한 이야기를 듣고서야 장기 기사임을 알았다. 가와무라는 장기 규칙이나 아는 수준이라, 프로 장기 기사에 대해서는 거의 모른다.

"나구라 다이잔이 젊었을 때와 닮았어요. 중요한 일은 아니지만요."

누마타는 혼자 납득한 말투였다. 목에 걸린 생선 가시가 빠진 기분이리라. 죽은 노즈에가 프로 장기 기사의 젊은 시절 모습과 닮았다. 남남이지만 닮은꼴인 걸까.

어쨌든 지금은 J제네릭이라는 조직을 조사하는 것이 우선이다. 가와무라는 그 방법을 모색하다 좋은 생각이 났다.

류세이는 오후 4시가 좀 지나서 카페에 도착했다. 카페에 들어온 류세이를 보고 창가 자리에 앉은 남자가 손을 들었다. 어제도 만난 경시청의 가와무라 형사다.

지금으로부터 한 시간 전, 지가 실장이 류세이를 불렀다. 지가 말로는 전화로 수사 협력을 요청받았다고 한다. 수사 대상은 후생노동성의 외곽단체인 돌스로, J제네릭이라는 사단법인과 관계가 있다고. 돌스가 워낙 수수께끼에 휩싸인 조직이라 가와무라가 수사 협력을 요청한 듯했다. 지가는 이렇게 말했다. 다카쿠라 군, 꼭 협력해 주도록 해요. 우리 대책실을 널리 알리기 위해서라도 이런 일은 중요합니다.

류세이는 단시간에 J제네릭이라는 사단법인을 조사한 후, 약속 장소인 카페로 왔다.

"바쁠 텐데 도와 달라고 해서 미안해, 다카쿠라. 마침 시나가와에 왔다가 다카쿠라가 생각나더라고."

그렇게 말한 후 가와무라가 지나가던 종업원을 불러 세우고 "뭐 마실래?" 하고 묻길래 류세이는 메뉴를 보지 않고 뜨거운 커피를 주문했다.

"부탁하신 일 말씀인데요." 류세이는 거두절미하고 본론으로 들어갔다. "가와무라 씨도 아시다시피 J제네릭이라는 조직에 대한 정보는 별로 없습니다. 의도적으로 정보를 올리지 않았다고 봐야겠죠."

J제네릭이라는 단어로 검색해도 주요 사무실의 소재지 정도밖에 나오지 않았다. 연락처와 메일 주소조차 나오지 않는 건 요즘 세상에서는 이상한 일이다.

너무 막막해서 류세이는 국회 회의록을 찾아보기로 했다. 그러자 지금으로부터 8년 전, 야당의 젊은 의원이 예산위원회 석상에서 다음과 같이 질문한 기록을 발견했다.

의원: J제네릭이라는 사단법인에 10억 엔이 넘는 예산이 지원됐습니다. 어떻게 된 일입니까.

후생노동성 장관: J제네릭은 제네릭 의약품을 원활하게 보급하기 위한 조직입니다. 앞으로 증가할 전망인 의료비에 대항하기 위해 제네릭 의약품 보급은 급선무입니다. 10억 엔의 내역은 인건비가 약 7억 엔이고, 나머지가 개발용 경비입니다.

의원: 10억 엔은 너무 큰 예산입니다. 삭감할 생각은 없습니까.

후생노동성 장관: 현재로서는 없습니다만, 보급에 어느 정도 진전이 있으면 축소도 고려하겠습니다.

출력해 온 회의록을 가와무라에게 건넸다. 가와무라가 회의록을 읽는 사이에 주문한 커피가 나왔다. 다 읽었는지 가와무라가 고개를 들었다.

"예산이 10억 엔이라니 어마어마한걸. 게다가 그중 7억 엔이 인건비라니 대체 어떤 조직이길래."

"그러게요. 연봉을 700만 엔으로 잡아도, 직원이 백 명이나 된다는 소리니까요. 그리고 한 가지 더요." 류세이는 준비해 온 다른 종이 한 장을 가와무라에게 주었다. "제네릭 의약품 보급과 관련된 다른 조직이 있어요. 제네릭 의약품을 개발하는 제약회사가 공동으로 운영하는 협회죠."

가와무라에게 준 종이는 그 협회의 홈페이지를 출력한 것이다. 가와무라가 내용을 훑어보고 말했다.

"정말이군. 역시 J제네릭은 구린내가 나. 뭔가 숨기기 위해 만든 유령 법인인지도 모르겠어. 실상은 돌스라는 조직일 가능성이 높아."

이야기가 어쩐지 수상하게 흘러갔다. 류세이는 이런 일에 개입해도 되는지 솔직히 걱정됐다. 자신은 어디까지나 SE이다. 정보 분석은 할 줄 알지만 경찰관으로서 수사는 할 줄 모르고 하고 싶지도 않다.

"어떻게 생각해?" 류세이의 속마음도 모르고 가와무라가 물었다. "수상하지, 이 조직? 다카쿠라도 의견을 말해 봐."

"죄송해요. 별 의견 없습니다."

"뭐? 애당초 그쪽 프로그램에서도 에러가 떴잖아. 그럼 의견 정도는 말해 줘야지."

"제가 할 수 있는 건 정보 분석뿐이에요. 그 외에는 협력할 수 있는 게 없습니다."

더구나 류세이는 인터넷상의 사이버 범죄만 담당할 뿐, 실제 사회에서 발생한 범죄에 관해서는 완전히 아마추어다. 섣불리 의견을 제시했다가 책망당하면 말을 안 한 것만 못하다.

"뭐, 어쩔 수 없지." 가와무라가 웃음을 띠고 말했다. "그 짧은 시간에 용케 이 정도까지 조사했네? 과연 사이버 범죄 수사관이야. 마지막으로 하나만 더, 혹시 나구라 다이잔이라는 장기 기사 알아?"

"죄송합니다. 처음 들어 보는 이름인데요."

"그렇군. 협력해 줘서 고마워. 다카쿠라를 더 이상 끌어들이지 않도록 주의할게."

가와무라는 그렇게 말하고 일어섰다. 떠나는 가와무라에게 인사한 후, 류세이는 커피에 입을 댔다.

〰〰〰

"……따라서 이 세 가지가 새로운 CF 후보입니다. 뭐가 좋을까요? 다음 주 안에 결정했으면 하는데요."

"난 B가 좋아 보이는데. A도 좋지만 지금 CF와 비슷한 게 좀 흠이야."

이쿠토는 회의에 참석했다. 가부토야 슈퍼 본사의 기획 회의로, 오늘의 주제는 내년부터 방송될 CF 선정이었다. 텔레비전뿐만 아니라 전철과 지하철의 디스플레이, 그리고 인터넷에도 공개할 예정이었다.

"의견을 많이 들어 보는 게 좋겠지." 회의를 주재하는 고이케가 말했다. "사내에서 의견을 모아 보자. 공개 기간을 정하고 사내 메일로 알리는 거야. 나쓰카와, 부탁 좀 할까?"

"알겠습니다."

회의가 끝나고 이쿠토는 자기 자리로 돌아갔다. 문서 작성 프로그램을 열고 사내 메일로 보낼 문서를 작성했다. 자판을 두드리고 있자니 어젯밤 일이 생각났다.

어젯밤, 이 손가락으로 피아노를 쳤다. 손끝에 그 감촉이 남아 있다. 왜 그렇게 피아노를 잘 칠 수 있었는지는 모르겠다. 나중에는 고이케가 노래방에서 자주 부르는 곡까지 쳤다. 어떻게 그게 되는지 짐작도 안 간다. 음악 성적은 나쁘지 않았지만, 어느 시기를 경계로 음악에서 멀어졌던 기억이 난다.

사리 분별을 할 수 있는 나이가 되었을 때, 이쿠토는 네리마구의 한 보육원에 있었다. 다들 똑같은 처지의 아이들뿐이라 불행하다는 생각은 해 본 적이 없었다. 초등학교에 입학했을 무렵에, 이쿠토는 버려진 아이이며 부모의 행방조차 모른다는 이야기를 원장 선생님에게 들었지만, 딱히 충격을 받지도 않았다. 부모가 있으면 미워할 것 같아서, 부모가 없다는 사실에 오히려 안도했다.

보육원 아이 중에는 입양돼서 시설을 떠나는 아이도 있었다. 그런 아이는 선망의 대상이었다. 새로운 아빠 엄마의 손을 잡고 보육원을 나서는 아이들은 조금 쑥스러워하는 동시에 자랑스러워 보이기도 했다.

양부모에게 거두어진 아이들에게는 밝은 미래가 기다리고 있다. 보육원 아이들은 그걸 알고 있었다. 아이를 입양하는 부부에게는 조건이 있다. 어느 정도 금전적 여유가 있어야, 다시 말해 부자여야 양자를 들일 수 있다는 소문이 보육원 아이들 사이에 퍼졌다. 따라서 입양되면 새 장난감도 많이 생길 테고, 과자며 케이크도 마음대로 먹을 수 있다. 보육원 아이들은 다들 그렇게 생각했다.

초등학교 3, 4학년쯤 되면 아이들은 자신의 위치가 어느 정도인지 자각한다. 학교 성적과 반에서 누리는 인기 등의 척도를 종합적으로 판단해 자기 자신을 평가하는 나이대다. 이쿠토는 공부를 잘했고, 반장으로 뽑힌 적도 있었다.

그래서 이쿠토는 내내 궁금했다. 보육원에서 제일 성적이 좋은 건 나다. 그런데 왜 나는 입양이 되지 않는 걸까.

왜 나는 입양되지 않는 거냐고 원장 선생님에게 호소한 적이 딱 한 번 있다. 원장 선생님은 "이쿠토가 없으면 슬퍼하는 사람이 많을 거야. 이쿠토는 여기서 아이들의 형과 오빠가 되어 주렴" 하고 대답했다.

더 두드러져야 한다. 어렸던 이쿠토는 그렇게 생각했다. 아직 노력이 모자라다. 좀 더 앞장서서 뭔가 하지 않으면 입양될 수 없다. 한때 이쿠토는 그렇게 착각하고 무슨 일을 하든 앞장서서 손을 들었다.

예를 들면 보육원 크리스마스 파티 때 합창을 하기로 하고 지휘자와 피아노 반주자를 뽑았다. 지휘자는 하고 싶다는 아이가 많아서 가위바위보로 정했지만, 반주자는 하려는 아이가 없었다. 이건 기회다 싶어서 이쿠토는 손을 들었다. 피아노는 쳐 본 적 없지만 연습하면 어떻게든 되리라는 생각이었다. 하지만 결국 다른 여자애가 반주를 맡았다.

음악과 관련된 다른 기억도 있다. 이쿠토가 다녔던 초등학교에서는 5학년이 되면 브라스밴드에 들 수 있었다. 이쿠토는 늘 함께 어울리는 친구들과 브라스밴드에 들기로 했다. 이쿠토는 음악 성적이 좋았고, 피리도 반에서 1, 2등을 다툴 만큼 잘 불었다. 하지만 이쿠토 혼자 가입을 허락받지 못했다. 이유는 보육원 아이가 브라스밴드에 가입한 전례가 없기 때문이었다. 항의해도 소용없었다.

지금 돌이켜 보면 그때부터 음악을 피하게 됐다. 중학교에 입학한 후에도 다를 바 없어서, 동아리 활동으로 시작한 탁구에 열중했다. 당시 보육원에 있었던 MP3플레이어를 경쟁하듯 빌려서 음악을 듣는 아이가 많았지만, 이쿠토는 한 번도 빌리지 않았다.

대학에 들어가고 나서야 제대로 음악을 접했다. 학자금 대출로 대학에 진학한 이쿠토는 회식 2차 등으로 노래방에 갔고, 점차 노래도 부르게 되었다. 히트곡을 잘 몰라서 친구가 부르는 유행가를 흉내 내어 부르는 정도였지만, 지금 생각하면 한 번 들은 노래는 금방 익혔다.

어제 피아노를 친 건 꿈이 아니다. 어쩌면 나는 음악적 재능—절대음감 같은 것을 타고났는지도 모른다. 그런 식으로 모호하게 생각했지만, 분명한 것이 딱 하나 있었다. 피아노를 치고 싶다. 그런 갈망을 품은 것만은 확실했다.

"나쓰카와, 다 됐어?"

어느새 다가왔는지 고이케가 뒤에 서 있길래 이쿠토는 몸을 틀어서 컴퓨터 화면을 보여 주었다. 화면을 잠시 들여다보던 고이케가 고개를 끄덕거렸다.

"오케이. 결재는 됐으니까 이 문서를 게시판에 올려놔. CF

후보는 누구나 열람할 수 있도록 공통 폴더에 넣어 두고."

"알겠습니다."

아무리 그래도 피아노를 치게 해 달라고 고이케에게 부탁할 수는 없으리라. 그런 생각을 하면서 이쿠토는 다시 작업을 시작했다.

~~~~~

아침에 가와무라가 출근하자 계장 우메모토는 이미 자기 자리에 앉아 있었다. 가와무라는 지금까지 알아낸 사항을 보고하려고 우메모토의 자리로 향했다.

"계장님, 일찍 출근하셨네요. 잠깐 시간 괜찮으실까요?"

"후생노동성 관련이야?"

가와무라는 조사 상황을 설명했다. 현장 맞은편 맨션의 방 하나를 수수께끼의 법인이 빌렸는데, 그 법인이 아마도 돌스인 듯하다는 것. 하지만 그 조직에 관한 정보가 전혀 없다는 것. 가와무라가 보고를 마치자 우메모토가 말했다.

"사망한 남자의 사진 좀 보여 줘."

"알겠습니다."

가와무라는 자리로 돌아가서 사진을 가져왔다. 사진을 보고 우메모토가 콧숨을 내쉬었다.

"흠, 확실히 나구라 다이잔과 닮았군."

"아십니까?"

"나야 어릴 적부터 장기를 뒀으니까 알지. 장기 천재라고 칭송받던 시기가 있었어. 꽤 오래전 일이지만."

나구라 다이잔. 가와무라는 가까이 있던 노트북을 켜서 그 이름을 검색해 보았다. 나구라는 현재 60세. 지금은 일본 장기 연맹의 이사로 재직 중이다. 젊은 시절에는 동시에 5관왕을 유지하면서 천재로 명성을 날렸던 기사다.

"나구라 다이잔은 고생이 참 많았지." 우메모토가 노트북 화면을 보고 말했다. "10대 때 와카야마에서 혈혈단신 상경해서 요즘 말로 홈리스 같은 생활을 하며 장기 기사를 꿈꿨다는 건 유명한 이야기야."

인터넷에 뜬 건 최근 사진뿐이었다. 입고 있는 기모노를 빼면, 선이 가는 생김새가 노즈에와 닮았다고 할 수 있을 것도 같았다.

"봐, 판박이잖아."

드디어 나구라의 젊은 시절 사진을 찾았다. 무슨 타이틀을 획득한 직후에 기자회견을 하면서 찍은 사진인 듯했다. 30대 정도로 보이는 나구라는 확실히 노즈에와 비슷하게 생겼다.

"닮았네요."

"그렇지? 뭔가 관계가 있을지도 모르겠군."

가와무라는 번쩍 생각이 떠올라서 누마타에게 받은 이력서 사본을 보며 말했다.

"죽은 노즈에는 보육원에서 자랐습니다. 즉, 부모는 없다고 추측할 수 있겠죠."

"나구라 다이잔은 여자 장기 기사와 결혼했지만, 바람기가 많은 사람이라 왕년에 꽤 염문을 뿌렸어. 어쩌면 사생아가 있다거나."

한 핏줄이래도 이상하지 않을 만큼 두 사람은 닮았다. 사생아라고 의심하는 건 비약일까.

"적당히 해, 가와무라. 후생노동성에서 불만을 제기하면 골치 아파."

우메모토가 자리에서 일어섰다. 가와무라는 노트북으로 눈을 돌려 나구라 다이잔의 젊은 시절 사진을 한 번 더 보았다. 그리고 이번에는 지난주에 사망한 노즈에 다카아키의 사진을 보았다. 보면 볼수록 생김새가 흡사하다.

저명한 장기 기사의 사생아가 죽었다. 그리고 그 사실을 후생노동성이 은폐했다. 그런 걸까. 가령 나구라가 노즈에의 친아버지라고 치고, 나구라는 아들이 죽었다는 걸 알고 있을까. 가와무라는 그렇듯 엉뚱한 스토리를 짜내다가 자기도 모르게 피식 웃었다.

아무리 그렇기로서니 왜 후생노동성이 노즈에의 죽음을 은폐한단 말인가. 그것이 가장 큰 수수께끼이자 문제였다. 하다못해 이유라도 제대로 설명해 준다면 이쪽도 수긍하고 물러날 수 있다. 그런데 제대로 된 설명도 없이 갑자기 종잇장 한 장을 들이대며 입에 자물쇠를 채우려는 그들의 수법을 받아들일 수가 없었다. 그런 행태가 용납된다면, 그야말로 경찰이라는 존재 자체가 흔들린다. 감정이 앞선다는 건 가와무라도 알고 있었지만, 어떻게든 그들의 꼬리를 잡아내고 싶었다.

하지만 꽉 막힌 느낌을 지울 수 없었다. 돌스라는 조직의 실상도 불투명하니, 이대로 가면 노즈에는 병사로 처리되고 말 것이다. 그러나 노즈에의 죽음에는 분명 배후가 있다. 형사 생활을 하며 기른 감이 그렇다고 알렸다.

가와무라는 마우스를 조작해 나구라 다이잔의 프로필을 보았다. 피해자와 닮은 유명한 장기 기사. 단서가 따로 없으니 사소한 부분이라도 파 볼까—.

~~~~~

오후 7시가 다 되어 가는 시간, 나카노역 북쪽 출입구의 상점가는 활기가 넘쳤다. 이쿠토는 스마트폰 지도앱을 보며 목적지인 빌딩을 찾았다. 잠시 후 그 빌딩 앞에 도착했다. 나카노 브로드웨이 근처의 3층짜리 빌딩이다.

이쿠토는 결국 피아노를 치고 싶다는 욕망을 이기지 못하고 개인 교습에 주목했다. 음악 교실에 다니면 정기적으로 피아노를 칠 수 있을 테니까. 피아노 교습을 중개하는 인터넷 사이트에서 나카노에 있는 성인 대상 개인 교습소를 소개받았다. 강사는 바바라는 남자고, 한 시간에 2천 엔의 요금으로 좋아하는 시간대를 선택할 수 있었다. 피아노 교습치고는 아주 싼 가격이다.

장소는 지하에 자리한 음악 스튜디오였다. 스튜디오 문은 잠겨 있어서 열리지 않았다. 어떻게 할지 망설이는데 발소리가 들렸다. 고개를 들자 기타 케이스를 멘 남자가 계단을 내려왔다.

"미안, 미안. 나쓰카와 씨?"

"그런데요."

"내가 강사 바바야. 잘 부탁해."

바바라고 이름을 댄 남자가 문을 열었다. 뮤지션 느낌이 확 풍기는 청바지와 가죽점퍼 차림에, 귀에는 은색 피어스를 달았다. 싹싹해 보이는 인상이었다.

"들어와."

바바를 따라 스튜디오로 들어갔다. 제법 넓은 스튜디오

한가운데 그랜드피아노가 있었다. 안쪽에는 앰프 따위의 기재가 보였다. 바바가 기타 케이스를 벽에 기대어 세우며 말했다.

"한 시간이었지. 선금이야. 세금 포함 2천 엔."

이쿠토는 지갑에서 지폐를 꺼내 바바에게 주었다. 바바는 돈을 청바지 호주머니에 쑤셔 넣고 전자 담배를 물었다. 이쿠토는 과연 괜찮을까 불안해졌다.

"초심자지?"

"네. 이번 주에 처음으로 피아노를 만져 봤습니다."

"그래서 잘 치고 싶어진 거로군. 요즘 그런 사람이 많아. 특히 아저씨. 댁은 아직 젊지만."

이쿠토는 피아노를 난생처음 쳐 봤고 도레미파솔라시도도 제대로 모르는데, 어째선지 한 번 들은 멜로디를 칠 수 있었다고 설명했다. 설명을 들은 바바가 그랜드피아노로 가서 의자에 앉으며 말했다.

"그럼 해 볼까. 이런 걸 뭐라고 하더라. 그렇지, 백문이 불여일견."

바바가 팔을 걷어붙이고 건반에 손가락을 얹었다. 조용한 시작이었다. 바바의 겉모습에 어울리지 않게 아름다운 선율이 흘러나왔다. 이쿠토는 집중해서 그 소리에 귀를 기울였다. 반짝반짝하는 음이 이쿠토의 몸속으로 흡수됐다.

"이쯤 해 둘까."

바바가 연주를 멈췄다. 연주한 시간은 2분 정도였다. 바바가 자아낸 선율의 여운이 아직 이쿠토의 귓속에 선명하게 남아 있었다.

"자, 쳐 봐."

도전적인 표정이었다. 어차피 못 치겠지. 그렇게 말하고 싶은 듯한 얼굴이었다. 이쿠토는 의자에 앉았다.

건반을 만지는 것만으로도 기뻤다. 고이케의 맨션에서 피아노를 만진 게 아주 먼 옛일 같았다. 오른쪽 끝에서부터 차례대로 건반을 눌렀다. 그러지 않으면 어디를 눌러야 원하는 소리가 나는지 모르기 때문이다. 건반을 다 눌러 본 후, 기억을 바탕으로 연주를 시작했다.

첫 번째 음이 다른 것 같았지만, 다음 음부터는 바바가 연주한 것과 똑같은 음이 나왔다. 피아노를 치면서 왠지 들어 본 것 같은 기분이 들었다. 유명한 곡인지도 모르겠다.

순식간에 연주가 끝났다. 더 치고 싶었지만 다음을 모르니까 어쩔 수 없다. 하지만 연주하면서 아름다운 곡이라고 생각했다. 가능하면 한 번 더 연주하고 싶다.

"말도 안 돼." 바바가 의심 어린 눈빛을 던졌다. "그렇게 잘 치면서 초심자는 무슨 초심자? 이봐, 대체 목적이 뭐야?"

"정말입니다. 거짓말 아니에요. 믿기지 않을지도 모르지만······."

바바는 잠시 아무 말도 없었다. 생각에 잠긴 표정이다. 이윽고 바바가 고개를 들었다.

"뭐······확실히 초심자라고 속여서 득 볼 건 없지. 날 속인다고 무슨 의미가 있겠어. 하지만 당신 말이 진짜라면, 천재로군."

이쿠토가 생각하기에도 의문이다. 왜 자신이 피아노를 칠 수 있는지, 한 번 들은 음악을 재현할 수 있는지 모르겠다. 하지만 그런 의문을 다 제쳐 놓을 만큼 피아노를 치고 싶다는 욕구가 강했다. 가능하면 피아노만 계속 치고 싶은 마음이 간절했다.

"부탁드립니다. 이 곡을 끝까지 쳐 보고 싶은데요."

"알았어. 교습비도 받았으니까."

"감사합니다."

"한 번 더 칠 테니까 잘 들어 봐."

이쿠토는 의자에서 일어나서 바바에게 자리를 양보했다. 바바는 전자 담배를 가슴주머니에 넣고 의자에 앉아 건반에 손가락을 얹었다. 울려 퍼지는 소리를 놓치지 않도록 이쿠토는 귀에 온 신경을 집중했다.

"당신, 몇 살이야?"

바바가 묻길래 이쿠토는 대답했다.

"스물여덟 살입니다."

"이야, 나랑 동갑이잖아."

바바가 그렇게 말하고 캔 맥주를 마셨다. 이쿠토가 편의점에서 사 온 맥주다. 그 외에 안줏거리도 사 와서 스튜디오에서 한잔하는 중이다.

이쿠토는 결국 추가 요금을 내고 교습을 한 시간 연장했다. 덕분에 그 곡은 처음부터 끝까지 완벽하게 소화할 수 있었다. 다음에는 시범 없이도 칠 수 있으리라. 쇼팽의 녹턴 2번이라는 곡이었다.

아까 바바가 피아노로 어떤 음을 냈는지 맞혀 보라고 퀴즈를 냈다. 결과는 전부 정답이었다. 바바 말로는 이쿠토에게 절대음감이 있다고 했다. 하지만 사회인이 된 현재, 절대음감이 있은들 무슨 소용일까 싶었다.

"바바 씨는 프로이신가요?"

"아냐, 아냐." 바바는 대번에 부정했다. "뮤지션을 지망하는 아마추어 밴드맨이지. 요 부근에는 그런 놈들 천지야. 빈 캔을 던지면 걔들한테 맞지 않을까?"

바바는 웃으며 들고 있던 빈 캔을 던지는 시늉을 했다.

"나, 이래 보여도 실은 음대생이었어. 그래서 피아노도 칠 줄 아는 거고. 지금은 기타리스트지만."

바바가 덤덤한 어조로 자신의 사연을 말했다. 바바 고스케는 음대 피아노과에 입학했지만, 재학 중에 클래식보다 밴드 음악에 심취해 학교를 2년 만에 중퇴하고 밴드를 결성했다. 지금은 경비원 등 여러 아르바이트를 하면서 밴드를 꾸려 나가고 있다고 한다.

"이 스튜디오는 누구 건가요?"

"밴드를 같이 하는 친구 거. 드러머인데 본가가 부자라서 여기를 몇 년 세냈어. 역시 돈이 최고라니까."

몇 년 전까지는 밴드 활동에 열중해 매일 밤늦게까지 스튜디오에 틀어박혀 연습하고 데모 테이프를 만들곤 했다. 하지만 요즘은 연습하는 빈도가 줄어들어 1주일에 한 번도 많은 편이라고 한다.

"슬슬 해체할 때인가 싶어. 드럼 치는 친구의 부모님이 고향에서 회사를 운영하는데, 돌아와서 일을 도우라고 잔소리래. 걔가 없으면 스튜디오도 못 쓰니까."

"프로가 되는 건 만만치 않네요."

"뭐, 그렇지."

바바가 힘없이 웃었다. 그다지 밝은 이야기는 아니었지만, 이쿠토는 바바가 조금 부러웠다. 이쿠토는 이러저러하게 되고 싶다든가, 이러저러한 직업을 가지고 싶다고 지금까지 절실하게 꿈꿔본 적이 없다. 가부토야 슈퍼에 취직한 건 거기밖에 합격하지 못했기 때문이다.

"바바 씨, 내일도 교습받을 수 있을까요?"

"물론이지." 바바는 선뜻 대답했다. "그럼 오후 7시에 스튜디오 앞에서 보자."

"알겠습니다. 잘 부탁드립니다."

"어이, 성씨 말고 이름은 뭐랬지?"

"이쿠토요."

"나도 잘 부탁해, 이쿠토."

바바가 무람없이 손을 내밀길래 이쿠토는 어쩔 수 없이 악수에 응했다. 요 몇 년간 남에게 이름으로 불린 적은 없다. 적어도 대학을 졸업한 후로는 처음이었다. 이쿠토도 캔 맥주를 마셨다. 평소보다 맥주가 맛있게 느껴져서 신기했다.

~~~~~

"어서 오세요."

가와무라가 포렴을 걷고 가게로 들어가자 카운터 안에 있던 사장이 인사했다. 집 근처에 있는 정식집인데, 1주일에 한두 번은 꼭 오는 가게다.

"오늘 생선 뭐야?"

"소금에 절인 고등어."

"그럼 생선 정식이랑 맥주 한 병."

주문하고 카운터 석에 앉았다. 좁은 가게는 손님으로 거의 꽉 찼다. 가와무라는 안주인이 가져온 병맥주를 잔에 따랐다. 일을 마치고 마시는 맥주는 역시 맛있다.

안쪽에 있는 방에서 어린아이 목소리가 들렸다. 가족 손님이 있는 모양이다. 이혼하기 전에는 아내와 둘이서 자주 이 가게에 왔다. 아내는 이 가게의 닭튀김 정식을 아주 좋아해서 올 때마다 그것만 먹었다.

이혼의 영향이 이렇게 클지는 가와무라 본인도 몰랐다. 이혼한 후에야 비로소 가족의 소중함을 깨달았달까.

경찰관으로 20년을 생활하면서 경찰관이라는 사실이 그의 버팀목으로 자리 잡았다. 다른 일을 하는 모습은 상상조차 되지 않았다.

1순위가 경찰관이라는 직업이고 그다음이 가족이다. 요즘 세상에는 통하지 않는 사고방식이겠지만, 가와무라 나이대의 경찰관은 대개 그럴 것이다. 가족보다도 직업을 우선한다. 때로는 가족을 희생하더라도 직무를 우선해야 하는 것이 경찰관이라는 직업이기도 했다.

그렇기에 가족이 필요하다. 돌아갈 곳으로서 가족이라는 존재가 말이다. 흉악한 사건이 발생해 제대로 먹지도 자지도 못하고 사건을 수사했다고 치자. 수사가 끝나고 집에 돌아갔을 때 아내가 맞아주는 것이, 당연한 듯하면서도 실은 행운이었음을 이혼하고 나서야 절실히 깨달았다.

지금 가와무라는 마흔세 살이다. 이 나이에 돌아갈 곳과 기다려 줄 사람을 잃자, 상실감이 예상외로 컸다.

그 반작용인지 요즘은 예전보다 더 일에 몰두한다. 느닷없이 사건에 참견한 돌스라는 조직에 불만을 품은 건 그래서일지도 모른다. 우연히 현장에 들른 거긴 했지만, 눈앞에서 사건을 빼앗긴 일은 그야말로 충격으로 다가왔다.

카운터에 올려 둔 스마트폰이 울렸다. 화면에 뜬 이름을 보고 가게에서 나왔다.

"네, 가와무라입니다."

"나야."

대학 동기였다. 지금은 메이저급 신문사에서 일한다. 낮에 전화했지만 연결되지 않아 문자메시지로 부탁을 남겼다.

"혹시 나구라 다이잔이 사고라도 쳤어?"

동기가 미심쩍은 목소리로 물었다. 경시청 형사가 주소를 알고 싶어 하니까 그럴 만도 하다. 가와무라는 그를 안심시키기 위해 부드러운 어조로 대답했다.

"보강 조사 때문에. 나구라 다이잔의 증언을 듣고 싶을 뿐이야."

"내일까지는 알아내서 문자 줄게. 제수씨한테 안부 전해 줘."

가와무라는 친구 대부분에게 이혼했다는 사실을 말하지 않았다. 이제 와서 말하는 것도 이상하다 싶었다.

"고마워. 잘 부탁해."

오늘도 이혼했다는 말을 꺼내지 못했다. 전화를 끊고 가게로 돌아갔다. 이미 정식이 나왔다. 가와무라는 잔에 남은 맥주를 들이켠 후, 간 무에 간장을 뿌렸다. 혼자 저녁을 먹는 일상이 점점 당연하게 느껴져서 조금 쓸쓸했다.

~~~~~

자신은 파출소에 근무하는 순경과 비슷한 업무를 한다고 류세이는 생각했다.

류세이의 주된 업무는 사이버 순찰이었다. 인터넷상에 넘쳐나는 정보를 건져 올려, 위험하다고 추정되는 글을 자세히 조사한다. 조사 결과, 위험하고 긴급한 상황으로 보이면 상사에게 보고한다. 상사—SE 채용이 아니라 일반 채용된 경찰관일 때가 많다—는 글을 올린 사람과 접촉해 그 진위를 확인한다. 메일을 보내거나 가끔은 전화를 걸기도 하는 모양이다.

자전거를 타고 담당 구역을 순찰하는 것이 파출소에 근무하는 순경의 업무 중 하나다. 그러다 수상한 인물이나 상황과 마주치면 불심검문을 하기도 한다. 파출소 순경은 실제 사회를, 그리고 류세이 같은 사이버 범죄 수사관은 인터넷을 순찰하는 것이다.

"다카쿠라 군, 나 좀 볼까요?"

점심시간이 끝난 오후 1시쯤, 지가 실장이 불렀다. 류세이는 "네" 하고 대답하고 자리에서 일어났다.

지가는 아무래도 밖에서 이야기하려는 듯했다. 사이버 보안 대책실은 드나들 때 이중으로 본인 확인─망막 인증과 정맥 인증─을 해야 하므로 지가와 함께 인증하고 밖으로 나갔다. 엘리베이터를 타고 꼭대기 층인 20층으로 올라갔다. 20층은 푸드 코트라서 점심때와 밤은 아주 혼잡하다. 지가와 함께 들어간 카페도 빈자리가 별로 없었다.

비어 있는 자리를 찾아서 앉자 지가가 물었다.

"그 일은 어떻게 됐나요?"

고마자와에서 발생한 사건을 말하는 것이리라. 그저께 경시청의 가와무라와 마지막으로 만났다. 그때 나눈 이야기는 지가에게 전부 보고했으므로 오늘은 보고할 내용이 없었다.

"딱히 진전은 없는데요."

주문한 커피가 나왔다. 종업원이 물러가기를 기다렸다가 지가가 말했다.

"오전에 본사 회의에 다녀왔습니다."

본사란 경시청을 뜻한다. 외부에서 이야기를 나눌 때 일반 채용된 경찰관은 은어를 사용하기도 하지만, 류세이 같은 SE는 은어를 잘 모른다.

"테러 대책 위원회였죠. 지루해서 깜박 졸았어요."

지가는 사이버 보안 대책실 실장으로서 많은 회의에 참석하지만, 본인 말로는 대부분 졸다가 온다고 했다. 확실히 남들 앞에서 적극적으로 의견을 밝힐 성격은 아닐 것 같았다.

"회의에서 아는 사람을 만났죠. 후생노동성 관료인데, 옛날에 내가 약물 관련 사건을 조사할 때 도움을 주신 분이에요."

두 사람은 오랜만에 밥이라도 같이 먹기로 하고, 회의 후에 일찌감치 점심을 먹으러 경시청 식당으로 향했다.

"그때 돌스라는 조직에 관해 물어봤습니다. 그분도 아주 놀라시더군요. 그분이 돌스라는 이름을 들은 건 약 30년 전, 정확하게는 28년 전이었다고 해요. 그런 조직이 만들어졌다는 소문이 후생노동성, 당시는 후생성의 내부에도 돌았다고 하는군요. 그분도 그 소문을 우연히 들었고요."

돌스라면 고마자와에서 발생한 회사원 변사 사건을 은폐하려는 듯한 그 조직이다. 경시청의 가와무라가 쫓고 있지만, 그 실체는 불투명하다. J제네릭이라는 법인을 앞세워 눈속임을 하는 낌새가 보였고.

"돌스는 말 그대로 '인형'을 지키는 조직인 것 같아요. 아쉽지만 인형이 뭘 나타내는 말인지는 그분도 몰랐습니다. 다만 이렇게 말씀하시더군요. 인형은 일곱 개가 있는 모양이라고요."

류세이는 아무래도 감이 잡히지 않았다. 애당초 뭘 인형에 비유했는지부터 불확실하다. 고마자와에서 죽은 회사원 노즈에가 인형이었다는 걸까.

"다카쿠라 군. 이 이야기를 수사 1과 형사 가와무라 씨였던가, 그 사람에게 전해 줬으면 해요."

무슨 의도인지 모르겠다. 전하고 싶으면 본인이 직접 하면 될 텐데.

"다카쿠라 군, 실은," 지가가 목소리를 약간 낮춰서 말했다. "사이버 범죄 수사관을 현장에서 활용할 수 없겠느냐는 의견이 경시청 상층부에서 나오고 있어요. 이번에 어쩌다 보니 다카쿠라 군이 수사 1과 형사와 접촉했잖아요. 그걸 좋은 계기로 본 거죠."

불안이 밀려왔다. 사이버 범죄 수사관이라지만 실상은 SE에 불과하다. 류세이에게 현장이란 냉난방이 완비된 사무실 또는 컴퓨터 화면 속이다.

"경시청 간부와도 이야기를 해 두었으니, 당분간 수사 1

과 가와무라 경위와 함께 행동하세요. 다카쿠라 군은 사이버 범죄 수사관의 현장 활용을 시험하기 위한 모델로 뽑힌 겁니다. 참 영광스러운 일이에요."

부드럽지만 거절할 수 없는 분위기가 풍기는 말투였다.

"일단 가와무라 경위에게 연락해서 아까 내가 했던 이야기를 전하세요. 서두르는 게 좋겠군요."

"저어," 말을 꺼내기가 힘들었지만 혹시나 몰라서 물어보았다. "지금 하신 말씀, 거절할 수는 없는 건가요?"

"그렇게 어려운 일은 아니에요. 수사 1과에도 말해 놨습니다. 다카쿠라 군, 힘내요."

지가가 무책임한 어조로 말했다. 류세이는 속으로 한숨을 쉬었다. 그 형사와 또 행동을 함께할 줄은 상상도 못 했다.

"인형이란 대체 뭘까요."

지가가 남의 일처럼 말하고 커피를 천천히 마셨다.

오후 2시 30분, 류세이는 시부야구 히로오에 있는 한적한 주택가를 걷고 있었다. 한 시간쯤 전, 지가와 함께 사이버 보안 대책실로 돌아간 류세이는 어쩔 수 없이 수사 1과 가와무라에게 전화했다. 직접 만나서 하고 싶은 말이 있다고 하자 가와무라가 만날 장소를 지정했다.

거의 다 왔다 싶어 주변을 둘러보자 앞에 서 있던 검은색

국산 세단의 운전석 창문이 열렸다. 가와무라가 창문으로 고개를 내밀고 손짓하길래 다가가자 "타"라는 한마디가 돌아왔다. 류세이는 시키는 대로 조수석에 올라탔다.

다른 형사 없이 가와무라 혼자였다. 가와무라가 비스듬히 앞쪽에 있는 저택에 시선을 고정한 채 갑자기 입을 열었다.

"전에 만났을 때 나구라 다이잔을 아느냐고 물어봤잖아. 나구라 다이잔은 장기 기사야."

가와무라가 양복 안주머니에서 종이 한 장을 꺼내 류세이에게 주면서 말했다.

"봐 봐. 닮았지?"

두 남자의 얼굴 사진이었다. 둘 다 20대에서 30대고, 확실히 아주 닮았다. 하지만 왼쪽은 아주 오래된 사진으로 보였다.

"오른쪽이 죽은 노즈에 다카아키야. 왼쪽은 장기 기사 나구라 다이잔, 25년쯤 전에 찍은 사진이지. 놀랄 만큼 똑 닮았지? 그래서 본인에게 이야기를 들어 보려고."

"닮았다는 이유만으로 이야기를 듣는다고요?"

"달리 단서가 없거든. 저 집이 나구라 다이잔의 자택이야. 아까 인터폰을 눌렀더니 아내 같은 여자가 받아서 남편은 쉬는 중이라고 했어. 집에 있는 모양이니 나구라 다이잔이 외출할 때를 노려서 이야기를 들을 거야."

대단한 집념이다. 그저 얼굴이 닮았다는 이유만으로 이렇게까지 들러붙는 그 집념에 류세이는 절로 머리가 수그러지는 기분이었다. 자신이 무지할 뿐, 형사는 다들 집착하는 생물일지도 모른다.

"상사한테 들었어. 당분간 그쪽이랑 함께 행동하라던데. 명령을 어기기는 싫으니까 사이좋게 지내자고. 그쪽은 조용히 내 옆에 있으면 돼."

가와무라는 사이버 범죄 수사관과 한 팀이 돼서 불만인 듯했다. 하지만 불만을 삼키고 반쯤 억지나마 타협점을 찾아내다니, 사회인의 귀감이라고 류세이는 순수히 감탄했다.

"그런데 하고 싶은 말이 있다면서? 뭔데?"

"네. 실은 제 상사가 후생노동성의 관료와 이야기를 하다 돌스에 관한 정보를 얻었습니다."

"정말이야?"

예상대로 가와무라는 혹한 눈치였다. 낙담시키면 미안하니까 류세이는 서론을 깔았다.

"대단한 정보는 아닐지도 몰라요. 알아낸 사실은 세 가지입니다. 첫 번째, 돌스는 28년 전에 만들어졌다. 두 번째, 돌스는 인형, 그게 무슨 뜻인지는 모르겠지만, 아무튼 인형을 지키기 위한 조직이다. 세 번째, 인형은 일곱 개다. 이상입니다."

"일곱 인형을 지키는 조직. 즉 죽은 노즈에는 인형이었다는 건가. 그나저나 인형이라니, 그건 대체 뭐야?"

"그건 저도 모르겠는데요."

그 직후에 가와무라가 몸을 내밀었다. 감시하던 나구라의 집에 변화가 생겼다. 닫혀 있던 셔터문이 천천히 올라갔다. 셔터문이 반쯤 열리자 안쪽에 검은색 벤츠가 보였다. 운전석에 사람이 있다. 외출하려는 모양이다.

"좋아."

가와무라가 고개를 끄덕이고 문을 열려고 했을 때였다. 왜건 한 대가 류세이와 가와무라가 탄 위장 경찰차 앞을 막듯이 정차했다. 왜건 뒷좌석 문이 열리고 남자 세 명이 내렸다. 가와무라가 운전석에서 내리길래 류세이도 내렸다. 왜건에서 내린 남자 중 한 명이 말했다.

"경시청의 가와무라 씨죠? 실례지만 더는 접근하지 마십시오."

"남의 일을 방해하지 마." 가와무라가 성난 목소리로 대꾸했다. "댁들 돌스지? 무슨 권한으로 그딴 소리를 하는 건데? 사람이 죽었다고. 그걸 수사하는 게 잘못이야?"

나구라가 탄 것으로 추정되는 벤츠가 차고를 빠져나와 천천히 달렸다. 가와무라가 벤츠를 눈으로 좇으며 말했다.

"너희는 인형을 지키기 위한 조직이지? 인형은 대체 뭐야? 죽은 노즈에는 인형이었나?"

세 남자는 대답하지 않았다. 아까 말을 꺼낸 남자가 류세이와 비슷하니 제일 젊어 보였다. 나머지 두 사람은 30대 후반에서 40대 초반이리라. 가와무라와는 초면이 아닌 모양이다.

"야, 대답해."

가와무라가 닦달하자 제일 젊은 남자가 대답했다.

"당신의 수사 능력을 얕봤던 것 같군요. 제가 설명하겠습니다. 시나가와의 사무실로 오시죠. 어딘지는 조사하신 줄로 알고 있습니다."

회유하려는 작정일까. 가와무라를 보니 제안에 응하려는 듯했다.

"알았어. 한번 들어 보지."

"그쪽 분도 함께 오시고요."

젊은 남자의 시선이 날아들어서 류세이는 내심 어깨를 축 늘어뜨렸다. 경시청과 후생노동성의 영역 싸움에 휘말리기는 싫었다. 어떻게든 핑계를 대고 빠져나가려고 했지만, "어이" 하고 가와무라가 이쪽을 노려보았다.

"빨리 타."

가와무라의 재촉에 류세이는 어쩔 수 없이 조수석에 올라탔다.

시나가와에 있는 IT 빌딩 25층, J제네릭의 사무실로 가자세 남자가 가와무라 일행이 도착하기를 기다리고 있었다. 옆에 있는 다카쿠라 류세이는 긴장한 표정이었다. 무리도 아니다. 그는 중도 채용된 SE다.

"들어가시죠."

가와무라는 순순히 그 말에 따랐다. 밖에서 봤을 때는 블라인드가 전부 내려져 있었지만 안은 밝았다. 통창으로 햇빛이 비쳐 들었다. 다만 물건이 별로 없어서 휑한 느낌이 들었다. 제일 젊은 남자—노즈에가 사망한 채로 발견된 현장에서도 보았던 남자—가 앞장서서 안쪽으로 향했다. 문을 열고 들어간 곳은 회의실인지 열 명쯤 앉을 수 있는 커다란 테이블이 있었다.

"앉으시죠."

가와무라가 의자에 앉자 한 칸 띄워서 다카쿠라도 앉았다. 젊은 남자가 가와무라 맞은편에 앉으며 말했다.

"반갑습니다. 돌스의 아사히나 마사루라고 합니다. 현장 책임자예요. 앞으로 잘 부탁드립니다."

아사히나가 명함을 건넸다. 명목상 들고 다니는 명함인지 〈일반 사단법인 J제네릭 주임〉이라고 적혀 있었다. 나이는

20대 후반일까. 이목구비가 단정하게 생겼다. 현장 책임자
가 어느 정도 권한이 있는 지위인지는 모르겠지만, 빈틈없
는 말투에서 우수한 인재라는 느낌이 들었다.

"형사님." 아사히나가 가와무라에게 말했다. "일단 형사
님의 추리를 들려주시겠습니까? 경시청 수사 1과 형사의 견
해를 들어 보고 싶어서요."

"지금 장난쳐?"

"그럴 리가요. 진심입니다."

애당초 정보가 얼마 없다. 하지만 상대가 후생노동성이라
는 점을 고려하면 추리의 선택지는 제한된다.

"무슨 감염증이 아닐까 하는 게 내 생각이야. 죽은 노즈에
가 희귀한 감염증에 걸려서 댁들이 감시하고 있었던 거겠
지. 보도되지 않은 이유는 후생노동성의 과실을 감추기 위
해서일 테고. 요즘 같은 세상에 감염증 환자가 덜컥 죽도록
놔두다니, 매스컴이 군침을 흘릴 만한 소재니까. 적당한 추
리라서 미안하군. 정보가 얼마 없어서 말이야."

"그렇군요. 감염증이라. 그쪽 분은요?"

아사히나가 다카쿠라에게 시선을 주었다. 이 남자의 의견
을 들어본들 별 소용은 없을 것이다. 경찰관이라지만 실상
은 컴퓨터를 상대로 하는 기술자에 지나지 않는다.

"돌아가신 분은 몇 살이죠?"

다카쿠라가 겨우 말을 꺼냈다. 아사히나가 그 질문에 대답했다.

"스물여덟 살입니다."

"그런가요." 다카쿠라는 잠시 생각에 잠기는가 싶더니 더듬더듬하는 투로 말을 꺼냈다. "돌스는 28년 전에 만들어졌다고 상사에게 들었습니다. 돌아가신 분이 태어난 해에 돌스가 생긴 거죠. 그러니 뭔가 인체 실험을 통해 태어난 아이가 아닐까 싶기도 한데요."

SF영화를 너무 많이 봤다. 아니, 나이로 추측건대 게임을 너무 많이 했는지도 모른다. 가와무라는 다카쿠라에게 한마디 했다.

"이봐, 아무리 그래도 인체 실험이라니, 너무 많이 나갔어."

"죄, 죄송합니다."

"아니요, 나쁘지 않은 발상입니다." 아사히나가 끼어들었다. "노즈에가 태어난 해에 저희 돌스가 발족했다는 사실에 착안한 것도 대단하고요. 올바른 추리입니다."

"설마 정말로 인체 실험을……."

하지만 그렇게 생각하면 이해되는 부분이 있는 것도 사실이었다. 돌스에 관해서도 그렇다. 이만큼 비밀리에 운영되는 조직은 또 없다. 그 한 가지만으로도 후생노동성이 감추려는 비밀이 얼마나 큰지 짐작이 간다.

"형사님. 아까 장기 기사 나구라 다이잔을 만나려고 하셨죠. 왜 그에게 주목하셨습니까?"

"얼굴이 닮았으니까. 한 핏줄 아닐까 싶었지. 근거는 없지만 그 외에는 이렇다 할 단서가 없었거든."

"그렇군요. 그에게 주목한 건 정답이었습니다. 이쯤에서 두 분께 확인을 받아야 하겠는데요. 이제부터 제가 들려 드릴 이야기는 국가 기밀이라고 해도 과언이 아닌 정보입니다. 상사에게든 가족에게든 절대로 발설하시면 안 됩니다. 괜찮으시겠습니까?"

그건 무리다. 형사로서, 경찰관으로서 보고할 필요가 있다고 판단했을 때는 반드시 상사나 동료와 정보를 공유하는 것이 경찰 사회의 규칙이다. 하지만 그렇게 말하면 아사히나는 정보를 밝히지 않으리라. 가와무라는 그렇게 판단하고 아무 말 없이 침묵을 지켰다. 옆을 보자 다카쿠라는 창백한 얼굴로 굳어 버렸다. 무슨 사태인지 이해하지 못했는지도 모르겠다.

"알겠습니다." 두 사람의 침묵을 긍정의 뜻으로 받아들였는지 아사히나가 설명을 시작했다. "장기 기사 나구라 다이잔과 죽은 노즈에 다카아키가 닮은 데는 이유가 있습니다. 두 사람은 유전자가 완벽하게 동일하거든요."

유전자가 똑같다면, 쌍둥이라는 뜻인가. 하지만 나이가 너무 차이 나는데. 하지만 이어지는 아사히나의 말은 가와무라의 상상을 깨부쉈다.

"클론이라는 말을 아십니까. 서로 동일한 유전 정보를 지니도록 인간이 의도적으로 만들어 낸 생물 개체 말입니다. 돌리가 유명하죠. 1996년에 스코틀랜드에서 태어난 복제 양 돌리요. 나구라 다이잔과 노즈에 다카아키가 돌리의 인간 버전이라고 보시면 이해하기 쉬우실 것 같네요."

예상을 뛰어넘는 이야기라 머리가 따라가질 못했다. 아사히나가 냉정한 어조로 말을 이었다.

"지금으로부터 28년 전, 한 분자생물학자가 복제 인간 일곱 명을 만들었습니다. 사망한 노즈에는 그중 하나고요. 네, 저희는 복제 인간을 감시하는 조직입니다."

"보, 복제 인간이라니……."

대체 일이 어떻게 돌아가는 거람. 가와무라는 너무 놀라서 아무 말도 꺼낼 수가 없었다.

CLONE
GAME

2장

숨겨진
자들

그 사건은 1990년 여름에 발생했다. 분쿄구 혼코마고메에 사는 아리마 지에라는 여자가 고마고메서에 남편이 실종됐다고 신고한 것이 계기였다. 남편의 이름은 아리마 마사요시(당시 40세), 분쿄구 센다기에 있는 에이린 대학교의 교수로, 전공은 분자생물학이었다. 실험과 논문 집필 등으로 바쁜 아리마 교수가 1주일 정도 집에 들어가지 않는 것은 예삿일이었지만, 이번에는 조금 달랐다. 한 달 가까이 집에 들어오질 않아서 아내 지에는 결국 실종 신고를 했다.

고마고메서는 형식적인 수색에 나섰지만, 집 부근에서도 직장인 대학교 주변에서도 아리마 교수의 행적을 찾지 못했다. 그런데 캠퍼스에서 탐문할 때 조수 중 한 명이 학교 근처 역에서 아리마 교수를 보았다고 했고, 역무원은 아리마 교수가 나가노행 표를 구입했다고 증언했다. 나가노 시내에 에이린 대학교의 휴양 시설이 있긴 하지만, 이미 매물로 내놔서 사용하는 사람은 아무도 없을 때였다.

고마고메서의 협력 요청을 받고 나가노시의 관할서 경찰관이 에이린 대학교의 휴양 시설을 찾아간 것이 8월 31일, 실종 신고가 접수된 지 열흘 후였다. 안으로 들어간 경찰관은 인큐베이터 일곱 대 앞에서 눈을 반짝이는 아리마 교수를 발견한다. 그 눈만 보고도 아리마 교수가 정상이 아니라는 걸 알 수 있을 정도였다. 아리마 교수는 경찰관을 보고 다음과 같이 말했다고 한다.

　"잘 봤지? 전부 내 아이야. 노벨상 내놔."

　인큐베이터에는 태어난 지 얼마 되지 않은 아기가 들어 있었고, 각각 손목 밴드에 이니셜과 생년월일 같은 날짜가 적혀 있었다. 일곱 아기는 모두 8월생이었다. 아기들은 즉시 근처 병원으로 옮겨져 검사를 받았다. 일곱 명 모두 별 이상 없이 건강 상태가 양호했다. 한편 아리마 교수는 극도의 조증 상태라 일단 병원으로 이송돼 일곱 아기와 같은 병동에서 하룻밤을 보냈다.

　다음 날인 9월 1일, 취조에 응한 아리마 교수는 충격적인 사실을 밝힌다.

　"그 일곱 명은 복제 인간이야. 사상 최초의 복제 인간이지."

　처음에는 헛소리라고 생각해 아무도 상대해 주지 않았지만, 도쿄에서 달려온 에이린 대학교의 조교수가 휴양 시설에 남아 있던 아리마 교수의 연구 자료를 확인하고, 일곱 아기가 복제 인간일 가능성이 크다는 견해를 제시했다.

상황이 일변했다. 후생성에도 보고가 들어가서 사실을 검증하기 위한 조사팀이 나가노로 급파됐다. 인류 역사상 최초로 복제 인간 제작에 성공한 사례다. 원래 같으면 전국, 아니 전 세계를 휩쓸어도 이상하지 않을 소식이지만, 당시 일본 정부는 사태를 심각하게 받아들였는지 사실을 은폐하기로 했다. 복제 인간을 제작했다고 하면 도의적 관점에서 전 세계가 비난을 퍼부을 테니 사실을 발표하기가 두려웠던 모양이다.

하지만 아기 일곱 명이 나가노 시내에서 발견됐다는 속보만큼은 막지 못해, 현재도 당시 신문에서 그 기사를 확인할 수 있다. 다만 어느 신문에서도 그 사건을 크게 다루지는 않았다. 1990년 여름에 연쇄 살인마 레오나르도 다미야가 세상을 떠들썩하게 만들었기 때문이다. 1989년부터 여성 열두 명을 살해한 레오나르도 다미야가 1990년 7월에 체포되자 전 국민의 관심이 그의 진술 내용에 집중됐다. 나가노 시내에서 아기 일곱 명이 동시에 발견된 사건은 레오나르도 다미야 사건에 묻혀서 금세 잊혔다.

정부의 주도하에 비밀 팀이 만들어졌다. 후생성을 중심으로 한 관료와 연구자로 구성된 그들의 목적은 복제 인간 일곱 명의 유지와 관리였다. 세상 사람들 몰래 복제 인간 일곱 명의 성장을 지켜보고, 그 과정을 기록하고자 했다.

일곱 아기는 도쿄 도내의 모 대학 병원으로 옮겨졌다. 후생성 팀은 일곱 명을 앞으로 어떻게 육성할지 논의했다. 한곳에서 함께 키울 것인가. 아니면 따로따로 키울 것인가. 이름은 어떻게 할 것인가. 결정하고 실행해야 할 과제가 산더미처럼 많았다.

한편 시간이 흐르면서 아리마 교수의 연구 내용도 그 전모가 밝혀졌다. 아리마 교수가 이용한 방법은 체세포 핵 이식이었다. A의 체세포에서 추출한 핵을 B에서 추출한 난자(핵은 제거)에 이식하고, 미약한 전압을 가해 초기배로 만든다. 완성된 초기배를 B의 자궁에 이식해 출산시킨다(차이점은 있지만 6년 후 스코틀랜드의 로슬린 연구소에서 복제 양 돌리를 만든 것과 거의 같은 방법이다).

적어도 협력자(대리모, 난자 제공자)가 일곱 명은 있었던 셈이지만, 그 여성들의 정체는 후속 조사에서도 밝혀지지 않았다. 아리마도 협력자에 관련해서는 완고하게 입을 다물었다. 아마도 경제적으로 빈곤한 성인 여성을 극비로 모집해, 거액의 사례금을 미끼로 고용한 것이 아닐까 추정되었다.

체세포 제공자, 즉 복제 인간의 오리지널은 일곱 명 중 여섯 명이 밝혀졌다. 여섯 명 모두 우수한 일본인으로, 나사의 우주 비행사, 당시 최강이라고 일컬어진 장기 기사, 일본을 대표하는 뇌신경외과의 등 그야말로 호화로운 면면이었다. 해당하는 여섯 명 모두 에이린 대학교 부속 병원에서 검진을 받은 적이 있으므로 부속 병원에서 해당자의 체세포를 입수했을 가능성이 크지만, 아리마 교수는 입수 방법에 관해서도 입을 꾹 다물었다. 간호사를 매수했을 것으로 추정되지만 누군지는 알아내지 못했다. 덧붙여 오리지널의 정체가 밝혀지지 않은 일곱 번째 체세포 제공자는 아리마 교수 본인이 아니겠느냐는 주장이 나왔고, 교수도 부정은 하지 않았다.

복제 인간 일곱 명은 정부의 엄중한 감시하에 있었지만, 육성할 때는 인격을 제공해야 한다는 견해가 제시됐다. 그래서 호적을 만들어 일반인과 똑같이 키우기로 했다. 일반인과 다른 점은 일곱 명 모두 가족이 없어서 주로 보육원에서 자랐다는 것, 행동을 항상 감시당한다는 것. 그 두 가지였다.

복제 인간 일곱 명은 본인이 복제 인간이라는 사실을 모르고서 일반인들처럼 아주 평범하게 살아가고 있다.

마치 SF영화의 설정 자료집을 읽는 기분이었다. 다카쿠라 류세이는 J제네릭의 사무실에서 아사히나 마사루가 제공한 자료를 훑어보는 중이었다. 옆에는 경시청 소속 형사 가와무라가 있다. 자료가 한 권뿐이라 같이 읽는 동안 가와무라는 가끔 앓는 듯한 소리를 냈다.

자료를 다 읽은 후에도 류세이는 도저히 믿을 수가 없었다. 자기가 살고 있는 일본에서 일어난 일이 아닌 것 같았다. 잠시 후에야 자료를 다 읽었는지 가와무라가 물었다.

"믿어져?"

"아니요." 류세이는 솔직하게 대답했다. "무슨 영화 각본인 줄 알았습니다. 복제 인간을 만들기가 그렇게 쉬울 것 같지는 않은데요."

"내 생각도 그래. 하지만 우리를 속여 봤자 아무 의미도 없잖아. 속이더라도 좀 더 그럴싸한 거짓말을 하겠지."

그것도 그렇다. 이렇게까지 장대한 이야기를 꾸며 낼 이유가 없다.

"즉, 우리나라에는 복제 인간이 일곱 명 있고, 그들은 본인이 복제 인간인 줄 모른 채 평범하게 살고 있다. 그리고 그들을 몰래 감시하는 조직이 돌스라는 거로군."

그리고 지난주에 일곱 명 중 한 명이 죽었다. 복제 인간이 사망하자 당황한 돌스는 시신을 극비리에 처리하기 위해 경찰의 개입을 저지한 것이다.

어쨌거나 자신과는 상관없는 이야기라고 류세이는 생각

했다. 사이버 범죄 수사관이라는 직함을 달고 있지만, 결국은 일개 SE에 불과하다. 국가 기밀이 얽힌 범죄에 개입하는 건 너무 무거운 짐이다.

"가와무라 씨, 저는 이만……."

류세이가 말을 꺼내려는데 회의실 문이 열리고 아사히나가 들어왔다. 그리고 미소 띤 얼굴로 물었다.

"다 읽으셨습니까?"

가와무라가 대답했다.

"그래. 솔직히 믿기지 않아. 복제 인간은 영화나 소설에서만 다루는 소재인 줄 알았는데."

"양으로 할 수 있는 일을 인간으로 못 할 리 없죠. 아리마가 만든 복제 인간은 최고 기밀 사항으로 관리됩니다. 저희 돌스 소속 말고 아는 사람은 오십 명도 안 돼요."

"그런 중요한 이야기를 왜 우리한테 해 준 거지?"

"당신들이 저희에게 너무 접근했다는 것이 한 가지 이유입니다. 처음에는 두 분을 제거하려고 했어요. 아니, 목숨을 빼앗겠다는 흉흉한 이야기는 아니고요. 예를 들면 다른 부서로 이동시키는 등 방법은 얼마든지 있으니까요."

아사히나는 아직 젊다. 분명 류세이처럼 20대 후반이리라. 그런데도 이목구비가 단정한 얼굴 어딘가에 초연한 분위기가 감돈다. 만나 본 적은 없지만 우수한 관료는 이런 인간 아닐까. 류세이는 멋대로 그렇게 생각했다.

"원래 같으면 제거를 선택했겠죠. 하지만 현재 저희는 궁지에 몰렸습니다. 클론 1호가 누군가에게 살해당했거든요. 상부의 지시로 클론 1호의 죽음을 은폐했지만, 지금은 그 판단이 틀린 게 아니냐는 반성의 목소리도 나옵니다. 살인 사건임을 감안해 경찰한테 수사를 맡겨야 했었다는 거죠."

"당연하지." 가와무라가 끼어들었다. "한 인간이 살해당했어. 경찰이 수사하는 게 당연하잖아. 살인자를 내버려 두면 위험해."

"그래서 두 분을 여기로 모신 겁니다. 가와무라 경위님은 우수한 형사였다고 들었고, 함께 행동하는 분은 사이버 범죄 수사관이라죠? 부디 이 사건을 수사해 주셨으면 하네요."

우수한 형사였다—. 과거형이라서 류세이는 어쩐지 찜찜했다. 그게 원인인지는 모르겠지만 가와무라가 불쾌한 표정으로 말했다.

"이제 와서 뭔 소리야. 사건 수사는 초동 수사가 핵심이라고. 그리고 요즘은 과학 수사가 기본이야. 시신을 부검해서 사인과 사망 추정 시각을 알아내고, 현장에 남은 지문과 유류품을 바탕으로 수사를 진행하지. 형사 드라마도 안 봤어?"

"그 점은 사과드립니다. 어떻습니까? 만약 협력해 주신다면 두 분의 상사에게는 저희가 설명하겠습니다. 사정이 사정이니만큼 일을 더 복잡하게 만들고 싶지는 않으니까요."

　류세이는 가능하면 빠지고 싶었지만 자기 혼자 거절하기는 어려울 듯했다. 가와무라를 보자 손가락으로 이마를 두드리고 있었다. 이윽고 가와무라가 고개를 들었다.

　"알았어. 하지만 아까도 말했듯이 과학 수사 없이는 범인을 특정하기가 몹시 어려워. 그건 이해하지?"

　"감사합니다. 잘 부탁드립니다."

　그렇게 말하고 아사히나가 손을 내밀었다. 가와무라는 당혹스러운 표정으로 그 손을 맞잡았다.

　"다카쿠라 씨도 잘 부탁드립니다."

　"저, 저야말로요."

　류세이도 아사히나와 악수를 나누었다. 아사히나는 테이블의 내선 전화로 "커피 부탁해" 하고 짤막하게 말한 후 두 사람에게 고개를 돌렸다.

　"저는 일정이 있어서 먼저 실례하겠습니다. 다른 직원이 좀 더 자세하게 설명해 드릴 겁니다."

　그리고 아사히나는 회의실에서 나갔다.

~~~~~

　다음으로 방에 들어온 사람은 몸집이 실팍한 남자였다.

남자는 커피가 담긴 종이컵을 테이블에 내려놓고 말했다.

"하타케야마라고 합니다. 잘 부탁드립니다."

가와무라는 서슴없이 커피를 마시며 치뜬 눈으로 하타케야마라는 남자를 관찰했다. 아사히나가 부드럽고 중성적으로 느껴지는 분위기였던 반면, 하타케야마는 눈빛이 칼날처럼 날카로웠다. 후생노동성의 이미지와는 동떨어지게 폭력적인 냄새마저 풍겼다.

"일단 이걸 보시죠."

하타케야마가 고마자와에서 사망한 노즈에 다카아키의 프로필을 건네주었다. 하지만 내용은 세타가야서의 누마타가 조사해서 알려 준 것과 별 차이 없었다. 키와 몸무게, 출신 대학 등은 새로운 정보였지만, 사건 해결에 도움이 될 것 같지는 않았다.

"참고로 노즈에의 시신은 어디에 있지?"

가와무라의 질문에 하타케야마가 대답했다.

"저희가 보관 중입니다. 현재, 화장할 예정은 없습니다."

가와무라 생각에도 그럴 것 같았다. 복제 인간을 화장할 리 없다. 생물학적 성과를 따지면 그 가치는 헤아릴 수 없으리라.

"나머지 복제 인간 여섯 명의 이름과 거주지 등 자세한 정보를 알려 줘."

가와무라가 부탁했지만 하타케야마는 고개를 끄덕이지 않았다.

"그건 안 됩니다."

"왜?"

"두 분께 제공할 수 있는 정보는 제한돼 있고, 제공 여부를 판단하는 건 아사히나 씨라서요."

"중요도에 따라 정보에 등급을 매겨 놨나?"

하타케야마는 잠시 생각에 잠겼지만 밝혀도 무방한 내용이라고 판단했는지 말을 골라 가며 설명했다.

"카테고리 1부터 3까지 나누어져 있습니다. 카테고리 1이 제일 중요한 기밀이고요. 제가 알 수 있는 건 카테고리 2까지고, 아사히나 씨도 마찬가지입니다."

가와무라는 생각에 잠겼다. 즉, 아사히나조차 모르는 정보가 있다는 뜻인가. 어쩐지 상상은 갔다. 아까 자료를 읽다가 마음에 걸리는 점이 몇 가지 있었다.

"고마자와의 현장을 보여 줘. 감식과는 아니지만 범행 현장 관찰은 수사에 빼놓을 수 없는 부분이야."

"그건 어렵겠는데요. 이미 청소업자가 다녀갔습니다. 가구 하나 남아 있지 않을 겁니다."

제기랄. 가와무라는 한숨을 쉬었다. 수사를 의뢰해 놓고 협력할 마음은 일절 없는 건가. 아사히나의 의도가 점점 보이는 것 같았다. 가와무라는 질문의 방향을 바꾸었다.

"댁들은 남은 복제 인간 여섯 명을 항상 감시하고 있겠지. 어떤 식으로 감시하는지 구체적으로 말해 봐."

"24시간 내내 두 명 이상의 감시원이 대상자를 감시합니다. 다만 복제 인간이 직장 등에서 활동할 때는 감시가 약해집니다. 예를 들어 회사에 다니는 복제 인간일 경우, 그 회사 근처에 반드시 감시원이 대기합니다."

대단한 노력이라고 가와무라는 생각했다. 다카쿠라가 조사한 돌스의 예산을 떠올렸다. 연간 10억 엔이 넘는 예산으로 움직이고, 그중 7억 엔이 인건비라고 했다. 단순히 계산하면 복제 인간 하나당 1억 엔의 인건비가 사용된다는 뜻이다.

"복제 인간은 겉모습이 오리지널과 똑같다고 봐도 될까?"

가와무라의 물음에 하타케야마가 대답했다.

"꼭 그렇지는 않습니다. 쌍둥이 정도라고 보시면 될 것 같네요. 저도 복제 인간을 전부 다 본 건 아니지만, 오리지널과 닮은 경우도 있고, 별로 안 닮은 경우도 있습니다."

그렇게 되나. 복제라길래 겉모습이 완전히 똑같을 줄만 알았다. 역시 현실은 SF와 다른 모양이다.

"마지막으로 하나만 더." 가와무라는 아까 자료를 읽었을 때 느낀 의문을 말했다. "복제 인간 일곱 명을 발견했을 때, 정부가 아무 망설임도 없이 일을 은폐하기로 결정한 인상이었어. 28년 전에 공표 여부를 놓고 별다른 충돌이 없었던 건가?"

하타케야마는 잠시 생각하다 단념한 듯 말을 꺼냈다.

"역시 형사다우십니다. 28년 전에 정부는 거액의 예산을 투입해 돌스를 설립하고, 복제 인간 감시 및 정보 은폐를 추진했습니다. 하지만 영원히 은폐할 작정은 아니었어요. 복제 인간이 어느 정도 성장하면 보고서와 함께 전 세계에 아리마 버전 복제 인간의 연구 성과를 공표할 계획이었습니다. 그러기 위해 돌스를 설립한 거였죠."

어려운 내용은 잘 모른다. 하지만 복제 인간의 연구 성과에 큰 가치가 있다는 것만큼은 이해했다. 이 경우에 복제 인간의 가치는 이권을 의미한다. 즉 돈이다. 복제 인간의 연구 성과는 거대한 이권을 가져다주리라.

"그런데 왜 공표하지 않았지?"

가와무라가 묻자 옆에 있던 다카쿠라가 중얼거렸다. "돌리……."

"맞습니다. 1997년에 복제 양 돌리가 발표되자 전 세계가 충격에 빠졌죠. 하지만 그 반응은 돌스, 아니 정부의 예상 이상으로 부정적이었습니다. 특히 미국이나 유럽에서는 종교적 이유로 돌리에게 아주 강한 혐오감을 품었죠."

가와무라도 복제 양 돌리 얘기를 들었을 때를 기억한다. 확실히 기분이 별로 좋지는 않았다. 좀 꺼림칙하다는 식으로 생각했던 것 같다.

"세계적으로 복제 인간을 받아들일 토양이 없었던 거죠. 돌리가 발표된 후 정부는 방향을 전환할 수밖에 없었습니다. 그 후로 아리마 버전 복제 인간의 존재는 숨겨져 왔습니다. 복제 인간을 은폐하는 것만이 돌스의 존재 의의가 됐고요."

과연. 이제야 수긍이 갔다. 돌스라는 조직의 성립과 변천에 대해 이해했다.

"설명 고마워. 이제야 이해가 가는군."

"별말씀을. 그럼 오늘은 이만."

하타케야마가 자리에서 일어섰다.

"우리도 이만 가 볼게. 앞으로 수사는 어떻게 하면 되지? 댁들의 지시에 따라야 하는 건가?"

"마음대로 움직이셔도 상관없습니다. 혹시 진전이 있으면 이 번호로 연락 주십시오."

하타케야마가 명함 크기의 종잇조각을 주었다. 종이에는 핸드폰 번호가 적혀 있었다. 이 남자의 전화번호일까.

하타케야마의 배웅을 받으며 사무실을 나섰다. 다카쿠라도 따라왔다. 둘이서 엘리베이터를 타고 1층으로 내려갔다.

"어떻게 생각해?"

가와무라가 묻자 다카쿠라는 대답했다.

"솔직히 말해 제가 나설 일은 아니네요."

가와무라가 생각하기에도 그렇기는 했다. 가와무라도 실은 비슷한 심정이었다. 복제 인간 살인 사건이라니, 일개 형사가 담당하기에는 너무 무거운 짐이다.

"가와무라 씨." 다카쿠라가 물었다. "정말로 단둘이 수사하실 건가요? 저는 수사 같은 거 할 줄 모르는데요."

"놈들도 진심으로 우리한테 수사를 맡길 생각은 없을걸. 우리가 눈에 거슬렸던 거지. 제거하기보다 끌어들이는 편이 낫겠다 싶었던 거야."

아사히나의 여유 넘치는 태도가 떠올랐다. 놈은 우리의 수사에 기대감이 전혀 없을 것이다. 하지만 이렇게 된 이상, 반드시 성과를 올려서 아사히나의 코를 납작하게 해 주고 싶다는 기분도 들었다.

시계를 보자 오후 5시 30분이 지났다. 오늘은 일단 헤어지기로 했다. 다카쿠라의 일터는 여기서 걸어갈 수 있는 거리였다.

"갈게." 가와무라는 다카쿠라에게 한마디 던지고 시나가와역으로 향했다.

~~~~~

　류세이가 일하는 사이버 보안 대책실의 근무 시간은 오전 8시 30분부터 오후 5시 15분까지다. 류세이가 직장으로 돌아가자 사무실에는 사람이 거의 없었다. 류세이의 동료들은 기본적으로 야근을 하지 않고, 대부분 퇴근 시간이 되면 얼른 집으로 돌아간다.

　류세이는 자기 자리에 앉아 컴퓨터를 켰다. 자리를 비운 사이에 온 메일은 없었다. 오늘은 이만 돌아갈까 싶었을 때 뒤에서 목소리가 들렸다.

　"고생 많았어요. 힘들었나 보네요."

　돌아보자 지가 실장이 서 있었다. 지가는 가까이 있던 의자를 끌어당겨서 앉으며 말했다.

　"아까 후생노동성의 아사히나라는 사람한테 전화가 왔어요. 한동안 다카쿠라 군이 일을 좀 도와주길 바란다더군요. 거절할 이유도 없길래 승낙했습니다."

　벌써 교섭을 끝내다니 참 빠르다. 아사히나가 뭐라고 설명했는지 궁금해서 지가에게 슬쩍 물어보았다.

　"그쪽에서 뭐라고 하던가요?"

　"희귀한 감염증에 걸린 시신이 발견됐다고 하더군요. 사망자가 활동했던 지역을 알아내기 위해 컴퓨터로 분석할 필

요가 있다는 이야기였습니다. 어때요? 수사 1과 가와무라

경위와는 잘 맞습니까?"

"네, 뭐." 류세이는 대답했다. "그쪽은 베테랑 형사니까 방

해되지 않도록 유의하고 있습니다."

"너무 무리하지는 말고요. 이쪽 업무가 부담될 것 같으면

언제든지 말해요."

지가는 일어서서 의자를 원래 있던 곳에 돌려놓고 사무실

안쪽으로 들어갔다. 지가는 사무실 제일 안쪽 자기 자리에

서 잡지나 신문을 읽는 것이 일과다.

류세이는 컴퓨터를 끄고 사무실을 나섰다. 엘리베이터를

타고 1층으로 내려가 퇴근하는 회사원들에 섞여 빌딩을 뒤

로했다. 오가는 사람들의 표정이 밝은 건 오늘이 금요일이

라서일까. 가끔은 외식도 좋을지 모른다. 예전에는 퇴근길

에 미나와 만나 밥을 먹곤 했다.

사귄 지 오래됐으므로 류세이는 미나가 뭘 좋아하고 뭘

싫어하는지 다 안다. 시나가와역 근처 양식집에 자주 가서

미나는 햄버그를, 류세이는 포크진저(돼지고기 생강구이의 일

본식 영어−옮긴이 주)를 즐겨 먹었다. 오랜만에 그 가게에 가

볼까.

류세이는 스마트폰을 꺼내서 미나에게 전화했다. 하지만

아무리 기다려도 전화를 받지 않았다. 어떻게 된 걸까. 불안

해진 류헤이는 걸음을 멈추고 시나가와역으로 향하는 회사원들 사이에서 벗어났다. 인도 가장자리에 서서 다시 전화를 걸었다.

결과는 마찬가지였다. 저녁을 차리느라 전화 온 줄도 모르는 걸까. 그렇다면 외식은 어렵겠다고 생각하며 걸음을 옮기려는데 문자가 한 통 왔다. 〈지금 병원. 이제 집에 가〉라는 내용이었다.

미나는 지금도 산부인과에 다닌다. 오늘이 병원 가는 날이었구나. 그렇게 생각하며 류세이는 다시 역으로 향했다.

그나저나 복제 인간이라니, 일이 골치 아파졌다. 일본에 존재하는 복제 인간 일곱 명 중 한 명이 살해당했다. 현실감이 전혀 없다. 마치 SF영화 같았다.

그것도 모자라 복제 인간을 살해한 범인을 찾는 임무를 맡게 됐다. 가와무라라는 그 형사가 문제다. 그는 분명 진심으로 수사에 임할 것이다. 그의 행동에 말려들기는 싫지만, 협력할 수밖에 없는 상황이 조성됐다.

시나가와역에 들어섰을 때 호주머니 속의 스마트폰이 진동했다. 미나인가 싶어 화면을 확인하자 모르는 번호가 떠 있었다. 찜찜한 예감이 들었지만 류세이는 스마트폰을 귀에 댔다. "네, 다카쿠라입니다."

"나야, 가와무라."

역시나. 류세이는 속으로 한숨을 쉬었다. 가와무라가 일방적으로 물었다.

"지금 어디야?"

"시나가와역이요. 집에 가는 길인데요."

"시나가와. 10분이면 도착하니까 거기서 기다리고 있어."

그 목소리에 사이렌 소리가 섞여서 들렸다. 아무래도 경찰차를 운전 중인가 보다.

"무슨 일 있습니까? 오늘은 이미 퇴근했는데요."

"방금 아사히나한테 전화가 왔어. 복제 인간이 한 명 더 살해당했대."

~~~~~

현장은 도시마구 시이나마치역 근처에 있는 연립주택이었다. 가와무라가 도착하자 아사히나가 기다리고 있었다. 아사히나는 돌스에서 인원을 세 명 데리고 왔다. 양복을 빼입은 그들은 전부 우수해 보였다. 하타케야마도 있었다.

"이쪽입니다."

아사히나의 안내에 따라 바깥 계단을 올랐다. 2층 복도 중간쯤에서 아사히나가 걸음을 멈췄다. "이 방입니다."

가와무라는 방을 들여다보았다. 원룸이라 내부가 한눈에 들어왔다. 방 안에 남자 한 명이 쓰러져 있었다. 가와무라는 신발을 벗고 신중한 걸음걸이로 남자에게 다가갔다. 위를 보고 쓰러진 남자의 가슴에는 칼이 꽂혀 있었다. 틀림없이 사망했다.

가와무라는 방에서 나와 밖에서 기다리고 있던 아사히나에게 물었다.

"경찰에 신고는?"

"아직입니다. 가와무라 씨의 지시를 받으려고요."

"당장 경찰에 신고해."

"잠깐만요." 아사히나가 반론했다. "이 사람의 정체가 밝혀지면 곤란해요. 저희에게는 비밀 유지가 제일 중요한 사항입니다."

돌스에게 최악의 시나리오는 시신의 정체가 복제 인간이라는 사실이 발각되는 것이다. 아사히나는 그걸 걱정하는 것이리라.

"부검으로 복제 인간이라는 걸 알 수 있나?"

복제 인간이 존재한다는 사실 자체를 오늘 알았으므로, 가와무라는 복제 인간에 대해 아는 바가 전혀 없다. 하지만 의사가 부검한다고 시신이 복제 인간임을 밝혀낼 수는 없을 것 같았다.

"불가능하죠." 아사히나가 대답했다. "부검으로 복제 인간임을 간파할 수는 없습니다. 복제했다지만 엄연한 인간이니까요. 가와무라 씨 말씀대로 경찰에 신고하는 게 최선책일지도 모르겠군요. 하지만 저희의 존재를 경찰에게 밝힐 수는 없습니다. 그 점은 이해해 주시기 바랍니다."

"알았어. 잠깐 입을 맞추도록 하지."

"장소를 바꾸시죠."

현장인 연립주택 대각선 맞은편에 돌스가 감시용으로 빌린 방이 있다길래 일단 거기로 갔다. 실내에는 망원경과 컴퓨터 등의 감시 도구가 놓여 있었다.

"일단 시체를 발견한 경위부터 말해 봐."

"네." 대답과 함께 40대로 보이는 남자가 앞으로 나섰다. 이 남자가 피해자를 감시했었나 보다. "대상자는 오후 5시 45분에 귀가. 그리고 5시 55분에 오토바이 한 대가 연립주택 아래에 멈췄습니다."

오토바이 탑승자는 라이더 슈트와 풀페이스 헬멧을 착용한 남자였다. 남자는 계단을 뛰어올라 피해자의 방 문을 두드렸다. 문이 열리자 남자는 강제로 방에 침입했다.

"이 시점에서 저희는 비상사태임을 알아차렸고, 제가 대상자의 방으로 향했습니다만 이미 늦었습니다. 제가 연립주택에 도착했을 때 오토바이가 출발하더군요. 풀페이스 헬멧을 쓴 남자는 딱 1분쯤 대상자의 방에 있었을 겁니다."

"오토바이를 타고 달아난 남자에게 다른 특징은 없었나?"

"오토바이 번호입니다. 급히 적느라 틀렸을 수도 있습니다만."

남자가 종잇조각을 가와무라에게 내밀었다. 잘했다. 오토바이 번호를 조회할 수 있는 것만으로도 큰 수확이다.

"사망한 남자에 대해서 알려 줘. 난 스물여덟 살이라는 것밖에 몰라."

복제 인간 일곱 명은 28년 전 여름에 태어났으므로 모두 스물여덟 살이다. 벽 앞에 서 있던 아사히나가 가와무라의 질문에 대답했다.

"이름은 엔도 교헤이. 네리마의 전자기기 회사에서 일하는 기술자입니다. 독신이고 취미는 게임. 그의 오리지널은 에비누마 고라는 우주 비행사입니다."

"설마 그 에비누마 고?"

"네. 아리마 교수가 복제 인간을 만들기 위해 오리지널의 세포를 입수했을 것으로 추정되는 에이린 대학교 부속 병원은 도쿄 도내에서도 규모가 큰 대학 병원입니다. 운동선수와 연예인 등 유명한 사람도 많이 이용하죠."

가와무라가 고등학생 시절, 과학 시간에 교사가 들려준 이야기가 아직도 기억난다. 우주 비행사 에비누마 고는 우

주 왕복선 엔데버호에 과학 기술자로서 탑승했다. 우주 왕
복선에 탑승한 건 그때 한 번뿐이고, 귀환한 후에는 일본 우
주항공연구개발기구의 요직에 있으면서 강연도 했다고 한
다. 분명 몇 년 전에 작고했을 것이다.

"한 가지 확인할게." 가와무라는 아사히나에게 물었다.
"감시 방법은 여기서 지켜보는 것뿐이야? 몰래카메라나 도
청기 같은 물건을 대상자 주변에 설치하지는 않고?"

"방에 도청기를 설치해 놨습니다. 당장 치우도록 하겠습
니다."

"부탁해."

남자 한 명이 방에서 나갔다. 경찰이 출동해서 방을 조사
할 때 도청기가 발견되면 성가시다.

"그밖에는 없어? 발견되면 안 되는 물건이 있으면 지금
치워."

"걱정하지 마세요. 도청기 말고는 없으니까요."

문제는 누가 신고하느냐다. 돌스 사람이 신고할 수는 없
다. 가와무라가 직접 신고해도 되지만, 왜 여기를 지나갔는
지 설명하기가 번거롭다. 내버려 둔다고 누군가 시신을 발
견할 거라는 보증은 없다.

"밖에 내가 타고 온 위장 경찰차가 있어. 조수석에 앉아 있
는 남자를 불러와."

아사히나가 다른 남자에게 눈짓했다. 눈짓을 받은 남자가 방에서 뛰어나갔다.

"다카쿠라 씨를 신고자로 내세우려고요?"

아사히나가 묻길래 가와무라는 고개를 끄덕였다.

"소거법이지. 그 녀석 말고는 없잖아."

~~~~~

나쓰카와 이쿠토는 나카노역 근처 서점에 있었다. 피아노 교본을 사기 위해서다. 그렇게 큰 서점은 아니었지만 어린이용 피아노 교본은 있었다. 꽤 다양한 교본 중 세 권을 사서 서점을 나섰다.

금요일이라 그런지 나카노역 주변은 사람들로 북적였다. 이쿠토는 편의점에 들러 봉지 빵과 음료수를 사서 바바가 기다리는 음악 스튜디오로 향했다.

이렇게나 피아노에 푹 빠지다니 이쿠토 본인도 놀랐다. 지금까지 살면서 이렇게나 뭔가에 열중한 건 처음 아닐까 싶을 정도였다. 대학생 때 처음으로 누군가를 좋아했을 때 느꼈던 기분과 비슷하다. 자나 깨나 그 사람만 생각했던 그 기분 말이다.

이럴 줄 알았으면 좀 더 일찍 피아노를 배울 걸 그랬다는 생각도 들었지만, 지금 배우는 게 낫다고 마음을 고쳐먹었다. 대학생 때보다 시간과 돈에 여유가 있고, 취미에 몰두할 수 있는 환경도 갖추었으니까. 이쿠토는 한동안 바바에게 교습을 받다가 가능하면 집에서 피아노를 치고 싶었다. 겨울에 상여금이 나오면 이사를 생각해 보기로 했다. 악기 연주가 허용되는 집을 찾는 것이다. 주로 음대생에게 빌려주는 집이 있다고 들었다. 그리고 저렴한 중고 피아노를 사면 된다.

스튜디오가 있는 빌딩에 도착했다. 지하로 계단을 내려갔지만 문은 잠겨 있었다. 두드려도 반응이 없었다. 바바는 아직 안 온 걸까.

위로 올라가 편의점에서 산 캔 커피를 마시며 바바가 오기를 기다렸다. 빌딩 벽에 등을 대고 앉아 서점에서 산 교본을 펼쳤다. 도레미파솔라시도. 높은음자리표. 샤프와 플랫. 악보 읽는 법부터 시작하므로 아주 이해하기 쉽다. 이럴 줄 알았으면 초등학교 때 좀 더 진지하게 음악 수업을 들을 걸 그랬다.

오선보에 배치된 음표와 음부 기호는 마치 보물이 숨겨진 곳을 알려 주는 지도 같았다. 그걸 따라가면 음악이 태어나니까. 〈음표를 그려봅시다〉라는 연습문제가 있길래 이쿠토는 열심히 오선보에 음표를 그렸다. 올챙이를 닮은 음표를 오선보에 그리는 게 재미있었다.

교본을 반쯤 읽었는데도 바바는 나타날 낌새가 없었다. 약속 시간인 오후 7시가 지났다. 전화해 볼까. 이쿠토는 스마트폰을 꺼내서 전화를 걸었다. 발신음이 다섯 번 울린 후 음성사서함으로 연결됐다. 몇 번 더 걸어 보았지만 결과는 마찬가지였다.

이쿠토는 캔 커피를 한 모금 마시고 피아노 교본을 무릎 위에 얹었다. 다시 미지의 세계로 탐험을 떠나려 했을 때 스마트폰이 울렸다. 바바의 전화였다.

"이쿠토, 미안해."

전화를 받자마자 바바가 사과했다.

"무슨 일 있으세요?"

"급한 일이 생겨서. 내일은 시간을 낼 수 있을 거야."

이쿠토는 낙담했지만 배우는 처지라 불평은 할 수 없다. 그 순간 바바가 생각지도 못한 말을 꺼냈다.

"나는 못 가지만 스튜디오는 마음대로 써도 돼. 혹시 이런 일도 생기지 않을까 싶어서 열쇠를 감춰 놨거든. 스튜디오 앞이지? 문 앞으로 가 봐."

"알겠습니다."

이쿠토는 피아노 교본과 캔 커피를 들고 얼른 계단을 내려갔다. 문 앞에 서서 스마트폰을 귀에 댔다. "문 앞인데요."

"우산꽂이 뒤쪽에 접착테이프로 열쇠를 붙여 놨어."

바바의 말대로였다. 우산꽂이 뒤쪽에 손을 넣자 접착테이프와 열쇠의 감촉이 느껴졌다. "찾았어요. 감사합니다."

"지금은 이쿠토 말고 교습을 받는 사람이 없고, 밴드 연습도 안 해. 그러니까 당분간 스튜디오를 마음대로 써도 돼."

"정말요?"

"물론이지. 그럼 다음에 보자, 이쿠토."

전화가 끊겼다. 이쿠토는 열쇠로 스튜디오 문을 열었다. 불을 켜자 아무도 없는 스튜디오 한복판에 있는 그랜드피아노가 눈에 확 들어왔다. 이쿠토는 문을 잠근 후 피아노로 다가가 의자에 앉았다.

시간은 넉넉하다. 이쿠토는 행복했다. 앞으로 몇 시간은 잡생각을 버리고 피아노를 칠 수 있다.

~~~~

류세이는 이케부쿠로 경찰서에 있었다. 취조실이 아니라 어수선한 형사실의 한구석이다. 아까부터 험상궂게 생긴 형사에게 질문 공세를 당하는 중이다.

"처음부터 다시 정리할까." 형사가 말했다. "당신은 오후 5시 40분에 전철을 환승해서 시이나마치역에 내렸어. 시이나마치에 온 이유는 옛날 친구를 만나기 위해서야. 그리고 길을 걷다가 연립주택에서 라이더 슈트 차림의 남자가 뛰어나오는 걸 봤지. 남자가 오토바이를 타고 떠난 후 연립주택 2층의 문 하나가 열려 있는 걸 알아차렸고. 여기까지는 맞나?"

"네, 맞습니다."

"당신은 수상쩍은 기분에 계단을 올라 문제의 방을 들여다봤어. 그리고 방에 쓰러진 남자를 발견하고 경찰에 신고했어. 그렇게 된 건가?"

"네. 말씀대롭니다."

시신의 첫 번째 발견자로 나서 달라는 가와무라의 제안을 듣고 류세이는 깜짝 놀랐지만, 다들 결정된 일이라는 듯한 분위기라서 거절할 수 없었다. 뭘 말하고 뭘 말하면 안 되는지는 전부 가와무라와 상의해서 확인해 두었다.

"당신이 지나가서 다행이었어. 시신을 발견한 데다 도주한 오토바이 번호까지 적어 놓다니, 공을 세웠군. 사이버 범죄 수사관이라고 했지? 처음 만났지만 제법인걸."

"운이 좋았습니다."

이미 이쪽 신분을 밝혔고 조회도 마쳤다. 사이버 범죄 수사관이 지나가다 우연히 현장을 발견했다는 류세이의 이야기를 현재로서는 형사도 믿는 눈치였다.

"당신이 찾아가려던 친구 말인데, 지금은 거기 다른 사람이 사나 봐."

"그럴 수도 있을 것 같았어요. 대학 시절 친구거든요."

곧 오후 9시였다. 현장에 경찰차가 도착한 시간이 오후 6시 30분. 현장에서 한 시간쯤 사정을 진술한 후, 이케부쿠로서로 자리를 옮겨 다시 형사에게 진술했다.

"일단 이 정도면 되겠군. 궁금한 게 있으면 연락할게. 오늘은 이만 돌아가도 돼. 고생 많았어."

"실례하겠습니다."

류세이는 형사의 안내를 받아 엘리베이터를 탔다. 이케부쿠로서에서 나왔지만 여기가 어딘지 전혀 짐작이 가지 않았다. 이케부쿠로는 와 본 적이 거의 없어서 지리를 잘 모른다. 류세이가 스마트폰 지도앱을 켜려는데 뒤에서 목소리가 들렸다.

"다카쿠라, 수고했어." 가와무라가 서 있었다. 그가 대뜸 말했다. "가자."

류세이는 가와무라와 어깨를 나란히 하고 걸었다. 어딘가 위장 경찰차가 있을 줄 알았는데, 가와무라가 향한 곳은 길가에 있는 중화요릿집이었다. 그러고 보니 낮부터 아무것도 못 먹었다.

카운터를 빼면 테이블이 두 개뿐인 작은 가게다. 두 사람은 빈 테이블에 앉았다. 가와무라가 벽에 붙은 메뉴를 보고 군만두와 볶음밥을 주문하길래 류세이도 같은 걸 시켰다.

"미안해." 가와무라가 물수건으로 얼굴을 닦으며 말했다. "너밖에 신고할 사람이 없었거든. 별문제 없었어?"

"없었습니다. 제 이야기를 전면적으로 믿는 눈치였어요."

"그거 다행이군. 에비누마 고라고 알아? 죽은 복제 인간의 오리지널이야."

"모릅니다. 뭐 하는 사람인데요?"

"우주 비행사."

류세이는 그 자리에서 스마트폰으로 검색했다. 에비누마 고라는 우주 비행사에 관한 정보가 나왔다. 90년대 초반에 우주 왕복선에 탑승한 전적이 있는 우주 비행사로 2년 전에 작고했다. 당시 우주로 날아가는 그의 모습에 전 국민이 열광했다고 한다.

"죽은 엔도 교헤이는 네리마에 있는 전자기기 회사의 기술자였어. 우수한 인재였다나 봐."

복제 인간의 존재를 안 지 얼마 안 되기는 했지만, 류세이는 자신이 복제 인간에 대해 정말 무지하다는 사실을 새삼 깨달았다. 복제 인간이 어떻게 만들어지는지, 윤리상 어떤 문제점이 있는지 전혀 모른다.

"나도 잘 모르지만." 가와무라가 물을 마시고 말했다. "복

제했다고 해서 오리지널과 똑같은 인생을 사는 건 아닌 것
같아."

　그때 이렇게 했다면 인생이 달라지지 않았을까. 인간이라
면 누구나 그런 상상을 해 보는 법이다. 인생에 나타나는 몇
몇 분기점에서 선택을 거듭한 결과 지금의 자신이 있다. 그
러므로 유전자가 같다고 해서 완전히 똑같은 인생을 살 수
는 없다.

　"아까 아사히나에게 들었는데, 복제 인간에게는 번호가
매겨져 있대."

　"번호요?"

　"응. 제일 먼저 죽은 노즈에는 클론 1호, 그리고 오늘 살해
당한 엔도는 클론 2호야."

　남자 종업원이 와서 군만두 접시를 내려놓았다. 그가 물
러가자 가와무라는 말을 이었다.

　"이건 복제 인간을 노린 연쇄 살인이야. 다음 목표는 클론
3호라고 봐도 무방하겠지."

　　　　　　　　　　～～～～

　다음 날, 가와무라는 다이토구 히가시우에노에 있는 연립
주택의 한 방에 있었다. 오전 9시 30분이 막 지난 시간이었

다. 옆에는 다카쿠라 류세이도 앉아 있었다. 오늘은 토요일이라 다카쿠라를 부를까 말까 망설였지만, 전화를 걸자 의외로 순순히 나왔다. 다카쿠라도 나름대로 생각하는 바가 있는지도 모른다.

"슬슬 움직일 겁니다."

클론 3호의 감시원이 말했다. 대상자에 관한 설명은 아까 들었다.

이름은 이시카와 다케시, 아사쿠사에 있는 자동차 부품 제조공장에서 일하는 28세 독신 남성이다. 오늘은 휴무일이지만 그의 행동 패턴은 대체로 예상이 가능하다고 한다. 취미가 파친코라 쉬는 날에는 아침부터 밤까지 파친코를 한다는 모양이다.

"나왔습니다."

감시원의 말에 가와무라는 일어서서 커튼을 살짝 걷고 밖을 내다보았다. 맞은편 연립주택의 바깥 계단을 내려가는 남자가 보였다. 키가 190센티 가까이 되는 장신이다. 돌스의 감시원은 대상자의 목적지를 아는지, 아주 침착한 태도를 보였다. "가자." 가와무라는 다카쿠라를 데리고 방에서 나왔다.

미행을 시작했다. 이시카와 다케시는 느긋하게 걸음을 옮겼다. 돌스의 또 다른 감시원이 평상복 차림으로 그 뒤를 따라갔다. 그리고 그 뒤를 가와무라와 다카쿠라가 쫓았다.

아메요코 상점가로 들어섰다. 이시카와는 다른 사람보다 머리 하나쯤 크므로 다소 거리를 두어도 놓칠 염려는 없었다. 잠시 후 이시카와가 한 파친코 게임장으로 들어갔다. 2층부터 지하 1층까지 영업하는 대형 게임장이다. 이시카와가 게임기를 고를 때 마주치면 안 되니까 잠시 기다렸다가 게임장에 들어갔다. 다카쿠라는 파친코 게임장에 와 본 적이 없는지 불안한 표정으로 주변을 둘러보았다.

이시카와는 지하 1층에 있었다. 이시카와와 조금 떨어진 곳에 감시원도 앉아 있었다. 여기는 감시원에게 맡겨 놔도 되리라. 오늘의 목적은 클론 3호의 얼굴을 확인하는 것이었다. 다만 감시원 숫자가 적은 것도 같다. 이시카와가 거의 100퍼센트 다음 목표물일 테니, 감시원을 좀 더 늘려야 할 듯했다.

아사히나에게 제안하려고 스마트폰을 꺼냈지만 지하여서인지 전파가 잡히지 않았다. 가와무라는 게임장 밖으로 나가서 아사히나에게 전화를 걸었다. 아사히나는 바로 전화를 받았다.

"경시청의 가와무라야. 지금 우에노의 아메요코 상점가에서 3호를 감시하고 있어. 감시원을 더 늘려야 할 것 같은데."

"압니다." 아사히나가 대답했다. "현재 조정 중이에요. 1호와 2호를 담당했던 감시원을 배치하기 위해 로테이션을 다시 짰어요. 오늘 낮까지는 증원할 수 있을 겁니다."

"알았어. 그럼 다행이군."

파친코 게임장 맞은편에 보이는 회전초밥집 앞에 벤치가 있었다. 대기하는 손님을 위해 놓아둔 모양이지만, 아직 영업 시간 전이라 아무도 없다. 가와무라는 자판기에서 캔 커피를 뽑은 뒤 벤치에 앉았다. 옆에 앉은 다카쿠라에게 캔 커피를 주자 그는 고개를 살짝 숙였다.

"감사합니다."

"쉬는 날 불러내서 미안해."

"역시 크네요."

이시카와 다케시의 키를 말하는 것이리라. 이시카와 다케시의 오리지널은 이와모토 다쿠로라는 전직 프로 야구 선수다. 29년 전에는 도쿄 오리온스 소속이었고, 한 시즌 최다승 타이틀을 두 번, 사와무라상(일본 프로 야구에서 한 해의 최고 투수에게 수여하는 상-옮긴이 주)을 한 번 획득한 뛰어난 투수였다. 현역에서 은퇴한 후에는 투수 코치로서 여러 구단에서 활약했고, 60대가 된 현재는 일선에서 물러났다.

"야구를 시켰으면 뛰어난 투수가 됐을지도 모르는데, 앞날이 창창한 젊은이가 아침부터 파친코라니."

"환경인자라나 봐요."

"뭐야 그건? 혹시 공부했나?"

"그냥 인터넷에서 좀 찾아봤어요. 모르는 게 있으면 검색한다. 일종의 병이죠."

다카쿠라가 자조하듯 웃었다. 이래 보여도 일단은 경찰관이다. 그것도 전문적인 지식을 갖춘 사이버 범죄 수사관. 의외로 호기심은 강한지도 모르겠다.

"복제 인간 하면 외모, 능력, 성격 등이 오리지널과 완전히 똑같을 거라 상상하지만, 실제로는 그렇지 않은가 봐요. 어제 하타케야마 씨도 말했지만요."

다카쿠라는 설명했다. 현실적인 복제 인간은 일란성 쌍둥이와 비슷한 수준이라는 견해가 다수라고 한다. 게다가 오리지널과 나이 차이가 있고, 자란 환경도 다르기 때문에 어떻게 성장할지 예측이 안 된다나. 그것이 환경인자라는 요인이다.

"위대한 야구 선수의 복제 인간이라도 야구와 접점이 전혀 없다면 오리지널과 똑같은 재능은 발휘하지 못해요."

바로 클론 3호 이시카와 다케시가 그렇다. 하지만 가와무라는 이시카와의 환경인자에 의도적으로 개입된 뭔가가 좀 더 있지 않을까 싶었다. 같은 생각이었는지 다카쿠라가 바로 말을 이었다.

"하지만 이시카와 다케시는 체격이 저렇게 좋으니, 다른 스포츠에서 두각을 나타내도 이상할 것 없겠죠."

"그렇게 되지 않도록 개입한 거야, 돌스가."

돌스의 최우선 과제는 복제 인간의 존재가 세상에 드러나지 않는 것이다. 그러기 위해 복제 인간을 감시하고, 때로는 인생에 개입한 것이 아닐까 싶었다. 클론 1호는 장기 기사, 클론 2호는 우주 비행사, 클론 3호는 프로 야구 선수. 복제 인간들은 그러한 재능을 발휘하기는커녕 반대로 능력이 봉인되어 버렸다. 마치 재능에 눈뜰까 봐 두려워하는 것처럼.

지금 복제 인간들은 모두 스물여덟 살이다. 예를 들어 클론 3호 이시카와 다케시가 지금부터 뭔가를 계기로 야구에 몰두한다고 해도 프로 야구 선수가 될 가능성은 거의 없다. 하지만 감수성이 풍부했던 10대 때였다면 어땠을까.

돌스는 클론의 잠재력이 깨어나지 않도록 좀 더 강력한 감시 체제를 꾸렸으리라. 대상자의 지척, 예를 들면 학교 내부나 교우 관계까지 장악하는 감시망을 펼치고 막대한 비용을 들여 대상자를 감시 및 통제했을 것으로 추정됐다.

"다카쿠라, 복제 인간 살해범은 어떤 자일까? 뭐든 괜찮아. 생각을 말해 봐."

"당연한 말이지만." 다카쿠라는 그렇게 서론을 깔고 입을 열었다. "범인은 복제 인간의 존재를 압니다. 처음부터 알고 있었을 리는 없으니까, 어디선가 정보를 입수했겠죠. 정보 입수 방법은 크게 나누어 두 가지예요. 하나는 데이터 해킹, 또 하나는 정보를 아는 사람이 알려 주는 거죠. 근데 자세하게는 모르지만, 돌스는 데이터를 아주 철저하게 관리할 것 같거든요."

다카쿠라의 말은 가와무라의 생각과 거의 일치했다. 가와무라는 확인하듯 말했다.

"즉, 내통자가 범인에게 정보를 유출했다, 그렇게 말하고 싶은 거야?"

"맞습니다. 그 외에는 생각할 수 없어요."

다카쿠라는 자신만만한 표정으로 고개를 끄덕였다.

토요일에 이어 일요일도 이시카와 다케시는 우에노의 아메요코 상점가에 있는 파친코 게임장에 갔다. 돌스의 감시원에게 들은 바로는 평일 밤에도 가끔 간다고 한다.

일요일 오후, 가와무라는 감시에서 빠지기로 했다. 돌스의 감시원이 증원돼 서너 명이 이시카와 다케시의 동향을 빈틈없이 살펴보고 있었다. 가와무라는 감시를 그들에게 일임하기로 하고, JR우에노역의 매점에서 미타라시 경단(꼬치에 꽂아서 구운 경단에 단맛이 나는 간장 소스를 바른 음식-옮긴이 주)을 산 후 전철을 타고 신주쿠로 향했다.

역에 인접한 상업 시설로 들어갔다. 엘리베이터를 타고 3층에 도착했다. 여성복 코너인 3층은 일요일이라 그런지 젊은 여자 손님으로 붐볐다.

3층을 걷다가 어느 매장 앞에서 걸음을 멈췄다. 가와무라는 커다란 기둥에 기대서 스마트폰을 들여다보는 척하며 매장에 가끔 눈길을 주었다. 매장에서는 여자 직원 한 명이 일하고 있었다.

그 직원은 지금도 손님을 응대하느라 바빴다. 웃는 얼굴로 손님에게 뭐라고 설명한다. 매장에는 검은색이나 베이지색처럼 비교적 차분한 색상의 옷이 많았다.

"감사합니다. 또 오세요."

손님을 배웅한 직원이 가와무라를 알아채고 주변을 힐끔거린 후 기둥으로 뛰어왔다.

"가와무라 씨, 언제부터 여기에……."

"죄송해요. 근처에 온 김에 들렀습니다."

이 사람의 이름은 이치노 미카. 1년 전 오쿠보 술집 마담 살인 사건의 범인 나가오카 다쓰지에게 딸을 잃은 피해자다. 딸 모에는 뇌타박상으로 즉사했지만, 어머니 미카는 경상으로 그쳤다. 여자 혼자 손으로 고이 기르던 딸을 잃은 슬픔이 컸는지, 미카는 당시 다니던 의류회사를 그만뒀다. 하지만 두 달쯤 전부터 이 가게에서 일하기 시작했다. 미카가 딸을 잃은 책임이 자신에게도 일부 있다고, 가와무라는 지금도 반성한다.

"어떠세요? 새 직장에는 좀 익숙해지셨어요?"

"네, 그럭저럭요."

딸이 죽은 직후에는 아무것도 먹질 못해 한때는 몸무게가 40킬로그램도 안 되었던 모양이지만, 이제는 어느 정도 회복된 것 같았다. 한 달에 한 번 미카의 상태를 보러 오는 것은 가와무라의 습관이자 자신에게 부여한 의무이기도 했다.

"이거, 나중에 드세요."

가와무라는 우에노역에서 산 미타라시 경단을 미카에게 건넸다. 포장된 경단을 받아든 미카가 의아한 표정으로 물었다.

"뭔데요?"

"경단입니다. 미타라시 경단, 싫어하세요?"

가와무라가 진지한 얼굴로 묻자 미카는 웃음을 터뜨렸다.

"감사합니다. 그런데 형사님, 제가 그렇게 나이 들어 보여요? 경단은 케이크나 슈크림 같은 양과자에 비하면 아무래도 아줌마 입맛이잖아요."

"어, 아니요. 그런 생각으로 산 게……."

"하지만 고마워요. 경단도 좋아하거든요."

미카와는 반년쯤 전부터 말을 나누게 됐다. 그전까지는

집을 찾아가도 아무 말도 없어서 가와무라는 불단에 인사만 올리고 돌아섰다. 미카가 이렇게 웃는 모습을 볼 수 있을 줄이야. 사건 직후에는 상상도 못 했다.

"건강해 보이셔서 다행입니다. 뭔가 부탁하실 일 있으시면 언제든지 연락 주세요."

"감사합니다."

미카가 고개를 살짝 숙였다. 어두운 그늘이 미카의 눈동자를 스치고 지나간 것 같았지만, 한순간이었기에 확신은 없었다. 무슨 고민이라도 있는 걸까.

"이치노 씨, 잠깐만 와 줄래요?"

"네. 지금 갈게요."

매장에서 젊은 직원이 부르자 미카는 얼른 대답했다. 가와무라는 말했다.

"바쁘실 때 찾아와서 죄송합니다."

"경단, 잘 먹을게요."

미카가 매장으로 돌아가서 여자 손님과 뭐라고 이야기를 나누었다. 재킷이 잘 어울리는지 봐주는 듯, 가끔 손님과 웃기도 했다. 그런 미카를 보고만 있어도 가와무라는 어쩐지 기뻤다.

가와무라는 몸을 돌려 내려가는 에스컬레이터로 걸어갔다.

"이쿠토, 굉장해. 진짜 장난 아니네."

바바가 눈을 가늘게 오므렸다. 이쿠토는 나카노에 있는 음악 스튜디오에 있었다. 오후 2시부터 2시간은 교습을 할 수 있다는 바바의 연락을 받았다. 하기야 교습은 둘째 치고 이쿠토는 어제 온종일, 그리고 오늘도 아침부터 계속 피아노를 쳤다.

"이걸 뭐라고 해야 하나. 그래, 재능이야."

얼마 전에 산 교본에 실린 곡은 이제 전부 칠 줄 알고, 악보 읽는 법과 특수한 기호 등도 이해했다. 그래도 역시 악보를 보고 연주하는 것보다 실제로 듣고 연주하는 편이 쉽고 즐거웠다.

오늘 아침부터는 스마트폰으로 동영상 공유 사이트에 올라온 유명한 피아니스트의 연주를 찾아서 듣고 따라서 치고 있다. 방금 그걸 실제로 보여 주자 바바는 감탄해서 소리를 질렀다.

"난 악보를 제대로 보고 여러모로 해석하면서 피아노를 치는 게 정석이라고 생각해. 하지만 이쿠토는 콩쿠르에 나갈 것도 아니니까 자유롭게 치는 게 낫겠다. 이쿠토, 실은 선물을 가져왔어."

그렇게 말하고 스튜디오 구석으로 가는 바바의 뒷모습을 이쿠토는 바라보았다. 선반 위에 CD플레이어가 놓여 있었다. 바바가 그 옆의 골판지 상자를 가리키며 말했다.

"우리 집에 있던 피아노 음반이야. 총 50장은 될걸. 이거 다 줄게."

"어, 그런 걸 받을 수는……."

"괜찮아. 이 음반들이 집에 있어도 난 이제 클래식 안 듣거든. 어디 보자."

바바가 CD 한 장을 케이스에서 꺼내 CD플레이어로 재생했다. 해외 피아니스트의 연주인 듯했다. 초반부의 선율이 특히 격렬해서 아무래도 이걸 따라서 치기는 힘들려나 싶었다.

5분쯤 후에 곡이 끝나자 바바는 다른 CD를 재생했다. 아까와 똑같은 곡이었지만 연주자가 달랐다. 바바가 준 CD케이스를 보니 연주자가 아까는 백인 남자, 이번에는 동양인 남자였다. 중국인인 것 같았다.

똑같은 곡이지만 어쩐지 인상이 달라서 흥미로웠다. 두 번째 곡이 끝나자 바바가 말했다.

"이 곡은 쇼팽의 〈환상 즉흥곡〉이야. 나처럼 피아노를 때려치운 사람이 말하려니 주제넘지만, 쇼팽은 피아니스트에게 등용문이자 영원한 화두이기도 해. 쇼팽의 곡을 잘 치는 피아니스트를 쇼팽 연주자라고 하지. 방금 두 곡 중에 어느 쪽이 마음에 들었어?"

"앞쪽이요."

"어떤 점이?"

"뭐랄까, 아주 냉혹한 느낌이지만 그게 중후하게 다가온달까."

"오, 나랑 똑같네. 처음에 들었던 피아니스트는 이탈리아인인데, 완전무결한 기계같이 연주하는 걸로 유명해. 또 들어 보자."

다음 곡이 재생됐다. 연주자는 아까 그 이탈리아인이다. 밝고 기운차게 행진하는 듯한 곡이었다. 이쿠토는 연주에 사로잡혀 어느덧 곡의 세계에 푹 빠져들었다.

연주가 끝나자 다른 피아니스트가 연주한 같은 곡이 재생됐다. 이번에는 백인 여자 피아니스트였다. 남자의 연주와 달리 화사한 느낌이 들었다.

"어때? 재미있지. 이건 〈영웅 폴로네즈〉라는 곡이야. 누가 치느냐에 따라서 이렇게나 인상이 달라지지."

아까는 이탈리아인 피아니스트의 연주가 좋았지만, 이번에는 여자 피아니스트의 연주가 개인적으로 마음에 들었다. 참 신기했다.

"자, 이쿠토. 연주해 보자."

그렇게 말하고 바바가 팔짱을 꼈다. 이쿠토는 어느 곡을 칠까 망설이다 〈영웅 폴로네즈〉를 치기로 했다. 마지막에 들었던 여자 피아니스트의 연주가 아직 귓속에 선명하게 남아 있었다. 그 연주를 의식하며 이쿠토는 건반에 손가락을 얹었다.

손가락이 저절로 움직였다. 이제는 자신의 의지로 피아노를 치는 것이 아니라, 처음부터 이 음악이 머릿속에 입력돼 있던 듯한 착각마저 들었다. 피아노를 치자 가슴이 점점 두근거렸다. 아까 그 여자 피아니스트도 이렇게 즐거운 기분으로 연주했을까.

"대단해, 이쿠토. 정말 끝내준다." 연주가 끝나자 바바가 그렇게 말하며 손뼉을 쳤다. 바바가 농담 섞인 어조로 말을 이었다. "내가 이탈리아인이었다면 브라보라고 소리치며 손뼉을 쳤겠지. 진짜 굉장해."

칭찬을 받자 이쿠토도 기분이 나쁘지는 않았다. 바바가 올 때까지는 게임이나 드라마 주제가를 연주했는데, 역시 클래식을 연주할 때 몇 배는 더 기분이 좋다. 어려워서 연주하는 보람도 있다.

"내가 가르칠 건 더 이상 없네. 내가 할 수 있는 건……그래, 휴식 시간을 주는 것 정도려나. 이쿠토, 계속 피아노만 쳤지? 쉴 때 쉬지 않으면 몸에 해로워. 편의점에 다녀오자."

바바가 스튜디오 문으로 걸어갔다. 생각해 보니 아침에 캔 커피를 마신 후로 아무것도 먹지 않았다. 이쿠토는 그제야 배고프다는 걸 깨닫고 바바를 쫓아갔다.

~~~~~

월요일 오전 9시, 가와무라는 이케부쿠로의 도쿄예술극장 근처 카페에 있었다. 카페는 자리가 80퍼센트쯤 찼다. 한 남자가 카페로 들어오자 가와무라는 손을 들어서 자기가 어디 있는지 알렸다. 남자는 카운터에서 주문한 커피를 받아서 가와무라가 앉은 자리로 왔다.

"가와무라 씨, 후생노동성의 심부름꾼 노릇을 한다면서요? 정말입니까?"

지난주 가와무라는 과장에게 불려가 후생노동성에 수사 협력을 하라고 직접 지시받았다. 아사히나가 뒤에서 손을 쓴 결과이리라. 그래서 이렇게 자유로이 행동할 수 있다.

"뭐, 그렇지. 이런저런 사정이 있어서 말이야."

"감염증 관련 사안이라던데, 사실이에요?"

"미안하지만, 그건 말 못 해."

남자의 이름은 아라이. 가와무라와 반은 다르지만 같은 수사 1과 형사고, 대학 동문이라 술자리를 몇 번 같이 했던 후배다. 가와무라는 본론을 꺼냈다.

"시이나마치에서 발생한 사건, 진전은 좀 있어?"

아라이의 눈빛이 달라졌다. 그가 지금 금요일에 발생한 클론 2호 엔도 교헤이 살해 사건을 수사 중이라는 걸 가와무라는 알고 있었다. 토요일에 이케부쿠로서에 수사 본부가 설치됐다.

"왜요?" 아라이가 떠보듯이 말했다. "그 사건이 가와무라 씨가 담당한 사안과 관계있습니까?"

사실을 밝힐 수는 없었다. 가와무라는 적당히 얼버무렸다.

"어쩌면 그럴 수도. 가능하면 상황을 자세히 알려 줘."

아라이가 일회용 컵을 입에 댔다. 어쩐지 고민하는 표정이었지만, 같은 수사 1과 형사니까 말해도 상관없다고 생각했는지 입을 열었다.

"아직 용의자는 특정하지 못했어요. 피해자의 직장이 주말은 쉬어서, 오늘부터 본격적으로 탐문에 나설 예정입니다."

엔도 교헤이는 네리마의 전자기기 회사에 다닌다고 들었다. 그에게 원한을 품은 사람이 있는지 없는지 탐문하려는 것이리라. 엔도는 칼에 찔려 죽었으니 원한에 의한 범행을 의심하는 건 수사의 기본 중 기본이다.

"비교적 얌전한 사람이었던 것 같습니다. 어제 피해자의 직속 상사와 이야기를 해 봤는데요. 회사에서는 친하게 지냈던 사람이 별로 없었대요. 업무 관계로 원한을 샀을 가능성은 거의 없을 것 같습니다. 그리고 부모님은 기타센주에 산대요."

"부모님이 있어?"

엔도 교헤이는 복제 인간이라 가족이 없으니, 보육원에서 자란 줄만 알았다. 아라이가 대답했다.

"어릴 적에 입양됐대요. 부모님은 기타센주의 상점가에서 양복점을 한다고 들었습니다."

그렇구나. 가와무라는 납득하고 다음 질문을 던졌다.

"범인이 타고 도주한 오토바이의 행방은 아직 몰라?"

"번호판을 조회한 결과, 1주일 전에 시나가와구에서 도난당한 오토바이로 밝혀졌어요. 오토바이가 어디로 향했는지는 모르고요."

별로 진전이 없는 듯했다. 오늘부터 본격적으로 시작한다는 탐문 수사로 뭔가 알아내면 좋으련만. 아라이가 일회용 컵을 들고 말했다.

"가와무라 씨, 하실 말씀 더 있으세요? 이만 가 봐야 해서요."

"아아, 바쁠 텐데 미안해. 다음에 한잔하자."

아라이가 카페에서 나가자 가와무라는 팔짱을 꼈다. 애당초 범인은 왜 복제 인간을 죽이는 걸까. 복제 인간을 죽이는

데 어떤 의미가 있을까.

그저께 다카쿠라가 지적했듯 범인은 분명 돌스의 내부 정보를 입수했겠지만, 그건 결코 쉬운 일이 아니다. 그런 위험을 무릅쓰면서까지 범인은 왜 복제 인간을 죽이는 데 집착하는 걸까.

형사로 오래 일해 온 가와무라는 살인이라는 범죄의 측면을 안다. 살인은 죽이는 쪽에게 이점이 있어야 한다. 바꾸어 말하면 이점이 있기에 사람을 죽인다. 예를 들면 돈. 살인으로 경제적 이점이 생긴다. 예를 들면 감정. 살인으로 증오를 해소할 수 있다. 그럼 이번 사건에서 복제 인간을 죽임으로써 발생하는 이점은 뭘까.

아무리 생각해도 감이 오지 않았다. 가와무라는 한 사람을 떠올렸다. 아리마 마사요시 교수. 복제 인간 일곱 명을 탄생시킨 장본인이다. 그는 지금 어디서 어떻게 살고 있을까.

"없나요? 전혀?"

"네. 죄송합니다."

사무원이 고개를 숙였다. 가와무라는 센다기에 있는 에이린 대학교를 찾아갔다. 아리마 교수가 아무래도 마음에 걸려서 정보를 얻으러 왔지만, 대학교 사무국에는 정보가 일절 없다고 했다. 분명 돌스의 소행이리라. 아리마 교수라는 존재 자체를 말끔히 지워 버린 것이다.

가와무라는 사무국을 뒤로했다. 강의 시간이라 그런지 캠퍼스는 한산했다. 가와무라는 학교 주변을 돌아다녀 보기로 했다. 학생이나 학교 관계자가 고객층일 법한 정식집이나 도시락집이 눈에 띄면 들어가서 아리마 마사요시라는 교수를 모르느냐고 물어봤지만, 기억하는 사람은 없었다.

무리도 아니었다. 벌써 28년 전 일이다. 대학 내부 정보는 전부 돌스가 규제했을 테니 활로가 있다면 학교 밖이다 싶었지만, 그 예상도 빗나간 모양이다.

그때 한 카페가 눈에 들어왔다. 대학 캠퍼스 뒤편의 주택가에 조용히 자리 잡은 작은 카페였다. 고풍스럽게 생긴 그 카페의 이름은 〈티티새〉였다.

가와무라가 안으로 들어가자 젊은 여자 종업원이 인사했다. 이렇게 젊어서야 28년 전에 태어났을지조차 미심쩍다. 그런데 가게 안쪽에서 파이프 담배를 피우는 사장 같은 남자가 보이길래, 가와무라는 창가 자리에 앉아 뜨거운 커피를 주문했다.

내부를 둘러보았다. 벽에 사진 몇 장이 걸려 있었다. 전부 새를 찍은 사진이었다. 어디서 본 새도 있고 처음 보는 새도 있었다. 커피가 나오자 가와무라는 신분증을 제시했다. 젊은 여자 종업원이 고개를 갸웃했다.

"형사님이세요?"

"네. 옛날 일을 조사하는 중입니다. 저기 계신 사장님께 여쭤 보고 싶은 게 싶어서요."

"잠깐만 기다리세요." 종업원은 그렇게 말하고 카운터 안에 있는 노인에게 말했다. "할아버지, 경찰이 할아버지한테 물어보고 싶은 게 있대요. 옛날에 있었던 일요."

할아버지와 손녀인가. 가와무라는 그렇게 추측했다. 사장은 파이프를 들고 가와무라에게 다가왔다. "나한테 물어보고 싶은 게 있다고?"

"바쁘실 텐데 죄송합니다."

"그렇게 바쁘지는 않아. 보면 알겠지만 손님은 댁뿐인걸."

가와무라는 쓴웃음을 지었다. 빈정거리는 말투로 보건대 까다로운 성격인 듯하다. 일단 환심부터 사도록 할까.

"사진이 참 멋지군요. 버드워칭인가요. 저도 꼭 해 보고 싶었는데."

사장이 코웃음을 쳤다. "정말로 그렇다면 나랑 같이 가지."

"죄송합니다. 거짓말이었어요. 뭔가 이야기를 꺼낼 계기가 없을까 해서."

"용건이 뭔가?"

"28년 전, 에이린 대학교에 교수로 있었던 아리마 마사요시라는 사람에 대해 조사하는 중입니다. 혹시 아십니까?"

사장은 대답이 없었다. 잠시 기다리자 사장이 입을 열었다.

"아리마 선생이라면 알지. 우리 가게 단골이었거든. 에이린대의 선생 중에는 커피값을 달아 놓고 다니는 사람들이 있었는데, 아리마 선생도 그중 한 명이었어. 부인이 아파서 급히 시골로 이사했다고 들었는데. 이럭저럭 20년도 넘게 지난 일이야."

"그 이야기는 누구한테 들으셨습니까?"

"분명 먼 친척이라는 남자가 달아 놓은 커피값을 내러 왔어. 그때 들었을 거야."

돌스가 보낸 사람이겠군. 그나저나 단골 카페에까지 정보 조작을 시도하다니 참 철저하다.

"아리마 교수님은 어떤 분이셨나요? 이야기를 좀 들려주시죠."

"이야기할 거리가 별로 없어. 그 선생은 워낙 과묵한 사람이라서 말이야. 여기 와서도 뚱한 표정으로 전문 서적만 읽었지."

"아리마 교수님의 얼굴 사진은 없습니까?"

"사진? 그런 걸 어디 쓰게? 그것보다 아리마 선생은 잘 지내려나."

가와무라는 대답하지 않았다. 모든 일의 열쇠는 아리마

교수가 아닐까 싶은 생각이 들기 시작했다. 일곱 번째 복제 인간의 오리지널은 밝혀지지 않았지만, 아리마 교수 본인이 오리지널일 가능성이 높다고 한다. 그렇다면 일곱 번째 복제 인간은 아리마 교수와 닮았을 테니 얼굴 사진을 미리 입수해서 손해 볼 것은 없다.

"딱 한 번 아리마 선생과 여행을 갔었어. 친구와 버드워칭을 하러 갈 때 선생도 동행했지. 장소는 나가노. 에이린대의 휴양 시설이 있어서 선생도 함께 갔을 거야."

"그때 찍은 사진이 남아 있습니까?"

"몰라." 사장은 고개를 저었다. "새 사진은 한 장도 빠짐없이 보관하고 있지만 사람 사진은 기억이 가물가물하군. 약속은 못 해."

"혹시 찾으시면 연락 주십시오."

가와무라는 커피를 다 마신 후 계산하고 카페를 나섰다. 역시 28년이나 지난 일이라 그렇게 쉽지는 않을 모양이다. 더구나 돌스가 정보를 은폐하려고 비밀리에 활동 중이다. 남자 한 명의 사진을 입수하기가 이렇게 어려울 줄은 몰랐다.

역으로 가려던 가와무라는 시야 한구석에서 뭔가 움직이는 기척을 느꼈지만, 일부러 그쪽에 시선을 주지 않았다. 미행일까. 아무래도 지금 누군가에게 미행을 당하는 것 같다.

머릿속에서 피아노 소리가 울려 퍼진다. 그 소리는 업무 시간에도 그치지 않았다. 이쿠토는 회사에서 서류를 작성하고 있었지만, 머릿속은 피아노 소리로 가득했다.

자나 깨나 피아노 생각뿐이다. 어젯밤에도 나카노의 스튜디오에서 새벽 1시까지 피아노를 쳤다. 오늘 아침도 평소보다 한 시간 일찍 일어나 스튜디오에서 피아노를 30분 치고 출근했다. 연주할 때마다 실력이 좋아진다는 걸 이쿠토 본인도 느꼈다. 쇼팽 연주자라는 바바의 말이 마음에 들길래, 바바가 준 CD에서 쇼팽의 곡을 찾아내 따라서 연주했다.

"……이봐, 나쓰카와. 듣고 있나? 나쓰카와."

이름을 부르는 소리에 이쿠토는 컴퓨터에서 고개를 들었다. 어느 틈엔가 깜박 잠든 모양이다. 과장이 이쪽을 보고 있길래 이쿠토는 벌떡 일어서서 과장 자리로 갔다.

"무슨 일이신가요?"

"나쓰카와, 지난주에 부탁한 홋카이도 쪽 일, 어떻게 됐어?"

듣고 나서야 생각났다. 지난주에 과장이 지시한 일이다. 이쿠토의 직장인 가부토야 슈퍼에서는 홋카이도의 수산 가공물을 매장에 좀 더 들여놓을 계획이다. 그래서 홋카이도

의 가공회사에 연락해 샘플을 받아 놓으라고 했었다. 완전히 잊어버렸기에 이쿠토는 고개를 푹 숙였다.

"죄송합니다. 바로 연락하겠습니다."

"너무 늦잖아. 그리고 오기쿠보역 앞 지점 점장한테 전화가 왔어. 자네한테 추가 포스터를 부탁했는데 아직 안 왔대."

"바로 보내겠습니다."

"그것도 늦었잖아. 그쪽 말로는 지난주에 연락했다던데."

"면목 없습니다. 당장 다녀오겠습니다. 죄송합니다."

전부 자기 잘못이므로 이쿠토는 순순히 머리를 숙일 수밖에 없었다. 가부토야 슈퍼 본사는 소수 정예를 강조하지만, 달리 말하면 만성적으로 인력이 부족하다는 뜻이다. 업무량이 폭발적으로 많진 않지만 제시간에 일을 끝내기가 힘들 때도 있다. 예전에는 일이 밀리면 반드시 야근을 해서 일을 끝마쳤다. 휴일에 출근해서 일한 적도 많았다. 하지만 요즘은 어지간하면 야근하지 않고 퇴근한다. 이유는 피아노를 치고 싶기 때문이다. 그러다 보니 필연적으로 일이 점점 쌓인다.

이래서는 안 된다는 생각도 든다. 하지만 피아노의 매력에는 저항할 수 없다. 그 정도로 피아노가 이쿠토의 삶에 큰 비중을 차지하게 됐다.

이쿠토는 자기 자리로 돌아가서 오기쿠보역 앞 지점에 갖다 줄 포스터를 준비했다. 포스터를 옆구리에 낀 채 "오기쿠보에 다녀오겠습니다" 하고 주변 동료들에게 말한 후 복도로 나왔다.

"니쓰카와, 잠깐 나 좀 볼까?"

돌아보자 선배 사원 고이케가 다가왔다. 고이케와 함께 복도 끝에 있는 휴게실로 향했다. 예전에는 담배를 피워도 됐지만, 올봄부터 사내는 전면 금연으로 바뀌었다.

줄지은 자판기 근처에 벤치가 있다. 사원 두 명이 벤치에 앉아 주스를 마시고 있었다. 고이케가 캔 커피를 뽑아서 벤치에 앉았다. 이쿠토도 그 옆에 앉았다.

"자, 마셔."

"감사합니다."

이쿠토가 캔 커피를 받자 고이케가 물었다.

"아픈 데 있어?"

"아니요, 그런 건 아니고요."

"아까 졸았잖아. 피곤해? 고민이라도 있으면 상담해 줄게."

고민은 없다. 오히려 하루하루가 충실하다고 해도 될 정도다. 이유는 피아노를 만났기 때문이다. 그런 의미에서는 고이케에게 감사하다. 그가 집에 데려가지 않았다면 피아노를 만질 기회도 없었을 것이다.

"어쨌든 일은 제대로 해. 다음 주쯤에는 나도 한숨 돌릴 수 있을 거야. 그럼 또 한잔하자."

"감사합니다. 그런데 미오는 피아노 잘 배우고 있나요?"

"응, 배우고 있지." 딸 이야기가 나오자 고이케의 표정이 풀렸다. "매일 피아노 친대. 네가 왔을 때보다 실력이 늘었어. 그나저나 정말 운이 좋았다니까. 그 피아노, 실은 공짜로 받은 거야."

"네? 누구한테요?"

산 건 줄 알았기에 이쿠토는 놀랐다.

"술집에서 만난 사람한테. 딸을 위해서 피아노를 샀는데 갑자기 이혼하게 돼서 아내와 아이가 집을 나갔대. 집에 놔둬도 거추장스럽기만 하다길래 그럼 달라고 했더니 주더라. 운 좋지?"

확실히 행운이다. 그 피아노의 가격이 50만 엔도 넘는다는 걸 이쿠토는 안다.

"붙잡아서 미안해. 얼른 오기쿠보에 다녀와."

고이케의 말에 이쿠토는 일어섰다. "잘 마셨습니다" 하고 고이케에게 인사한 후 복도를 걸었다. 일이 빨리 끝나면 좋겠다. 일이 끝나면 피아노를 칠 수 있다. 그러는 지금도 이쿠토의 머릿속에는 쇼팽의 선율이 흐르고 있었다.

류세이는 시나가와에 위치한 사이버 보안 대책실의 사무실에 있었다. 직원들은 전부 자기 자리에서 조용히 업무를 보고 있다. 류세이는 오늘, 경시청의 가와무라에게 대기하라는 지시를 받았다.

각 직원에게는 주요 단말기인 데스크톱 컴퓨터와 보조 단말기인 태블릿PC가 지급된다. 류세이는 주요 단말기로 감시 시스템을 가동해 인터넷에 심상치 않은 움직임이 없는지 감시하는 중이었다. 그와 동시에 보조 단말기로는 복제 인간에 관해 이것저것 조사했다.

클론이라는 말이 일반적으로 퍼져 나간 건 1997년 2월부터였다. 스코틀랜드 로슬린 연구소의 월머트 박사가 이끄는 연구팀이 성체 양의 유선 세포로 그 양과 완벽하게 똑같은 복제품, 즉 클론을 만드는 데 성공했다고 발표했다. 이른바 복제 양 돌리다.

이 연구 성과는 과학계에 큰 충격을 안겼다. 소를 비롯한 포유동물의 배아 복제는 이미 실행됐지만, 성체 포유류의 체세포로 클론을 만들어 내는 실험에 사상 최초로 성공한 사례였기 때문이다.

매스컴은 민감하게 반응했다. 인간도 복제가 가능한가.

양 다음은 우리인가. 전 세계의 주간지가 앞다투어 그렇듯 과격한 헤드라인을 실었다. 당시 미국의 클린턴 대통령은 인간 복제에 관한 연구에 자금을 지원하지 말라고 관계각처에 지시했다. 그에 호응하듯 유럽 주요 국가도 일제히 클론을 금지하는 움직임을 보였다. 복제 인간 제작에 생리적인 혐오감을 감추지 못하는 반응이었다.

일본도 예외는 아니었다. 2년 가까이 논의를 거친 후 〈인간 관련 복제 기술 등의 규제에 관한 법률〉, 줄여서 복제 기술 규제법을 공포했다.

하지만 돌리가 탄생해 전 세계가 떠들썩해지기 6년 반 전, 일본의 나가노현에 있는 대학교 휴양 시설에서 복제 인간 일곱 명이 탄생했다. 게다가 놀랍게도 정부가 그 존재를 철저히 숨겨 왔다. 아리마 버전 복제 인간 일곱 명은 후생노동성 주도하에 설립된 돌스라는 조직의 감시를 받으며 잠재력 개발을 억제당했다. 현재 그중 두 명이 살해됐고, 세 번째의 목숨이 위태로운 상황이다.

일개 사이버 범죄 수사관이 관여해도 될까 싶을 만큼 거창한 사건이다. 관여한다고 해도 지금은 그저 방관하는 것에 지나지 않지만.

"펜 있어?"

갑자기 옆에서 목소리가 들렸다. 고개를 돌리자 동료 가토가 이쪽을 보고 있었다. 가토는 류세이와 같은 시기에 영입된 SE로, 여기 오기 전에는 게임 개발회사에 다녔다고 한다. 내향적인 성격이라 이야기를 나눠 본 적은 거의 없고, 가끔 이렇게 사무용품을 빌려주는 정도다.

펜 정도는 가지고 다녀라. 류세이는 그 말을 꿀꺽 삼키고 펜을 내밀었다. 가토는 고맙다는 말 한마디 없이 서류에 뭐라고 적어 넣었다.

가토의 책상은 그가 좋아하는 애니메이션 캐릭터의 피규어로 가득하다. 컵라면과 도넛을 너무 먹어서 그런지 몸무게가 80킬로를 넘을 것 같다. 도저히 경찰관으로는 보이지 않지만, 그도 엄연한 사이버 범죄 수사관이다.

"자, 여기."

가토가 바인더를 내밀었다. 바인더에는 회람 문서가 끼워져 있었다. 지가 실장이 만든 송년회 관련 설문지였다. 1번 요코하마 중화 거리로 여행, 2번 스미다가와강에서 유람선을 타고 연회, 3번 근처 술집에서 회식. 이 중 희망하는 번호를 빈칸에 적는 형식이었다. 현재로서는 대부분 3번을 희망했고, 가토는 협조성 없는 성격을 내보이듯 지저분한 글씨로 '불참'이라고 적었다.

분명 송년회는 3번으로 결정된다. 문제는 그 후다. 개최가 결정된 후 참가자를 모으는 설문지를 돌렸을 때, 과연 몇 명이 참가 의사를 밝힐까. 작년 송년회도 참가하려는 사람이 없어서 결국 취소됐다.

류세이는 바인더를 책상 위에 내려놓고 주요 단말기의 디지털 시계를 보았다. 곧 오후 2시였다. 경시청의 가와무라에게는 아직 연락이 없다.

입구 자동문이 열리고 지가 실장이 사무실에 들어왔다. 회의에 다녀온 듯하다. 지가가 곧장 이쪽으로 오길래 류세이는 얼른 바인더를 뒤집었다. 지금 여기서 충격을 받으면 불쌍하다. 지가가 류세이를 내려다보며 말했다.

"다카쿠라 군, 그 일은 어떻게 진행되고 있나요?"

돌스에게 협력을 요청받은 일 말이다. 감염증과 관련된 수사 협력이라고 지가는 알고 있을 터였다.

"아직 멀었습니다. 해결될 전망이 안 보이네요."

"그런가요. 앞으로도 잘 부탁해요."

"알겠습니다."

지가가 고개를 살짝 끄덕이고 물러갔다. 류세이는 가토가 이쪽을 보고 있다는 걸 알아차렸다. 어쩐지 무시하는 표정이었다. 상사에게 아양 떨려니 힘들겠네. 그런 말이 들리는 것 같았다.

나도 좋아서 하는 게 아니야. 류세이는 그렇게 따지고 싶은 마음을 꾹 참고 컴퓨터에 정신을 집중했다.

～～～～

　분명 미행당하고 있다. 가와무라는 지금 야마노테선을 타고 가는 중이다. 미행꾼은 다른 칸에 타서 이쪽을 관찰하고 있을 것이다.

　오전에 에이린 대학교 근처에서 탐문을 마친 후 가와무라는 일단 경시청으로 돌아갔다. 복제 인간 살해 사건 외에 담당하고 있는 몇몇 안건의 진척 상황을 확인하기 위해서였다. 뜻밖에 시간이 오래 걸려서 오후 5시에야 확인이 끝났다. 가와무라는 이제부터 우에노에 갈 생각이었다. 우에노에는 클론 3호인 이시카와 다케시의 집이 있다. 문자로 다카쿠라도 호출했다.

　야마노테선이 우에노역에 도착했다. 가와무라는 전철에서 내려 플랫폼을 걸었다. 미행은 눈치챘지만 여태 미행꾼의 얼굴도 확인하지 못했다. 미행에 아주 숙달된 자라는 증거였다.

　복잡하게 얽힌 역 구내를 걷다가 중앙 개찰구로 나갔다. 별 목적은 없었지만 미행꾼의 동향을 관찰하기 위해 가와무라는 역에 인접한 상업 시설로 들어갔다. 가끔 쇼윈도에 힐끔 시선을 주었지만 수상한 인물은 찾지 못했다. 꽤 거리를 두고 미행하는 듯하다.

이대로 이시카와 다케시가 사는 연립주택으로 갈 수는 없다. 한번 흔들어 볼까. 가와무라는 그렇게 마음먹고 시설 안쪽으로 달렸다. 모퉁이를 몇 번 돌자 서점 간판이 보였다. 서점으로 뛰어든 가와무라는 손님들 사이에 섞여 서가 뒤편에 숨었다.

손목시계를 들여다보았다. 초침이 한 바퀴 돈 후, 번개같이 서점을 뛰쳐나갔다. 가와무라는 시야 구석에서 움직이는 사람을 놓치지 않았다. 가와무라의 움직임을 예측하지 못했는지 한 남자가 어색하게 등을 돌렸다.

10미터쯤 떨어진 곳이었다. 가와무라는 남자에게 다가가 어깨에 손을 얹었다. 돌아본 남자의 얼굴은 낯익었다. 돌스의 하타케야마였다.

"누구 명령이야?"

가와무라가 묻자 하타케야마는 콧등을 긁적이며 대답했다.

"과연 경시청 형사다우시군요. 꽤 신중하게 미행했습니다만."

처음 만났을 때도 느꼈지만 하타케야마는 체격이 좋고 폭력적인 냄새를 풍긴다. 돌스는 기본적으로 후생노동성의 산하 조직이므로, 파견자는 후생노동성에 채용된 국가 공무원이라고 봐도 무방하다. 그 때문인지 먹물깨나 먹었다는 듯한 태도의 직원이 많다고 가와무라는 개인적으로 평가했다. 하지만 하타케야마는 다르다. 어쩌면—. 가와무라는 머릿속 한구석에 번뜩인 생각을 꺼냈다.

"설마 너, 경시청의……."

"경위님, 잠깐만요." 가와무라의 말을 막듯 하타케야마가 입을 열었다. 주변의 시선을 신경 쓴다. "여기서는 말씀 못 드립니다. 장소를 옮기시죠."

인정한 것이나 마찬가지였다. 가와무라는 자세한 이야기를 듣고 싶어서 하타케야마의 제안을 받아들이기로 했다. 5미터쯤 뒤에서 하타케야마를 따라가는 형태로 우에노역에서 나왔다. 횡단보도를 건너 아메요코 상점가로 들어갔다. 잠시 후 하타케야마가 노래방에 들어가길래 가와무라도 뒤따랐다. 둘이 한 방에 들어갔다. 카운터에서 주문한 아이스 커피 두 잔이 나온 후 하타케야마가 설명했다.

"짐작하신 대로 저는 경시청에서 파견됐습니다. 여기 온지 3년째예요."

하타케야마의 나이는 서른 살, 계급은 경사다. 예전에는 시부야서 형사과에서 근무하다가 스물일곱 살 때 돌스로 파견 제의를 받았다.

"발족한 후로 돌스는 반드시 경찰관 몇 명을 파견 형식으로 조직에 들였던 모양입니다. 주된 업무 내용은 감시 체제

강화와 재검토죠. 저는 거절할 수 있었지만, 젊은 혈기에 잘 알지도 못하면서 제안을 받아들였습니다. 설마 제가 복제 인간을 감시할 줄은 꿈에도 몰랐어요."

파견되면 짧아도 5년, 길면 10년 가까이 일해야 하는 모양이다. 다만 특전이 하나 있다. 복귀할 때 희망 부서에 배치해 준다고 한다.

"단도직입적으로 물을게." 가와무라는 의문을 꺼냈다. "이번 일 말인데, 복제 인간에 관련된 정보는 높은 수준의 기밀 사항이라고 해도 과언이 아니야. 정보가 유출됐다고 봐야 자연스럽겠지. 난 돌스 사람이 정보 유출에 관여했다고 생각하는데. 경사의 생각이 궁금하군."

하타케야마는 그 질문에 바로 대답하지 않았다. 분명 마음속에서 돌스 소속 직원이라는 입장과 본래는 경찰관이라는 입장이 갈등을 벌이고 있을 것이다. 잠시 후 하타케야마가 괴로운 표정으로 말했다.

"하타케야마라고 불러주십시오. 경위님 말씀대롭니다. 저도 내통자가 있다고 생각해요."

"짚이는 구석은 있나?"

"아쉽게도 없습니다. 조직 사람들을 전부 파악하고 있는 건 아니라서요. 현재 백 명 가까운 사람들이 일하고 있고, 옛날에는 좀 더 많았을 겁니다."

돌스는 활동 거점을 도쿄 도내에 분산시켜 놓았다. 그중 시나가와의 J제네릭과 나가타정에 있는 한 빌딩의 사무실이 대표적인 거점이라고 한다. 둘 다 보안 수준이 높아서 외부인은 침입하기가 어렵다는 모양이다.

"최근 돌스 내부에서 조직을 축소해야 한다는 목소리가 나오고 있습니다. 이유는 복제 인간들이 성장해 감시하기가 비교적 쉬워졌기 때문입니다. 게다가 이제 와서 그들의 잠재력이 깨어날 리는 없고, 오리지널이 사망한 복제 인간도 있습니다. 이제 돌스의 역할은 끝났다고 주장하는 사람도 있고, 임무를 계속 수행해야 한다며 존속을 부르짖는 사람도 있죠. 저는 경시청에서 파견 나온 입장이라 자세한 사정은 모르지만, 정치적인 이유도 있는 것 같습니다. 아무튼 축소파와 존속파는 계속 대립하는 중입니다."

조직인 이상 파벌 싸움도 일어나는 모양이다. 그건 어느 세계나 마찬가지였군.

"아사히나는 어느 파야? 현장 책임자라던데. 놈의 지시로 날 미행했지?"

"그렇습니다. 경위님의 움직임을 주시하라고 하더군요. 그 사람은 중립파입니다. 우수한 사람이에요. 1종 채용이니까요."

국가 공무원 1종 시험. 현재는 종합직 시험이라고 하는가 본데, 그 시험에 합격한 사람들은 이른바 관료라 불리는 엘리트 후보생이다. 아사히나는 분명 머리가 뛰어나 보였다. 실제로도 우수하리라.

"저도 쭉 복제 인간을 감시해 왔습니다만, 결국 그들도 보통 사람입니다. 구슬이 서 말이라도 꿰어야 보배라고 하던가요. 훌륭한 유전자를 물려받았지만, 그 진가를 발휘하지 못해요. 솔직히 말해 돈과 노력을 들여서 감시할 필요가 있을지 의문이었던 시기도 있었습니다."

하타케야마가 무슨 말을 하려는지 가와무라는 이해했다. 일종의 모순이다. 복제 인간은 복제 인간임을 발표해야 존재 가치가 있다. 발표하지 않으면 평범한 사람이다.

가슴주머니에서 스마트폰이 진동했다. 화면을 보자 다카쿠라의 문자 메시지였다. 우에노에 도착했다는 내용이었다. 〈중앙 개찰구 앞〉이라고 짧게 답장하고 하타케야마에게 물었다.

"하나만 더 알려 줘. 카테고리라고 했지. 최고 등급 기밀은 뭐야?"

"저도 말단이라 잘은 모르지만 두 가지는 확실합니다. 일곱 번째 복제 인간의 상세한 정보와 아리마 교수의 행방은 극히 일부의 높은 양반들밖에 모르는가 보더군요."

"일곱 번째 복제 인간의 오리지널은 아리마 교수 본인이라는, 그런 소문 들어봤나?"

"들어봤습니다. 어디까지나 소문이지만요."

복제 인간과 돌스라는 조직에 관해 여러 가지를 알아냈지만, 중요한 부분은 여전히 불투명했다. 가와무라는 얼음이 다 녹아 버린 아이스 커피를 마셨다.

누가 무슨 목적으로 복제 인간의 목숨을 노리는 걸까.

노래방을 나선 가와무라는 우에노역으로 돌아가서 다카쿠라와 합류했다. 택시를 잡을까 생각하며 역 구내를 걸어가는데 하타케야마가 갑자기 멈춰 섰다. 그리고 어쩐지 진지한 표정으로 스마트폰을 귀에 댔다.

"……정말입니까. ……지금 우에노역입니다. ……알겠습니다. 찾아보겠습니다."

하타케야마가 전화를 끊고 말했다.

"이시카와 다케시의 행방이 묘연하답니다."

"그게 무슨 소리야?"

하타케야마가 사정을 설명했다. 이시카와는 아사쿠사에 있는 자동차 부품 제조공장에서 일하는데, 오늘은 고토구에 있는 계열사 공장으로 출장을 갔다고 한다. 갈 때는 전철로 갔지만, 돌아올 때는 예상과 달리 택시를 탔다. 감시원이 추적했지만 결국 이시카와가 탄 택시를 놓쳤다. 이시카와를

놓친 지 한 시간이 지났지만 공장에도 집에도 돌아오지 않
았다는 이야기다.

"GPS는? 그 정도는 추적할 수 있잖아."

"반응이 없답니다. 전원을 껐는지도 모르겠습니다."

오후 6시가 다 된 시간이었다. 이시카와가 이미 범인에게
붙잡혔을 가능성도 충분했다. 비상사태로 보였다.

"빌어먹을 돌스 놈들은 뭘 하는 거야."

아무 소용 없다는 건 알지만, 가와무라는 욕이라도 한마
디 내뱉어야 직성이 풀릴 것 같았다. 그러자 하타케야마가
미안하다는 듯 머리를 숙였다.

"죄송합니다."

"널 탓하는 건 아니야."

지금은 이시카와의 행방을 찾는 것이 급선무다. 하지만
어디서부터 찾아야 할지 막막했다. 이미 납치됐다면 사태는
최악으로 치달을 것이다. "한 말씀 드려도 될까요?" 내내 잠
자코 있던 다카쿠라가 입을 열었다. "전원이 꺼진 게 아니라
전파가 잡히지 않는 곳에 있는 것 아닐까요?"

"그래서?"

"생각 안 나세요? 요전에 파친코 게임장에 갔을 때 지하
에서는 전파가 안 잡혔잖아요. 출장을 갔다가 바로 퇴근하
게 돼서 그길로 파친코 게임장에……."

다카쿠라의 말이 끝나기도 전에 가와무라는 달렸다. 하타케야마와 다카쿠라가 쫓아오는 발소리가 들렸다. 횡단보도를 건너 아메요코 상점가로 들어선 뒤, 사람들을 헤치며 달렸다. 파친코 게임장에 도착하자 그저께와 어제처럼 지하로 계단을 내려갔다. 저녁 시간대라서 그런지 사람들이 버글버글했다. 세 사람은 흩어져서 이시카와를 찾기로 했다. 유선방송과 파친코 게임기의 전자음이 시끄러웠다.

"찾았습니다."

하타케야마가 다가와서 가와무라의 귀에 대고 소리치듯 말했다. 하타케야마의 시선 끝에 이시카와가 있었다. 줄지은 파친코 게임기의 중간쯤에서 이시카와는 게임에 푹 빠져 있었다.

"본부에 보고하고 오겠습니다."

하타케야마는 스마트폰을 들고 계단을 올라갔다. 쉴 새 없이 달린 탓에 숨이 찼던 가와무라는 빈 게임기를 찾아서 자리에 앉았다. 잠시 호흡을 가다듬고 있자니 이시카와가 일어섰다. 가와무라도 허둥지둥 일어나서 이시카와의 뒷모습을 쫓았다.

게임장 안쪽으로 나아가던 이시카와는 화장실로 이어지는 좁은 통로로 들어갔다. 가와무라는 망설였다. 여기서 기다려야 할까. 안으로 들어가서 상황을 확인해야 할까.

가와무라는 상황을 잠시 지켜보기로 하고 통로 어귀에 시선을 고정한 채 벽에 몸을 기댔다. 2분쯤 기다렸지만 이시카와는 나오지 않았다. 가와무라는 참다못해 통로로 들어갔다. 통로 끝에 문 두 개가 있었다. 오른쪽이 남자 화장실, 왼쪽이 여자 화장실이었다. 남자 화장실 문을 열고 안으로 들어갔다. 앞쪽에 소변기 세 개, 안쪽에 칸이 두 개 있다. 제일 안쪽 칸을 들여다본 가와무라는 자신도 모르게 소리쳤다.

"이시카와!"

변기에 푹 엎어진 이시카와의 등에 칼이 꽂혀 있었다. 아직 숨이 살짝 붙어 있는 듯했다.

가와무라는 화장실에서 뛰쳐나왔다. 홀로 돌아가자 마침 다카쿠라가 눈에 들어왔다.

"119 불러!"

소리를 질렀지만 안 들리는 모양이었다. 가와무라는 다카쿠라에게 달려가 어깨를 붙잡고 말했다.

"이시카와가 찔렸어. 빨리 119 불러."

드디어 알아들었는지 다카쿠라가 몸을 돌려 계단으로 뛰어갔다. 가와무라는 다시 화장실로 돌아갔다. 이시카와가 들어가고 나서 눈을 떼지 않고 감시했지만 화장실에 드나든 사람은 없었다. 혹시나 싶어 여자 화장실도 살펴보았지만 아무도 없었다. 범인은 화장실에 숨어서 이시카와를 기다린 게 분명하다. 하지만 그렇다면 범인은 어디로 달아났 단 말인가.

가와무라는 남자 화장실로 돌아갔다. 칸으로 가서 무릎을 꿇고 이시카와의 상태를 살폈다. 아직 숨이 붙어 있길래 귓 가에 대고 말했다.

"조금만 참아. 곧 구급차가 올 거야."

가와무라는 자기 자신이 한심해서 속이 뒤집힐 지경이었 다. 이시카와 함께 화장실에 들어갔으면 범행을 막을 수 있었다. 이시카와가 칼에 찔린 책임은 자신에게도 있다.

"살 수 있어. 꼭 살 거야."

가와무라는 이시카와에게 계속 말을 거는 것이 고작이 었다.

~~~~~

오후 7시가 지난 시간, 나쓰카와 이쿠토는 나카노의 상점 가를 걷고 있었다. 야근하느라 평소보다 조금 늦었지만 발 길이 저절로 스튜디오를 향해 나아갔다.

스튜디오가 있는 빌딩 앞 편의점에서 마실 것과 먹을 것 을 사는 게 습관이 됐다. 평소처럼 커피와 봉지 빵을 사서 지 하로 계단을 내려갔다.

스튜디오 문을 열고 안으로 들어갔다. 불을 켜고 커피를 한 모금 마신 후 손목을 돌리며 피아노로 향했다. 의자에 앉아 오른쪽 끝에서부터 순서대로 건반을 눌렀다. 이쿠토는 이 순간이 좋았다. 마치 음을 입력하는 것처럼 머릿속에 음이 들어오는 기분이다.

연습곡을 쳤다. 교본에 실려 있던 간단한 초등학생용 곡이라 손가락을 풀기에 딱 좋다. 연습곡을 다 쳤을 때 스마트폰이 울렸다. 이쿠토는 일어서서 스마트폰을 내려놓은 테이블로 향했다. 바바의 전화였다.

"이쿠토, 나야."

"앗, 안녕하세요."

실은 오늘 밤 교습을 받느냐 마느냐는 바바의 사정에 달렸다. 이쿠토가 예상했던 대로 바바는 사과했다.

"미안해, 이쿠토. 오늘은 못 갈 것 같아."

"괜찮아요, 바바 씨. 스튜디오를 빌려주시는 것만으로도 충분해요."

"하긴 내가 가르칠 만한 건 거의 없으니까. 그럼 열심히 연습해, 이쿠토."

전화가 툭 끊기자 이쿠토는 스마트폰을 테이블에 내려놓았다.

오늘은 무슨 곡을 칠까 생각하며 골판지 상자를 들여다보왔다. 골판지 상자에는 바바에게 받은 CD가 들어 있다. 쇼 팽은 거의 다 연주했으므로, 요즘은 상자에서 적당히 선택한 CD를 듣고 따라서 연주한다.

CD를 한 장 꺼냈다. 재킷 사진은 외국의 낯선 거리였다. 〈IORI NARUMIYA〉라는 글씨가 적혀 있었다. 나루미야 이오리. 일본인 피아니스트 같지만 처음 듣는 이름이었다. 앨범 제목은 〈아이덴티티〉.

어떤 음악일까. CD플레이어에 CD를 넣고 재생 버튼을 눌렀다. 모르는 곡을 듣는 건, 모르는 곳을 여행하는 것과 같은 감각을 안겨 준다.

스피커에서 흘러나온 곡의 첫 부분만 들었는데도 어쩐지 신기한 기분에 사로잡혔다. 처음 듣는 곡인데도 오랜 옛날부터 알고 있었던 것 같다. 언젠가 들은 적 있는 느낌이니까 기시감이 아니라 기청감이라고 해야 할까.

작은 배를 타고 거센 물결에 휩쓸려 가는 것처럼 피아노 음색과 함께 시간이 흘렀다. 쇼팽에 뒤지지 않을 만큼 섬세하고, 베토벤에 비견될 만큼 역동적인 하모니다. 이쿠토는 시간 가는 것도 잊고 스피커에서 흘러나오는 멜로디에 몸을 맡겼다.

정신을 차리자 정적에 휩싸여 있었다. 어느덧 재생이 끝난 모양이다. 제일 인상적이었던 건 마지막 곡이었다. 그 곡을 들으며 이쿠토는 자신도 모르게 눈물을 흘렸다.

CD케이스를 집어서 뒷면을 보았다. 총 열 곡이고, 마지막 곡은 앨범 제목이기도 한 '아이덴티티'였다.

CD플레이어의 액정 화면에 〈42분 30초〉라고 표시돼 있었다. 이 앨범의 수록 시간이다. 이쿠토는 42분 30초 내내 소름이 끼쳤다. 지금까지 음악을 듣고 이렇게 충격을 받은 적은 없었다.

CD케이스에 끼워진 책자를 꺼냈다. 가사가 없어서 페이지 수는 얼마 안 됐다. 첫 번째 페이지를 넘긴 순간 이쿠토는 숨을 삼켰다.

피아노를 치는 남자의 옆얼굴을 크게 담아낸 흑백 사진이었다. 분명 이 남자가 나루미야 이오리라는 피아니스트이리라.

나루미야 이오리의 옆얼굴은 이쿠토와 판박이였다.

CLONE
GAME

3장

임파서블
콘택트

가와무라는 오카치마치에 있는 종합병원 로비에 있었다. 곧 오후 8시였다. 진찰 시간이 끝나서 로비는 고요했다.

　이시카와 다케시가 이 병원으로 실려 온 지 두 시간 가까이 지났다. 이미 우에노서에서 수사에 나섰다. 첫 번째 발견자인 가와무라는 자신이 경시청 형사임을 알렸다. 우에노서 형사 두 명이 약간 거리를 두고 소파에 앉아 있다. 이시카와 다케시를 뒤쫓은 이유는 아직 설명하지 않았다.

　가와무라 옆에는 다카쿠라가 앉아 있다. 다카쿠라는 어두운 표정으로 바닥만 내려다보았다. 직책은 사이버 범죄 수사관이지만 이 남자의 본업은 SE다. 잇달아 사건에 맞닥뜨려 정신적으로 피폐해졌는지도 모르겠다.

　얇은 파란색 수술복을 입은 의사가 복도를 걸어왔다. 의사는 우에노서 형사에게 뭐라고 알렸다. 표정에서 불길한 분위기가 느껴졌다. 의사가 물러가자 우에노서 형사가 이쪽으로 와서 어두운 표정으로 말했다.

"사망했답니다. 최선을 다했지만 어쩔 수 없었대요."

"그렇군요."

가와무라는 어깨를 축 늘어뜨렸다. 1년 전과 똑같다. 또 눈앞에서 사람이 죽었다. 게다가 이번에도 구할 수 있었던 생명이었다. 화장실로 들어가는 이시카와를 잠자코 지켜본 것이 실수였다. 천연덕스럽게 따라서 들어갈 걸 그랬다.

"살인 사건입니다. 분명 수사 본부가 설치되겠죠. 괜찮으시다면 이야기를 듣고 싶은데요. 서로 와 주시면 감사하겠습니다."

"알겠습니다." 일이 이렇게 흘러가리라는 예감이 들기는 했었다. "상사와 상의하고 싶으니 조금만 시간을 주십시오. 반드시 설명하겠습니다."

"알겠습니다. 저희도 정확한 사인을 의사에게 확인하고 오겠습니다. 30분 후에 정면 현관 앞에 경찰차를 대놓겠습니다."

그렇게 말하고 두 형사는 복도를 걸어갔다. 가와무라는 다카쿠라와 함께 로비에 남겨졌다. 그때를 노린 것처럼 다른 발소리가 들렸다. 양복 차림 남자 두 명이 걸어왔다. 돌스의 아사히나와 하타케야마였다. 가와무라는 두 사람에게 말했다.

"이시카와는 죽었어. 우리는 좀 있다가 우에노서에 가서 진술해야 해."

"우에노서와 담판을 지었습니다." 아사히나가 냉정한 어조로 말했다. "그러니 안 가셔도 돼요. 이대로 돌아가셔도 상관없습니다."

"잠깐, 진짜야? 사람이 죽었어. 그리고 우에노서 형사들도 곤란할 텐데."

"문제없습니다. 시신은 저희가 인수할 겁니다."

클론 1호 노즈에가 살해당했을 때와 똑같다. 담판을 지었다니까 우에노서 간부의 승인을 얻었을 것이다. 경찰에 수사를 맡기기보다 뒤에서 손을 써서 비밀리에 처리하는 게 빠르다. 그렇게 결론을 내린 것이리라.

"가시죠. 여기서는 자세한 이야기를 못 하니까요."

아사히나가 걸음을 옮기자 하타케야마가 머리를 살짝 숙였다. 교만한 상사의 무례한 태도를 대신 사과하는 것 같기도 했다. 가와무라는 일어나서 다카쿠라와 함께 아사히나를 따라갔다. 살인 사건의 첫 번째 발견자인데 조사를 받지 않는다니 그야말로 이례적이다. 애당초 피해자가 복제 인간이라는 사실 자체가 믿기지 않는 일이지만.

야간 출입구로 나갔다. 주차돼 있던 왜건 형태의 검은색 차에 올라탔다. 하타케야마가 운전대를 잡고, 나머지 세 명은 뒷좌석에 앉았다. 차가 출발하자 아사히나가 입을 열었다.

"3호를 잃은 건 저희 실수입니다. 발견해 주셔서 감사합니다. 그럼 사건에 관해 자세하게 설명해 주시죠."

"이시카와가 화장실에 가길래 뒤쫓았지."

가와무라는 일어난 일을 있는 그대로 설명했다. 남자 화장실에서 칼에 찔린 이시카와를 발견하고 밖으로 나와서 다카쿠라에게 119를 부르라고 지시한 것. 바로 돌아가서 만약을 위해 여자 화장실을 확인했지만 아무도 없었다는 것. 설명을 마치자 아사히나가 가방에서 얇은 노트북을 꺼내서 무릎 위에 내려놓았다.

"이걸 보시죠."

가와무라는 노트북 화면을 들여다보았다. 파친코 게임장 내부가 비쳤다. 방범 카메라 영상인 모양이다.

"대체 어떻게 이걸……."

"그게 중요한 게 아닐 텐데요. 곧 나옵니다."

한 남자가 화면을 가로질러 화장실로 이어지는 통로로 들어갔다. 이시카와였다. 화면 오른편 위쪽에 표시된 시간은 오후 6시 7분이었다. 가와무라는 화면을 뚫어지게 바라보았다. 화장실로 이어지는 통로에 수상한 움직임은 없다. 이시카와가 들어가고 2분 후, 한 남자가 통로로 들어갔다. 가와무라였다. 가와무라가 들어간 직후, 모자를 쓴 사람이 통로에서 나와서 화면을 가로질러 사라졌다. 분명 이자가 범인이다.

"범인이야. 여자 화장실에 숨어 있었군."

범인의 행동은 이렇다. 일단 남자 화장실에 숨어서 이시카와가 들어오기를 기다린다. 그리고 화장실에 들어온 이시카와를 찌른 후, 옆에 있는 여자 화장실로 뛰어든다. 그 직후 가와무라가 남자 화장실에 들어온 틈을 노려 여자 화장실에서 가게 밖으로 달아난다.

"하지만 이상한데요." 다카쿠라가 고개를 갸우뚱하며 말했다. "이시카와가 화장실에 가지 않으면 범인은 어쩔 생각이었을까요? 헛수고잖습니까."

당연한 의문이었다. 아사히나가 대답했다.

"아마 문자 메시지로 불러내지 않았을까요? 가와무라 씨, 그런 낌새는 없었습니까?"

당시를 돌이켜 보았지만 뭐라고도 말할 수 없었다. 떨어진 자리에 앉아 있어서 이키사와의 손까지는 주의 깊게 살피지 못했다. 이시카와가 스마트폰을 확인하고 자리에서 일어났을 가능성도 없지는 않다.

"경찰에 수사를 맡겨야 해." 가와무라는 그렇게 주장했다. 형사라는 입장상 그렇게 말할 수밖에 없었다. "증거가 남아 있잖아. 게임장의 방범 카메라 영상을 빈틈없이 확인하면 범인의 정체가 드러날지도 몰라. 이시카와의 스마트폰도 그래. 범인이 가지고 갔을 가능성도 있지만, 통신사에 조회하면 통화 이력과 문자 메시지 이력을 알아낼 수 있어. 범인에게 이어질 흔적을 발견할 수 있을 거라고."

이미 세 명이나 살해당했다. 아무 조치도 취하지 않고 수수방관하면 희생자가 늘어날 뿐이다. 하지만 아사히나는 고개를 끄덕이지 않았다.

"가와무라 씨의 조언에 따라 클론 2호 살해 사건은 경찰에 수사를 맡겼습니다. 하지만 진전이 전혀 없더군요."

오늘은 월요일이고, 클론 2호 엔도 교헤이는 지난주 금요일에 살해당했다. 아직 사흘밖에 지나지 않았다. 그 짧은 시간에 범인을 찾아내라는 건 너무 지나친 요구다. 가와무라가 그런 뜻을 전하려는데, 아사히나가 급하다는 듯 먼저 말을 꺼냈다.

"저희의 최우선 과제는 복제 인간의 목숨이 아니라 복제 인간의 존재를 감추는 겁니다. 28년 전, 일본에서 복제 인간 일곱 명이 태어났다는 사실은 절대로 밝혀져서는 안 될 최고 기밀이에요."

최고 기밀. 과연 복제 인간의 존재를 그렇게까지 큰 비밀로 다루어야 할까 의문스럽기는 하다. 복제 인간이 존재하든 말든 국민의 생활에는 아무 영향도 없다. 복제 인간의 비밀을 유지해야 한다는 후생노동성의 논리는 아무래도 일반적인 상식과 동떨어져 있는 것처럼 느껴졌다. 하지만 그

걸 따져봤자 아무 소용도 없으므로 가와무라는 설득을 시
도했다.

"비밀을 전면 공개하라는 게 아니잖아. 하다못해 스무 명,
아니 열 명이라도 좋아. 경시청 형사에게 이 사태를 알리고
전속팀을 만들어서 수사를 맡겨야 해."

"두 분을 끌어들인 것만 해도 저희로서는 아주 위험한 다
리를 건넌 셈입니다. 만약 경시청 형사 열 명에게 이 비밀을
알리려면 장관님의 허가가 필요하겠죠. 경시청장에게도 설
명해야 할 테고요."

세 사람은 복제 인간이라서 살해당했다. 그들의 정체를
숨긴 채 수사하면 진범을 찾아내기가 어려우리라.

가와무라는 아사히나와 커다란 입장 차이가 있다는 걸 절
실히 느꼈다. 돌스는 복제 인간의 목숨에 관심이 없다. 비밀
만 유지할 수 있다면 복제 인간이 죽든 말든 상관없다는 것
이 돌스의 본심이다.

"그리고 오늘 일로 경찰이 별 도움이 안 된다는 게 확실해
졌습니다. 현장에 경찰관이 세 명이나 있었는데 범행을 막
지 못했으니까요."

가와무라와 다카쿠라, 그리고 하타케야마에게 하는 말이
다. 가와무라가 아무 반박도 못 하고 백미러에 시선을 주자
운전석의 하타케야마가 입술을 깨물고 있는 모습이 보였다.

"차 세워."

가와무라는 자신도 모르게 말을 내뱉었다. 잠시 후 차가 갓길에 멈췄다. 가와무라는 문을 열고 차에서 내렸다. 다카쿠라도 내리려 하길래 말했다.

"넌 타고 가. 난 머리 좀 식혀야겠어."

가와무라는 억지로 문을 닫았다. 진보정 부근이었다. 달려가는 차를 바라보다 가와무라는 걸음을 옮겼다. 아사히나의 말이 귓속에서 떠날 줄 몰랐다.

그렇다. 오늘 나는 범행을 막지 못했다. 형사 실격이라는 낙인을 찍어도 불평할 수 없다.

~~~~~

"머리를 식힌다고 해결된 문제가 아닌데. 그렇죠?"

차가 출발하자 아사히나가 말했다. 류세이가 아무 대답도 못 하자 아사히나가 말을 이었다.

"경시청 형사는 좀 더 쓸 만할 줄 알았는데, 의외로 엉망이로군요. 더는 기대하지 않는 게 좋겠습니다."

그렇게 단정하는 건 시기상조라고 생각했지만, 눈앞에서 세 번째 복제 인간이 살해당했으니 류세이로서도 뭐라고 변명할 말이 없었다. 다만 가와무라가 걱정됐다. 필요 이상으

로 자책하는 느낌이 들었다. 나쁜 건 범인이지 가와무라가
아니다.

그건 그렇고 돌스가 굉장한 조직임을 류세이는 새삼 실
감했다. 살인 사건을 없었던 일로 덮어 버렸다. 확실히 복제
인간이 탄생했다는 사실은 전 세계에 충격을 안겨 줄 만한
소식이다. 하지만 그 비밀을 유지하기 위해 살인 사건을 은
폐하는 건 아무래도 과잉 방어 같았다. 그렇게까지 하지 않
으면 비밀을 유지할 수 없어서일까. 어중간하게 감추면 발
각되니, 감출 거면 철저하게 감추자는 것이 돌스의 방식일
지도 모른다.

류세이는 자신의 처지가 걱정됐다. 자의가 아니라고는 하
나 국가 규모의 중대한 비밀을 알았는데 앞으로 어떻게 되
는 걸까. 서약서라도 써야 할까. 서약서로 끝나면 다행이지
만 앞으로 몇 년에 걸쳐 감시를 받거나, 전화와 SNS를 사찰
당하는 등 실생활에 영향이 있을 것 같아서 두려웠다.

차는 야스쿠니길을 서쪽으로 달려갔다. 어디로 데려가는
건지 걱정돼서 "저기" 하고 운전석의 하타케야마에게 말을
걸자 "집까지 모셔다드리겠습니다"라는 대답이 돌아왔다.
집 주소를 알려 준 기억은 없지만, 이미 다 알고 있어도 이
상할 건 없었다.

아사히나는 아까부터 스마트폰을 만지작거리고 있었다.

문자 메시지를 쓰는 듯했다. 국가 공무원이지만, IT 업계에서도 흔히 볼 수 있는 유형이었다. IT 기업의 젊은 임원이라고 해도 손색이 없다.

차 안은 조용했다. 약 30분 후, 류세이의 집이 있는 가마타의 맨션 앞에 도착했다. 역시 돌스는 주소를 이미 파악하고 있었다. 문을 열고 내리려는데 뒤에서 아사히나가 말했다.

"다카쿠라 씨. 실은 당신과 가와무라 씨에게 조금 기대했습니다. 혹시 가와무라 씨와 만날 일이 있으시면 제가 그렇게 말했다고 전해 주십시오."

류세이가 차에서 내리자 아사히나를 태운 차가 달려갔다. 류세이는 차가 모퉁이를 돌아서 후미등이 보이지 않을 때까지 기다렸다가 맨션으로 들어가서 엘리베이터를 타고 집으로 향했다. 오후 9시가 다 된 시간이었다.

늦어진다고 미나에게 미리 연락하지 못했다. 현관문을 열고 안으로 들어가자 집은 컴컴했다. 거실에 불을 켰다. 침실을 들여다보자 미나는 침대에 누워 자고 있었다. 문이 열리는 소리를 들었는지 미나가 몸을 이쪽으로 돌렸다.

"어서 와."

"다녀왔어. 몸이 안 좋아?"

"머리가 좀 아파서. 밥 차려 놨어."

"응. 얼른 자. 알아서 먹을게."

류세이는 문을 닫고 주방으로 향했다. 된장국 냄비가 가스레인지에 올려져 있고, 냉장고에는 돼지고기 감자조림이 들어 있었다. 돼지고기 감자조림을 데우려는데 미나가 침실에서 나왔다.

"괜찮아?"

류세이가 묻자 미나는 웃으며 말했다.

"응, 괜찮아. 내가 차려 줄게. 앉아 있어."

류세이는 사워(일본에서는 주로 증류주에 탄산수와 과즙을 섞어서 만든 술을 의미한다-옮긴이 주)를 한 캔 꺼내서 거실 테이블 앞에 앉았다. 사워를 한 모금 마시고 생각에 잠겼다. 내일은 어쩌면 좋을까. 평소대로 일하러 갈까, 아니면 가와무라와 함께 행동해야 할까. 뭐, 가와무라가 하기 나름이라고 류세이는 생각했다. 그가 손을 뗀다면 류세이도 손을 떼고, 그가 복제 인간 살해 사건에 관여하려 한다면 함께할 수밖에 없으리라.

"다 됐어."

미나가 쟁반을 들고 와서 밥공기와 접시를 류세이 앞에 내려놓았다. 류세이는 "잘 먹겠습니다" 하고 말한 후 식사를 시작했다. 미나는 류세이 앞에 앉아 녹차를 마셨다.

"그러고 보니 일은 언제부터 시작해?"

"수요일부터. 일단 오전 근무만 해 보려고."

"그게 좋겠다."

공무원이라는 안전한 신분을 얻은 건 좋지만, 솔직히 수입은 예전 직장보다 조금 줄어들었다. 미나가 일을 다시 시작하면 크게 도움이 된다.

"오늘 아버님한테 전화 왔었어."

"아버지한테? 왜 내가 아니라 미나한테 걸었지?"

"일을 방해하기 싫으셨겠지. 잘 지내나 싶어서 전화하셨나 봐."

류세이의 아버지는 이타바시구 나리마스에 산다. 올해 일흔 살인 전직 경찰관이다. 류세이가 사이버 범죄 수사관이 되기로 마음먹은 건, 아버지의 영향도 적지 않다. 경찰관이래도 아버지는 총무 관련 업무를 오래 한 모양이지만.

"가끔 아버님 뵈러 가야겠어."

"그것도 좋겠다."

어머니는 어릴 적에 암으로 돌아가셔서 류세이에게는 어머니의 기억이 없다. 대학교를 졸업할 때까지 아버지와 단둘이 살았다. 취직을 계기로 집을 떠나 자취를 시작했고, 지금은 오본(추석과 비슷한 일본의 명절-옮긴이 주)과 설날에 얼굴을 비치는 정도다.

이번 주말에 미나를 데리고 아버지를 뵈러 갈까. 그런 생각을 하며 류세이는 밥을 입에 넣었다.

약속한 가게는 가부키정에 있었다. 신주쿠 구청 뒤편의 빌딩 2층이다. 가와무라가 이름을 대자 종업원이 방으로 안내해 주었다. 룸식 술집임을 강조하는 만큼 카운터 같은 건 없고 전부 방뿐이다. 방에서 이치노 미카가 기다리고 있었다.

"갑자기 뵙자고 해서 죄송해요."

미카가 고개를 숙였다. 가와무라는 한 시간쯤 전에 연락을 받았다. 아사히나 일행과 헤어진 후 경시청에 돌아와 서류를 훑어보고 있는데, 미카가 문자 메시지를 보냈다. 상담할 일이 있으니 오늘 밤에 볼 수 없겠느냐는 내용이었다. 몇 번 문자 메시지를 주고받다가 미카가 지정한 가게가 여기였다.

"그런데 상담할 일이라니요?"

"일단 주문부터 할까요? 가와무라 씨, 술 드실래요?"

"네. 오늘은 일이 끝났으니까요."

가와무라는 생맥주, 미카는 모스코 뮬, 그리고 닭튀김 등 안주를 몇 가지 주문했다. 미카가 미안한 듯 입을 열었다.

"이렇게 늦은 시간에 뵙자고 해서 정말 죄송해요."

"괜찮습니다. 이 시간까지 일할 때도 많으니까요. 그런데 이치노 씨, 지금까지 일하셨어요?"

"네. 야간 근무였거든요."

오후 10시 가까운 시간이었다. 미카가 일하는 가게는 오후 9시에 영업을 마친다. 그 후에 뒷정리며 매출 정산을 하고 퇴근한 모양이다.

"가와무라 씨, 별일은 없으세요? 지금도 수사 1과에 계시죠?"

"네. 지금도 수사 1과입니다."

"그럼 바쁘시겠네요. 사모님이 고생이시겠어요."

"아내와는 헤어졌습니다."

"아, 그러세요? 죄송합니다."

"아니요. 그보다 이치노 씨가 건강해 보이셔서 다행입니다. 요전에 뵀을 때도 느꼈는데, 안색이 많이 좋아지셨어요."

한때 미카가 몹시 야위었을 때는 저러다 어떻게 되는 게 아닐까 싶었다. 그래서 이렇게 딸의 죽음에서 회복된 미카를 보자 기뻤다.

주문한 안주가 전부 나오자 가와무라는 다시 물었다.

"상담할 일이라니 뭔가요?"

"아, 그렇죠." 미카가 젓가락을 놓고 말을 꺼냈다. "사적으로 꺼림칙한 일이 생겨서……. 실은 저, 스토킹을 당하고 있어요."

스토커는 40대로 보이는 남자 회사원으로, 미카는 바를 운영하는 친구를 몇 번 도와주러 갔을 때 그와 만났다고 한다. 남자는 친구가 운영하는 바의 단골이었다. 반년쯤 전에 미행을 눈치챘고, 얼마 지나지 않아 그 남자의 소행임을 알았다. 가끔 우편함이 열려 있기도 했지만, 그 남자가 그랬다는 확신은 없었다.

"저, 최근에 이사했어요. 2주일쯤 전에요."

이사를 계기로 남자의 기척이 사라졌다. 하지만 기뻐했던 것도 잠시, 사흘쯤 전에 미카는 이사한 연립주택 근처에서 남자의 모습을 목격했다.

"그 남자에게 직접적인 피해를 받으셨습니까? 예를 들어 뭔가 도둑맞았다든가."

"그런 건 아니에요. 그냥 멀리서 지켜볼 뿐이죠. 그게 너무 기분 나빠서……."

확실히 무서울 것이다. 하지만 경찰 입장에서는 스토커가 뭔가 구체적인 행위에 나서야 단속하기 수월하다.

"남자의 신원은 아십니까?"

"네. 명함을 받아서 어디 놔뒀을 거예요."

"다음에 보여 주십시오. 이사한 곳은 어디신가요?"

"고엔지요."

"조만간 근처 파출소에 가서 사정을 설명해 보겠습니다. 그런 정보가 있느냐 없느냐에 따라서 파출소의 대응도 달라지니까요."

"감사합니다. 어쩐지 속이 후련하네요."

미카가 가슴을 쓸어내렸다. 문제가 해결된 건 아니지만 고민을 털어놓자 마음이 편해졌는지도 모르겠다. 가와무라는 생맥주를 들이켜고 발치에 놓아둔 종이봉투를 무릎에 올렸다.

"이거, 별 것 아닙니다만."

"뭔데요?"

"따님께 드리는 선물입니다. 괜찮으시면 불단 곁에 놔두세요."

곰 봉제 인형이다. 2주일쯤 전에 백화점에서 우연히 보고서 언젠가 줄 생각으로 사놓았다.

1년 전, 가와무라는 모에를 구하지 못했다. 도주 중인 범인을 눈앞에서 놓치는 바람에, 범인의 무모한 운전으로 모에가 죽고 말았다. 그리고 오늘도 지척에 있던 이시카와 다케시가 어이없이 살해당하고 말았다. 가와무라는 자기 자신이 너무 한심하다 못해 화까지 났다.

"왜 그러세요? 그렇게 무서운 얼굴로."

"어, 아니요. 아무것도 아닙니다."

"정말 감사해요. 그리고……." 미카가 명함 뒷면에 펜으로 뭔가 적어서 내밀며 말했다. "제 새 주소예요. 다음에 모에한테 인사하러 오세요."

"알겠습니다. 조만간 찾아뵙겠습니다."

가와무라는 미카의 명함을 가슴주머니에 넣었다.

~~~~~

참여형 백과사전 <넷트리아>에서 발췌.

나루미야 이오리(成宮イオリ) 1957년생. 일본의 피아니
스트, 작곡가.

경력

본명, 나루미야 이오리(成宮伊織). 가나가와현 요코하마
시 출생. 아버지는 외교관, 어머니는 피아노 교실 강사.
어머니의 영향으로 어릴 적부터 피아노를 쳤고, 수많은
콩쿠르에 참가해 입상. 중학교 졸업 후, 요코하마 사쿠라
고등학교 음악과에 진학. 1974년, 17세의 나이로 전국 고
교생 음악 콩쿠르에서 우승한다. 1975년, 제네바 음악원
으로 유학을 떠났고, 그해에 롱티보 국제 음악 콩쿠르 피
아노 부문에서 우승한다.

1976년에 파리에서 데뷔 리사이틀을 개최한 이후로 유

럽 각지에서 리사이틀을 갖는다. 1982년, 25세 때 일본으로 귀국해 도쿄를 중심으로 활약한다. 80년대 후반부터 작곡 활동을 시작해 1993년에 첫 앨범 <아이덴티티>를 발표, 앨범의 타이틀곡인 '아이덴티티'는 그해 개봉된 영화 <사무라이가 사라진 여름>의 메인 테마로 사용되며 일본인 피아니스트의 오리지널 앨범으로서는 이례적인 히트를 기록한다.

1999년, 42세 때 피아니스트 활동을 중지하겠다고 선언한다. 지병의 악화가 이유 아닐까 추측되지만 진위 여부는 분명하지 않다. 그 후로 공식 석상에는 모습을 드러내지 않는다.

인물

편식이 심해서 고기만 먹는다고 한다.

1993년, 일본 그래미상 최우수 영화음악 부분에 후보로 올랐지만, 발표 당일 방송국 디렉터와 말다툼을 벌인 끝에 후보에서 사퇴했다.

고엔지의 연립주택으로 돌아간 이쿠토는 컴퓨터로 피아니스트 나루미야 이오리에 대해 조사했다. 인터넷에는 고고한 피아니스트라는 평가가 많았지만, 활약한 기간이 짧고 활동 중지 후로는 일절 모습을 드러내지 않아서 이제는 이름을 아는 사람도 많이 없는 듯했다. 인터넷에 나도는 나루미야 이오리의 사진도 얼마쯤 있긴 했지만, 역시 앨범에 들어 있던 책자의 사진이 제일 선명했다.

닮았다. 벌써 몇 번이나 봤는지 모르겠지만 볼 때마다 그렇게 느꼈다. 그만큼 나루미야 이오리라는 피아니스트는 이쿠토와 흡사하게 생겼다. 물론 다른 점도 있다. 머리 모양이 제일 다르지만, 그런 건 얼마든지 바꿀 수 있다. 얼굴도 나루미야 이오리가 좀 더 말랐지만, 이목구비는 놀랄 만큼 닮았다.

이쿠토는 인터넷으로 나루미야 이오리의 경력을 다시 확인했다. 머릿속으로 계산해 보자 자신과 서른세 살 차이였다. 이 남자가 자신의 아버지일 가능성도 없지는 않다.

이쿠토는 어렸을 때 버려졌다. 자세하게는 모르지만 도쿄 도내의 한 산부인과 앞에서 발견됐다고 한다. 이쿠토의 머릿속에서 이야기가 멋대로 만들어졌다.

1989년, 나루미야 이오리는 잘나가는 피아니스트였다. 그리고 그와 사귀던 예쁜 호스티스가 임신했다. 여자는 아이를 낳고 싶다고 했지만 당시 인기 있던 나루미야는 사생아를 원하지 않았다. 그래서 낙태 비용과 위자료를 호스티스에게 주고 인연을 끊었다.

호스티스는 아이를 지우지 않고 다음 해 여름에 출산했다. 하지만 태어난 아기를 보자 키우겠다는 결의가 흔들렸다. 아니, 어쩌면 새로 사귄 남자가 아이를 싫어했는지도 모른다. 어쨌든 여자는 양육을 포기하고 아이를 산부인과 앞에 버렸다. '나쓰카와 이쿠토'라는 이름이 적힌 종이만 남기고서.

아예 말이 안 되는 이야기는 아니지만 증거는 하나도 없다. 만약 다감한 10대 때 나루미야 이오리에 대해 알았다면, 몽상 속 피아니스트와 호스티스의 사랑과 슬픈 이별 이야기를 진심으로 믿었을지도 모른다. 하지만 이제 이쿠토는 그 정도로 몽상가가 아니다. 현실을 안다.

다만 나루미야 이오리가 자신과 한 핏줄이라는 공상은 설명하기 어려운 현상 하나를 해결해 준다. 바로 피아노다. 초심자인 이쿠토가 처음 듣는 음악을 따라서 친다는 사실은, 피아노에 재능이 있음을 의미한다. 그 재능은 어디서 왔는가. 그렇다, 나루미야 이오리에게 물려받았다고 하면 설명이 된다.

나는 나루미야 이오리의 아들일지도 모른다. 그 발상에는 거부하기 힘든 유혹이 숨겨져 있었다. 얼굴 생김새와 피아노 재능. 이 두 가지를 근거로 한 발상이다. 그렇다고 이제 와서 어쩌느냐는 생각도 들었다. 은둔한 피아니스트를 찾아갈 수도 없는 노릇이고, 애당초 그가 살아 있는지 죽었는지 조차 불확실하다.

이쿠토는 벽시계를 보았다. 새벽 1시가 넘었다. 내일도 출근해야 하니까 이만 자야 하지만, 아직 졸리지 않았다. 정신은 말똥말똥하기만 했다.

이쿠토는 인터넷에 '나루미야 이오리'를 다시 검색했다. 검색 결과 표시된 인터넷 페이지의 제목을 읽어 나갔다.

~~~~~

잠에서 깨자 숙취가 몰려왔다. 가와무라는 냉장고에서 생수 페트병을 꺼내서 입에 대고 마셨다. 테이블 위에 빈 위스키병이 놓여 있었다. 반쯤 남았던 위스키를 어젯밤에 다 마신 모양이다. 예전 같으면 대수롭지 않은 양이지만, 마흔 살이 넘을 무렵부터 술이 약해졌다.

아침 8시가 지났다. 가와무라는 뜨거운 물로 샤워한 후 차가운 캔 커피를 마셨다. 점차 기분이 나아졌다. 스마트폰을 꺼내 뉴스 사이트에 들어갔다. 인터넷 뉴스를 보는 것은 아침 일과 중 하나였다. 특별히 큰 사건은 발생하지 않은 듯했다. 가와무라에게 큰 사건이란 살인이나 강도같이 수사 1과가 담당하는 사건이다.

이제 어떻게 해야 할까. 가와무라는 자기 자신에게 물었다.

아사히나 말마따나 가와무라는 아무 도움도 되지 못했다. 지척에 있던 이시카와 다케시를 구하지 못했다. 100퍼센트 자신의 책임이다.

하지만 복제 인간 세 명이 살해당한 건 틀림없는 사실이었다. 더구나 돌스는 사건을 파묻어서 그 명백한 사실을 감추려고 기를 쓴다. 살인 사건이 발생하면 범인을 체포하기 위해 경찰이 수사에 나선다는 통상적인 절차를 완전히 무시하고서 말이다. 피해자가 복제 인간이라는 이유 하나만으로.

하지만 복제 인간도 인간이다. 살해당한 세 명은 돌스의 감시를 받는 와중에도 각자 인간관계를 만들며 살아왔을 것이다. 복제 인간이기 이전에 인간이다. 돌스는 비밀을 지키는 데 혈안이 된 나머지, 그렇듯 본질적인 부분을 간과하는 것 같았다.

가와무라는 스마트폰을 집어서 '클론'을 검색했다. 인터넷 사전에 표시된 단어 설명을 읽었다.

> 기원이 동일하고 유전 정보가 균일한 핵산, 세포, 개체의 집단. 원래는 그리스어로 모여 있는 식물의 잔가지를 의미한다.

알쏭달쏭한 설명이다. 클론이란 무엇인가. 복제 인간이란 무엇인가. 그렇듯 까다로운 이야기는 전혀 모르지만 한 가지는 확실하다. 살인은 범죄다.

복제 인간이든 보통 인간이든 죽이는 건 범죄다. 그리고 범죄자를 체포하는 게 경찰관의 임무다. 가와무라는 스마트폰에 통화 기록을 띄웠다. 그중 하나를 누르고 스마트폰을 귀에 댔다. 상대는 바로 전화를 받았다.

"네, 하타케야마입니다."

"나야, 가와무라. 어제 일은 어떻게 됐어?"

"시신은 저희가 인수했습니다. 아사히나 씨가 경시청과 우에노서하고 담판을 지은 모양이에요. 사건은 아예 없었던 일로 처리됐습니다."

그런 일이 용납된단 말인가. 가와무라는 파친코 게임장의 남자 화장실에서 본 이시카와 다케시를 떠올렸다. 등에 칼이 꽂힌 채 가냘프게 숨을 내쉬며 사그라지는 목숨을 붙잡으려 애썼던 그 남자의 죽음이 없었던 일로 처리됐다. '없었던 일'이라니, 대체 그게 뭐란 말인가.

가와무라는 방을 둘러보았다. 그렇게 어질러지지는 않았다. 아내와 함께 살았던 이 집은 솔직히 혼자 살기에 너무 넓다. 가와무라는 최근에야 드디어 이혼했다는 현실을 받아들이기 시작했다. 돌아올 곳에 가족은 없지만, 자신에게는 할 일이 있다. 경찰관이라는 일이.

형사로서 지금 해야 할 일을 하자. 가와무라는 그렇게 결심했다. 해야 할 일을 하기 위해서라면 무슨 수를 써도 상관없다. 제일 먼저 해야 할 일은…….

"하타케야마, 클론 4호에 관해 알고 싶어. 클론 4호의 경비 상황을 알려 줘."

범인의 다음 목표물은 클론 4호다. 복제 인간이 더 살해당해서는 안 된다. 이번에야말로 저지하고, 가능하면 범인을 자신의 손으로 붙잡고 싶었다.

"한 시간 후에 모시러 가겠습니다." 하타케야마가 말했다. "아사히나 씨가 가와무라 씨 지시에 따르라고 했거든요."

이쪽에서 어떻게 나올지 파악했다는 건가. 가와무라는 아사히나의 냉정한 얼굴을 떠올리며 말했다.

"알았어."

"그 사람은 어떻게 할까요? 필요하시면 데리고 가겠습니다."

다카쿠라 류세이 말이다. 경찰관으로서는 약간 미덥지 못한 부분이 있지만, 앞으로 수사를 하는 동안 그의 힘이 필요할 때가 올 것 같았다. 게다가 다카쿠라와 함께 행동하라고 상사에게 명령받았다.

"다카쿠라도 데리고 와."

"알겠습니다."

가와무라는 전화를 끊고 스마트폰을 테이블에 내려놓았다. 앞으로 한 시간이라. 이를 닦으려고 일어섰을 때 테이블 밑에 있는 명함이 눈에 들어왔다. 어제 셔츠를 벗을 때 떨어진 걸까. 명함 뒷면에 이치노 미카의 새 주소가 적혀 있었다.

~~~~~

"저 빌딩 3층에 그가 일하는 사무실이 있습니다. 확인한 바로는 오늘도 출근했고요."

운전석에서 하타케야마가 설명했다. 조수석에는 가와무라가 앉았고, 류세이는 뒷좌석에서 두 사람의 이야기를 들었다. 이 빌딩 앞에서 잠복한 지 한 시간 반 가까이 지났다. 정오를 앞둔 시간이다.

클론 4호의 이름은 나쓰카와 이쿠토, 가부토야 슈퍼 본사에 근무하는 회사원이다. 다음 목표물은 그로 추정됐다. 그래서 돌스도 감시를 강화해 늘 4인 체제로 지켜보고 있다고 한다.

류세이는 들고 있던 종이에 시선을 주었다. 종이에는 현재까지 밝혀진 복제 인간의 정체가 적혀 있다. 아까 하타케야마에게 받은 것이다.

클론 1호 노즈에 다카아키 (나구라 다이잔) 8월 4일생

클론 2호 엔도 교헤이 (에비누마 고) 8월 9일생

클론 3호 이시카와 다케시 (이와모토 다쿠로) 8월 10일생

클론 4호 나쓰카와 이쿠토 (나루미야 이오리) 8월 12일생

클론 5호 하시모토 게이 (핫토리 게이스케) 8월 14일생

클론 6호 ? ? ?

클론 7호 ? ? ?

괄호 속은 오리지널의 이름이다. 클론 4호의 오리지널인 나루미야 이오리는 80년대 초반부터 90년대 후반에 걸쳐 활약한 피아니스트라고 한다. 클론 5호 하시모토 게이는 상사회사 사원이고 현재 미국 뉴욕 지사에 있어서 돌스에서 감시원 두 명을 뉴욕에 파견 중이다. 유명한 뇌 신경외과의였던 핫토리 게이스케는 이미 사망했다. 클론 6호와 7호의 정체는 카테고리 1에 속하는 최상급 기밀이라 하타케야마도 자세한 내용을 알지 못했다.

"나왔습니다." 하타케야마가 말했다. "회색 바지에 흰색 와이셔츠를 입었습니다. 편의점 또는 맞은편 패밀리 레스토랑으로 갈 것 같은데요. 아, 오늘은 패밀리 레스토랑에 갈 모양이네요."

사무실이 있는 빌딩 맞은편 건물의 1층이 패밀리 레스토

랑이었다. 복장이 비슷한 회사원들 천지라 류세이는 아직 나쓰카와 이쿠토라는 남자를 찾아내지 못했다.

"우리도 거기서 밥을 먹지."

가와무라가 그렇게 말하고 문에 손을 뻗자 하타케야마가 쓴웃음을 지었다.

"진심이십니까? 감시원이 뭐라고 할 텐데요."

"접촉하려는 게 아니야. 밥 먹으면서 멀리서나마 한번 보려는 거지."

가와무라가 차에서 내렸다. 하타케야마가 코인 주차장에 차를 대려는 것 같길래 류세이도 내려서 가와무라를 쫓아갔다.

패밀리 레스토랑은 사람들로 북적거렸다. 손님은 대부분 근처에서 일하는 회사원인 듯했다. 혼자 온 손님은 창가의 기다란 바 석으로 안내를 받았다. 류세이와 가와무라는 테이블로 안내받았다. 잠시 후 하타케야마도 들어왔다. 가와무라가 메뉴를 들고 하타케야마에게 확인했다.

"저 사람이지?"

"네. 지금 주문하는 남자요."

류세이는 바 쪽으로 슬그머니 시선을 주었다. 호리호리하고 성실해 보이는 남자였다. 류세이는 조금 긴장했다. 어쩐지 진짜 경찰관이 된 듯한 기분이었다.

"정했어?"

가와무라가 물어보면서 호출벨을 눌렀다. 바로 종업원이 다가오자 가와무라와 하타케야마가 런치 세트를 주문하길래 류세이도 같은 걸 주문했다.

"근무 태도는 보통이랍니다." 하타케야마가 목소리를 조금 낮추어서 말했다. "고엔지의 연립주택에 살고, 여자친구는 없습니다. 그렇게 특징적인 사람은 아니지만, 최근에 약간 이상이 생겼습니다."

가와무라가 반응했다. "이상?"

"네. 그의 오리지널은 저명한 피아니스트입니다. 돌스는 그가 음악, 특히 피아노를 접하지 못하도록 어릴 적부터 철저히 통제했습니다. 그런데 최근에 피아노를 시작했답니다."

"그거 야단났군." 가와무라가 남의 일처럼 말했다. "골치 아프겠는데. 실력이 쭉쭉 늘어서 프로라도 되면 큰일이잖아."

"그 정도까지는 아니겠지만요. 돌스 상층부도 판단을 망설이는 모양입니다. 본인은 피아노에 푹 빠졌는지, 지인에게 빌린 스튜디오에서 매일같이 피아노를 친다는군요."

류세이는 나루미야 이오리라는 피아니스트를 모른다. 하지만 인터넷에서 찾아보니 꽤 저명한 피아니스트 같았다. 그 사람과 유전자가 완전히 똑같지만, 나쓰카와 이쿠토는 그 잠재력을 억제당하며 살아왔다. 아니, 억제당하며 살 수밖에 없었다고 해야 정확할까. 하여튼 어쩐지 가여웠다. 본인은 모르겠지만 인생을 제삼자에게 관리당하고 있으니까.

바 쪽을 힐끗 보자 나쓰카와 이쿠토의 자리에 런치 세트가 나왔다. 그때 류세이 일행의 테이블에도 런치 세트가 나왔으므로, 류세이는 바구니에 들어 있는 나이프와 포크를 두 사람에게 나누어 주었다.

~~~~~

이쿠토는 계산을 마치고 패밀리 레스토랑을 나섰다. 아직 오후 업무 시간까지 30분 넘게 남았다. 사무실에서 인터넷이라도 하면서 시간을 때울까. 그렇게 생각하며 횡단보도에서 파란불을 기다리고 있자니 스마트폰에 전화가 왔다. 화면을 확인하자 바바길래 이쿠토는 얼른 전화를 받았다.

"네, 나쓰카와입니다."

"나야, 바바. 문자 메시지 봤어. 할 이야기가 있다고?"

"네, 뭐." 신호가 파란불로 바뀌어서 걸음을 옮겼다. 오전에 바바에게 문자 메시지를 보냈다. 중요한 이야기가 있으니 오늘 밤에 만날 수 없겠느냐는 내용이었다. "그런데 바바 씨, 오늘 밤에 시간 괜찮으세요?"

"미안해, 이쿠토. 오늘 야간 근무야."

"그렇군요."

이쿠토의 고민은 커져만 가는 중이었다. 나는 왜 나루미야 이오리와 닮았는가. 혹시 나루미야 이오리가 내 아버지 아닐까. 생각하면 할수록 나루미야 이오리와 혈연관계가 틀림없는 것 같았다. 그리고 바바 말고는 이 문제를 상담할 사람이 떠오르지 않았다.

"지금 점심시간이지? 전화상으로도 괜찮으면 이야기를 들어줄게."

바바가 제안했다. 이쿠토는 본사가 있는 빌딩에 들어가지 않고, 길을 오른쪽으로 꺾어서 계속 걸어갔다. 뚱딴지같은 이야기이므로 가능하면 회사 사람의 귀에는 들어가지 않았으면 했다. 걸으면서 이야기하는 편이 안전하겠지.

"알겠어요. 실은⋯⋯."

이쿠토는 바바가 들고 온 상자에 들어 있던 CD에 대해 설명했다. 그 CD는 나루미야 이오리의 오리지널 앨범이었는데, 나루미야 이오리의 생김새가 자신과 아주 흡사하다고. 이야기를 들은 바바가 말했다.

"나루미야 이오리라. 그러고 보니 앨범을 가지고 있었네. 뭐, 남남인데 똑 닮은 사람도 있잖아."

바바는 음대 피아노과를 중퇴했고, 원래 CD도 그의 것이었으니 당연히 나루미야 이오리를 알 것이다. 그런 바바가 별 반응을 보이지 않자 이쿠토는 낙담했다. 이쿠토의 마음도 모르고서 바바가 말을 이었다.

"왜, 이 세상에는 자기와 똑같이 생긴 사람이 세 명 존재한다는 말이 있잖아. 그중 한 명 아닐까? 이쿠토, 설마 중요한 이야기가 그거였어?"

"맞아요. 죄송합니다."

그 후로 두세 마디 더 나누고 전화를 끊었다. 역시 바바 말대로 그저 우연히 나루미야 이오리와 닮은 걸까. 이쿠토는 혼자 들떠서 상상의 나래를 펼쳤던 것이 부끄러웠다.

회사에 돌아가려고 했을 때, 또 스마트폰에 전화가 왔다. 바바였다.

"미안해, 이쿠토." 바바가 느닷없이 말을 꺼냈다. "좀 궁금해서 인터넷으로 찾아봤어. 와, 엄청 닮았구나. 네 말을 들을 때까지 몰랐네. 아무튼 진짜 닮았어."

나루미야 이오리의 앨범 〈아이덴티티〉에 실린 사진을 바바도 인터넷에서 찾아본 모양이었다. 바바가 감탄한 목소리로 말했다.

"닮은 정도가 아니야, 이건. 나루미야 이오리 그 자체야."

"바바 씨, 웃지 말고 들어 주실래요?"

"응? 뭘?"

이쿠토는 주변을 둘러본 후 목소리를 조금 낮추어서 말했다.

"제 생각에는 나루미야 이오리가 제 아버지 아닐까 싶어요."

"잠깐만, 이쿠토. 너……."

"바바 씨께는 아직 말씀 안 드렸지만, 사실 저는 부모님이 안 계세요. 산부인과 앞에 버려져 있었대요."

이쿠토는 부모님 없이 보육원에서 자랐다고 자신의 내력을 간단히 설명했다. 피아니스트와 호스티스의 사랑 이야기는 창피해서 말하지 못했다. 이야기를 마치자 바바가 입을 열었다.

"과연. 가능성이 없지는 않겠어."

"그렇죠? 하지만 이런 이야기를 아무한테나 할 수는 없잖아요."

생부가 유명한 피아니스트일지도 모른다. 그런 소릴 한들 아무도 상대해 주지 않겠지. 이쿠토가 유일하게 의지할 만한 사람이 바바였다. 그러면 믿어줄지도 모른다는 기대감이 있었다. 실제로 바바의 입에서는 이쿠토가 기대했던 말이 나왔다.

"나는 믿어, 이쿠토. 이렇게 됐으니 만날 수밖에 없겠군. 그래, 꼭 만나야 해."

"만나다니, 나루미야 이오리를요?"

"달리 또 누가 있어?"

하지만 나루미야 이오리는 1999년에 활동 중지를 선언했고, 그 이후로 공식 석상에서 그의 모습을 본 사람은 없다. 한때는 사망설까지 나돌았을 정도다. 그렇게 말하자 바바는 이쿠토의 말을 부정했다.

"아니, 아니, 안 죽었어. 살아 있을 거야. 죽었으면 좀 더 화제가 됐겠지. 음, 나루미야 이오리라. 어디 있으려나."

나루미야 이오리를 실제로 만나다니. 이쿠토는 그런 발상을 떠올리지 못했다. 아버지일지도 모른다면, 직접 만나서 확인하면 그만이다. 눈이 번쩍 뜨이는 기분이었지만, 일단 나루미야 이오리가 어디 사는지 알아내야 한다. 과연 가능한 일일까 고민하고 있자니, 바바가 중얼거리는 소리가 들렸다.

"나루미야 이오리는 요코사쿠 출신이로군."

"네?"

"요코하마 사쿠라 고등학교. 가나가와에서 손꼽히는 음악 고등학교야. 내 친구 중에 요코사쿠 출신이 몇 명 있어. 오랜만에 연락해 볼게."

어느 틈엔가 한 바퀴 돌아서 본사 앞으로 돌아왔다. 바바가 밝은 목소리로 말했다.

"이쿠토, 기다리고 있어. 뭔가 알아내면 연락할게."

그 말을 끝으로 전화가 끊겼다. 지금은 바바에게 기대하는 수밖에 없었다. 이쿠토는 빌딩 입구로 걸어갔다.

~~~~~

가와무라의 시선 끝에 한 빌딩이 있었다. 술집을 비롯한 음식점이 입점한 빌딩이다. 그 빌딩 지하 1층이 스튜디오인데, 지금으로부터 두 시간 전에 나쓰카와 이쿠토가 지하로 계단을 내려갔다. 현재 오후 9시가 지났다.

"보고에 따르면 자정이 지나서야 나올 때도 많답니다. 전철 막차 시간에 늦어서 택시를 타고 집에 갈 때도 있대요."

"아주 열심히 하는군."

나쓰카와 이쿠토가 스튜디오에서 피아노를 친다지만, 실력이 어느 정도인지는 감시원도 모르는 듯했다. 문제는 피아노 실력이 아니라 스튜디오 내부 구조다. 저 계단 말고 다른 진입로는 없을까. 습격당했을 때 달아날 곳은 있을까. 가와무라는 그런 사항을 파악하고 싶었다.

"아직 더 있어야 할 겁니다. 저는 대상자가 집에 돌아갈 때까지 지켜볼 작정이고, 정규 감시원도 감시 중입니다. 그러니 두 분은 돌아가셔도 괜찮습니다."

하타케야마의 말을 듣고 가와무라는 생각했다. 오늘 온종일 나쓰카와의 주변을 감시했지만 수상한 징후는 없었다. 하타케야마의 호의를 받아들여도 될 것 같았다. 그리고 뒷좌석의 다카쿠라는 졸리는지 아까부터 하품을 참느라 애쓰는 중이었다.

"그럼 나랑 다카쿠라는 돌아갈게. 내일도 아침부터 감시할 거지만, 다른 방향에서도 탐색해 볼 작정이야. 생각이 있어."

"알겠습니다. 내일도 모시러 가겠습니다."

"고마워. 다카쿠라, 가자."

가와무라는 조수석에서 내렸다. 나카노역으로 걸어가면서 옆에 있는 다카쿠라에게 말했다.

"음악 스튜디오가 있는 빌딩 말인데, 빌딩 주인이나 관리 회사를 알아낼 수 있겠어?"

"아마도요. 급하세요?"

"내일까지 부탁해."

"해 보겠습니다."

호주머니에서 스마트폰이 진동했다. 확인하자 이치노 미카가 보낸 문자 메시지였다. 〈어제는 고마웠어요〉라는 내용이었다. 미카는 고엔지에 산다고 했다. 지금 나카노니까 주오선을 타면 한 정거장이다.

"볼일이 생각났어. 먼저 가."

가와무라는 다카쿠라를 먼저 보낸 후 지갑에서 미카에게 받은 명함을 꺼냈다. 뒤에 적힌 주소를 확인했다. 가 보고 없으면, 돌아가면 된다. 가와무라는 다시 역으로 향했다.

30분 후, 가와무라는 고엔지역 남쪽 주택가에 있었다. 미카의 집은 2층짜리 연립주택의 2층이었다. 근처에 제7순환도로가 뻗어 있다. 인터폰을 눌러도 반응이 없길래 역시 헛걸음이었나 싶어 낙담했는데, 계단을 올라오는 발소리가 들렸다. 고개를 돌리자 이치노 미카가 걸어왔다.

"가와무라 씨?"

"안녕하세요. 죄송합니다, 갑자기 찾아와서……. 실은 나카노에서 수사 중이었어요. 아까 역 앞 파출소에 들렀다 왔습니다. 사정을 설명했더니 이 부근의 순찰을 강화하겠다고 하더군요. 그리고."

가와무라는 작은 상자를 꺼냈다. 아까 들렀던 파출소의 경찰관에게 받아 왔다. 위기에 처했을 때 끈을 잡아당기면 큰소리가 나는 호신용 경보기다.

"이거, 혹시나 모르니까 가지고 다니세요."

"이런 것까지 챙겨 주시다니, 정말 감사해요. 아, 여기 서서 이야기하는 것도 그러니까 들어가시죠."

미카는 열쇠를 꺼내서 집으로 들어갔다. 혼자 사는 여자 집에 들어가려니 망설여졌지만 딱 5분만 이야기하고 나오기로 마음먹고 가와무라는 신발을 벗었다.

깔끔하게 정리된 집이었다. 얼마 전에 이사했다고 했는데, 그래서인지 최소한의 필요한 가구밖에 없었다. 방 하나에 주방이 딸렸고 남쪽에 커다란 창문이 있었다. 그 창문 근처에 있는 불단에 딸 모에의 위패를 두었다. 불단 가까이에는 가와무라가 선물한 곰 봉제 인형도 놓여 있었다.

"실례하겠습니다."

가와무라는 불단 앞에 꿇어앉아 양초에 불을 붙인 후 향을 피웠다. 눈을 감고 두 손을 모았다. 1년 전에 세상을 떠난 두 살배기 모에. 살아 있다면 밝은 미래가 펼쳐졌으리라. 모에의 미래를 빼앗은 건 위험하게 운전한 나가오카 다쓰지지만, 그를 놓친 가와무라에게도 책임이 일부 있다. 지금도 그 자책감은 가슴속 깊이 새겨져 있다.

"하루도 빠짐없이 딸이 생각나요." 미카가 앉아서 말을 꺼냈다. "하지만 일을 다닌 후부터 일하는 동안은 딸이 생각나지 않더라고요."

미카는 눈을 내리깔았다. 딸이 죽은 직후에는 온종일 딸 생각만 하며 슬퍼했으리라. 어쩌면 슬픔이 서서히 옅어져 가는 것에 죄책감을 느끼는지도 모른다. 가와무라는 말했다.

"그건 나쁜 일이 아닙니다. 슬픔이 누그러졌을 뿐, 따님은 이치노 씨 마음속에 살아 있을 테니까요."

"그럴까요?"

"그럼요."

사건이 발생하고 반년쯤 지났을 무렵이었다. 평소처럼 가와무라가 찾아가자 미카는 괴로운 표정으로 말했다. 매일 후회한다고. 그날 5분만 빨리 모에를 데리러 갔다면, 사고에 휘말리는 일은 없지 않았을까. 애당초 왜 그 길로 갔을까. 다른 길로 갔으면 됐을 텐데. 그렇듯 무한한 선택지를 생각하며 미카는 고통스러워했다. 당시 미카의 모습과 비교하면 지금은 꽤 회복됐다고 할 수 있었다. 하지만 그렇다고 미카가 딸을 잊어버린 건 결코 아니다.

"아, 죄송해요. 차도 안 내오고."

"아니요, 괜찮습니다. 이만 갈게요."

가와무라는 일어섰다. 불단을 한 번 더 쳐다본 후 현관으로 향했다. 신발을 신으려는데 미카가 뒤에서 말했다.

"오늘 감사했어요."

"스토커 때문에 무슨 일 있으면 편하게 연락 주세요. 그럼 안녕히 주무세요."

집을 나선 가와무라는 복도를 빠르게 나아가 계단을 뛰어 내려갔다.

～～～～

"나쓰카와, 지난주 회의 자료 좀 보여 줄래?"

"아, 네."

상사의 말을 듣고 이쿠토는 허둥지둥 회의 자료를 찾았
다. 아무래도 일에 집중이 안 된다. 아침부터 집중하려고 애
썼지만, 머릿속에는 다른 생각이 가득하다. 상사에게 자료
를 준 후 이쿠토는 사무실을 나섰다. 복도 끝에 있는 휴게실
에서 차가운 캔 커피를 사서 벤치에 앉았다.

나루미야 이오리와 만난다. 어제 점심시간에 바바와 통화
했을 때 들은 제안은 참으로 매력적이었다. 친아버지일지도
모르는 남자와 만난다는 생각만 해도 소름이 돋았다. 굳이
표현하자면 기쁘다기보다는 제트코스터를 타기 직전 같은
심경이었다. 내내 평범하게 살아왔던 인생이 우르르 무너져
내리는 감각이다. 아니, 무너지는 게 아니라 좀 더 역동적인
인생으로 바뀌리라는 근거 없는 예감이 들었다. 물론 불안
하지 않은 건 아니다.

호주머니에서 스마트폰이 진동하는 걸 느끼고 꺼내서 화
면을 보자 바바의 전화였다. 지금 이쿠토 말고 벤치에 앉아
있는 사람은 없다. 이쿠토는 스마트폰을 귀에 댔다.

"나야. 미안해. 일하는 중이지?"

"네, 하지만 지금은 괜찮아요."

나루미야 이오리는 요코하마 사쿠라 고등학교 졸업생이다. 음대에 다녔던 바바는 동문의 연줄을 이용해 나루미야 이오리가 어디 있는지 찾아본다고 했다. 뭔가 진전이 있었던 걸까.

"요코사쿠 졸업생과 연락이 닿았어. 친구의 친구지만, 걔가 요코야마 사쿠라 고등학교 동문회 간사라서 내부 사정에 빠삭해."

동문회 간사라면 졸업생의 동향에 환하겠지. 기대가 더 커져서 이쿠토는 이야기를 재촉했다.

"그런데 나루미야 이오리는요?"

"살아 있어. 지금은 나가노의 가루이자와에 산다나 봐."

"저, 정말요?"

"응. 매년 한 번씩 졸업생에게 간행물을 보내서 주소는 알고 있대. 가루이자와의 별장 지대라는군. 거기서 은둔 생활을 하고 있다는 이야기야. 주소도 알아냈어."

"용케 알아냈네요."

"뭐, 열렬한 팬이 팬레터를 보내고 싶어 한다. 사실 그는 암에 걸려 1년의 시한부 인생이라 나루미야 이오리에게 꼭 편지를 보내길 원한다. 그렇게 말하니까 바로 알려 주던데."

가루이자와라. 나가노현에는 가 본 적이 없다. 사실 이쿠토는 별로 나다니지 않으므로 도쿄 밖으로 나간 것도 손가락에 꼽을 정도다. 고등학교 수학여행 때 갔었던 오사카가 제일 멀리 갔던 곳이다.

"이쿠토, 조퇴할 수 있어?"

"왜요?"

"오늘은 나도 야간에 근무가 없어서 시간이 나거든. 너만 괜찮으면 가루이자와에 가 보는 것도 방법이 아닐까 싶어서."

지금 바로 가루이자와에 가다니, 확실히 매력적인 제안이었다. 하지만 바바에게 이렇게까지 의지해도 될까 싶은 마음도 들었다. 바바가 말을 이었다.

"어제 나루미야 이오리의 사진을 몇 번 더 유심히 뜯어봤는데, 역시 너랑 닮았더라. 이쿠토와 나루미야 이오리. 분명 서로 무슨 관계가 있다고 생각하니까 가만히 있을 수가 없더라고."

곧 오전 10시였다. 나가노에 간대도 시간이 얼마나 걸릴지 이쿠토는 감이 전혀 오지 않았다.

"갈 거면 렌터카를 빌려야지. 혹시 갈 수 있을 것 같으면 빨리 연락 줘. 내일부터는 아르바이트하러 가야 하니까 이번 주에 갈 수 있는 날은 오늘뿐이야."

전화가 끊겼다. 동시에 심장이 쿵쿵 뛰기 시작했다. 오늘 가루이자와에 간다. 생각지도 못한 제안에 가슴이 술렁였다.

사무실로 돌아간 이쿠토는 곧장 과장의 자리로 갔다. 과장은 복잡한 표정으로 컴퓨터 화면을 들여다보고 있었다. 이쿠토는 과장에게 말했다.

"과장님, 죄송합니다만."

"나쓰카와, 왜?"

"몸이 좀 안 좋아서 조퇴했으면 하는데요."

과장은 이쿠토의 얼굴을 올려다보더니 불안해 보이는 표정으로 말했다.

"그럼 안 되지. 너무 무리하지 마, 나쓰카와."

"감사합니다. 그럼 실례하겠습니다."

이쿠토는 자기 자리로 돌아와서 책상을 정리했다. 유급휴가를 낼 때는 자사 시스템에 입력해야 하므로 컴퓨터로 휴가 신청서를 작성한 후 전원을 껐다.

"먼저 가 보겠습니다."

이쿠토는 주변 동료들에게 인사한 후 사무실을 나섰다. 엘리베이터를 타고 1층으로 내려갔다.

꾀병으로 회사를 쉬는 건 처음이었으므로 죄책감이 없다고 하면 거짓말이다. 하지만 죄책감보다 기대감이 앞섰다. 이제부터 나가노에 간다. 거기서 자신과 똑 닮은 피아니스트와 만날 수 있을지도 모른다.

이쿠토는 기대감에 부푼 마음으로 스마트폰에 통화 기록을 띄웠다.

~~~~~

"나왔습니다."

운전석에 앉은 하타케야마의 말을 듣고 가와무라는 앞쪽에 있는 빌딩 입구에 시선을 주었다. 길가로 나온 나쓰카와 이쿠토가 손을 들어서 택시를 잡았다. 하타케야마는 이미 코인 주차장 정산기 앞에 서 있었다. 그가 정산을 마치고 차로 돌아온 것과 동시에 나쓰카와를 태운 택시가 출발했다. 하타케야마는 바로 차를 출발시켜 택시를 미행했다.

택시는 니시신주쿠의 오피스 거리를 빠져나와 고슈 가도로 진입해 하타가야 방면으로 나아갔다. 가와무라가 탄 차는 차 세 대를 사이에 두고 택시를 쫓아갔다. 하타케야마는 자동차 미행에도 일가견이 있는 듯했다.

택시는 하쓰다이의 교차로에서 우회전해서 야마테길로 들어섰다. 그 후로 잠시 더 달리다가 비상등을 켜고 정차했다. 하타케야마도 차를 갓길에 댔다.

나쓰카와가 택시 뒷좌석에서 내렸다. 그는 야마테길에 인접한 렌터카 사무실로 곧장 들어갔다. 대형 자동차 제조사의 산하에 있는 렌터카 회사다. 나쓰카와는 사무실 안쪽으로 사라졌다.

"이상하군. 렌터카를 빌릴 생각인가?"

가와무라가 중얼거리자 쌍안경으로 렌터카 사무실을 살펴보던 하타케야마가 반응했다.

"회사를 조퇴했는지도 모르겠군요. 그가 들고 있는 가방, 통근할 때 사용하는 겁니다. 대상자는 앉아서 직원의 이야기를 듣고 있는 것 같습니다."

"나도 좀 볼게."

가와무라는 하타케야마에게 쌍안경을 받았다. 통유리라 안쪽이 훤히 보인다. 카운터에 나쓰카와와 거무스름한 옷을 입은 남자가 앉아 있었다. 두 사람 앞에 앉은 여자 직원은 뭔가 설명하고 있는 듯했다.

"동행이 있는 모양이군. 등을 돌리고 있어서 얼굴은 안 보여." 가와무라는 하타케야마에게 쌍안경을 돌려주었다. "회사를 조퇴한 게 맞는 것 같아. 어디 가려는가 본데."

한동안 아무런 변화도 없었다. 차를 빌리기 위해 필요한 절차를 밟는 듯했다. 그때 뒷좌석에 앉아 있던 다카쿠라가 입을 열었다.

"가와무라 씨, 나카노의 빌딩을 관리하는 회사와 연락이 됐어요. 오늘이라면 언제든지 내부를 보여 주겠답니다."

나쓰카와가 많은 시간을 보내는 음악 스튜디오 이야기다. 내부를 살펴볼 수 있는지 관리 회사에 연락해 보라고 다카쿠라에게 부탁했었다. 관리 회사를 통해 빌딩 주인에게도 허가를 받은 모양이다.

"나왔습니다." 이번에는 운전석의 하타케야마가 목소리를 높였다. "나쓰카와가 렌터카 사무실에서 나왔어요. 여직원, 그리고 남자와 함께요. 음, 멀어서 남자 얼굴은 안 보입니다. 선글라스를 낀 건 알겠습니다만."

가와무라도 렌터카 사무실로 눈을 돌렸다. 세 사람이 보였다. 사무실 앞에 차 한 대가 서 있었다.

"탔습니다. 나쓰카와는 조수석, 운전대는 선글라스를 낀 남자가 잡았습니다. 차량은 흰색 어코드입니다."

가와무라는 생각에 빠졌다. 차를 빌렸으니 한동안 나카노의 음악 스튜디오에는 들르지 않을 거라고 봐도 되지 않을까. 이 기회를 이용해야 한다. 만약을 위해 하타케야마에게 확인했다.

"나쓰카와를 어떤 식으로 감시하고 있지?"

"감시원 네 명이 차량 두 대에 나눠 타고 감시 중입니다. 한 대는 앞쪽에 정차한 흰색 프리우스, 다른 한 대는 뒤쪽에 정차한 검은색 알파드예요."

하타케야마 말처럼 앞뒤로 차 두 대가 멈춰 있었다. 하타케야마가 덧붙여 말했다.

"나쓰카와의 스마트폰 GPS 신호도 잡았습니다. 본부의 IT반이 추적하고 있을 거예요."

이미 세 명이나 살해당해 돌스도 위기감이 높아진 게 분명했다. GPS를 잡았다면 여기서는 일단 이탈해도 되겠다고 가와무라는 판단했다. 시간을 확인하자 오전 10시 40분이었다.

"다카쿠라, 관리 회사에 연락해. 음, 11시 반에 스튜디오 앞에서 만나자고 약속을 잡아."

"알겠습니다."

뒷좌석에서 다카쿠라의 대답이 들렸다. 그때 렌터카 사무실 앞에 있던 흰색 어코드가 출발했다. 어코드는 깜빡이를 켜고 야마테길로 나왔다. 일단 흰색 프리우스가 출발하고, 이어서 검은색 알파드가 뒤쫓아갔다. 미행 차량 두 대와 GPS가 있으니 나쓰카와를 놓치지는 않겠지.

"하타케야마, 나카노로 가자."

"알겠습니다."

하타케야마가 고개를 끄덕이고 차를 출발시켰다. 나쓰카와가 돌아오기 전에 스튜디오를 조사하고, 도청기를 설치하는 게 최선이었다.

~~~

이쿠토를 태운 차는 도메이 고속도로를 달렸다. 내비게이션을 보니 현재 위치는 가나가와현 야마토시였다. 시간은 11시 20분, 렌터카 사무실에서 출발한 지 40분 가까이 지났다. 운전대를 잡은 바바는 기분 좋은 표정이었다.

나가노현 가루이자와에 가는데 도메이 고속도로를 타다니 의외였다. 간에쓰 자동차도로를 탈 줄 알았기 때문이다. 길은 잘 모르지만, 시즈오카 부근에서 북쪽으로 올라가는 경로가 있을지도 모른다.

"이쿠토, 배고파?"

"아니요. 별로요."

"화장실에 들렀다 가자. 마실 것도 좀 사야겠어."

바바가 차선을 변경했다. 에비나 휴게소까지 3킬로미터 남았다는 표지판이 보였다. 그대로 달리다 에비나 휴게소로 들어갔다. 바바는 차를 일반 차량용 주차장에 세웠다. 평일이지만 주차장에는 차가 많았다.

화장실에서 볼일을 본 후 자판기에서 커피를 뽑았다. 대형 버스에서 내린 중장년층들이 이쿠토 앞을 가로질렀다.

한 시간 반 전까지만 해도 이쿠토는 니시신주쿠의 회사에 있었다. 그런데 지금 이렇게 에비나 휴게소에 있는 것이

신기했다. 전부 바바 덕택이었다. 만약 바바가 없었다면 나루미야 이오리가 어디 사는지 절대로 알아내지 못했을 것이다.

"정말 감사합니다, 바바 씨."

"됐어, 됐어. 아까부터 몇 번이나 인사를 하는 거야. 내가 하고 싶어서 하는 건데 뭘. 그리고 실은 나도 나루미야 이오리를 만나 보고 싶거든."

바바는 비록 음대 피아노과를 중퇴하긴 했지만 고등학생 때는 나루미야 이오리의 곡을 들었다고 했다. 바바가 말을 이었다.

"나루미야가 대중적인 영화 음악을 만든 걸 두고 불평하는 사람도 있어. 상업주의에 물들었다고 비난하는 목소리가 나왔던 것도 사실이야. 하지만 난 그가 만든 앨범에 감동해서 수없이 들었지."

나루미야 이오리가 음악 활동을 멈춘 지 20년 가까이 지나서 요즘은 그 이름을 듣기가 힘들다. 하지만 인터넷에는 아직도 열광적인 팬이 적지 않게 남아 있다. 팬들끼리 교류하는 사이트도 있을 정도다.

"그러니까 너무 고마워 안 해도 돼. 잠깐 쉬다 가자. 아직 한참 남았으니까."

바바가 벤치에 앉길래 이쿠토도 그 옆에 앉았다. 점심때라서인지 휴게소 곳곳의 벤치에 앉아 도시락을 먹는 사람들이 눈에 많이 띄었다. 평일인데도 가족 나들이를 나왔는지 아이들이 이리저리 뛰어다녔다.

이쿠토는 어릴 적에 운동회가 딱 질색이었다. 반 아이들은 대부분 응원하러 온 부모님과 함께 점심을 먹었지만, 보육원 아이들은 한군데 모여서 보육원 영양사가 만들어 준 도시락을 먹었다. 평소 활발한 아이조차 운동회 날은 왠지 위축된 모습으로 조용히 밥만 먹었다.

왜 갑자기 옛날 일이 생각났는지 모르겠다. 벤치에서 점심을 먹는 가족을 보았기 때문일까. 이쿠토는 과거로 되돌아간 듯한 기분을 맛보았다. 보육원 아이들끼리 먹는 도시락. 맛은 전혀 기억이 안 나지만, 그때 느꼈던 쓸쓸한 기분만큼은 아직도 가슴속에 남아 있다.

바바가 벤치에 드러누웠다. 내내 운전하느라 피곤한 모양이었다. 운전을 교대해 주고 싶기는 했지만 공교롭게도 이쿠토는 장롱 면허다. 10대 때 보통 면허를 땄지만 운전한 경험은 거의 없다.

시야 가장자리에서 뭔가가 빛났다. 그쪽으로 눈을 돌리자 경찰차 두 대가 사이렌을 울리지 않고 휴게소 주차장으로 들어섰다. 경찰차는 주차장을 순찰하듯이 달리다가 각자 다른 곳에 정차했다. 경찰차에서 경찰관이 내렸다. 무슨 사건이라도 생겼나 싶어 휴게소 이용객들이 그쪽을 쳐다보았다.

경찰차가 각각 향한 곳에는 하이브리드 차와 왜건형 차가 있었다. 경찰차에서 내린 경찰관이 경봉을 들고 두 차의 운전석 앞에 섰다. 그러자 차 문이 열리고 남자들이 내렸다. 양쪽 다 양복 차림이었다. 대체 무슨 일일까.

"자, 슬슬 갈까."

누워 있던 바바가 몸을 일으켰다. 바바는 목을 돌린 후 일어서서 주차장으로 향했다. 이쿠토도 부랴부랴 쫓아갔다.

차에 올라탔다. 바바가 안전벨트를 메고 차를 출발시켰다. 이쿠토가 뒤를 보자 경찰관은 여전히 검문 중이었다. 도로에 들어서자 바바가 물었다.

"이쿠토, 스마트폰 배터리는 충분해?"

바바의 말에 스마트폰을 확인하자 배터리가 60퍼센트도 안 남았다. 잔량을 알려 주자 바바가 말했다.

"나도 배터리가 얼마 안 남았어. 이럴 줄 알았으면 충전기를 가져올 걸 그랬네."

갈 길은 멀었고 도쿄로 언제 돌아갈지도 모른다. 교대로 스마트폰 전원을 꺼 두자고 바바가 제안하길래 이쿠토가 먼저 전원을 끄기로 했다. 조심해서 나쁠 것 없다.

곧 에비나 인터체인지에 접어든다.

"죄송합니다, 오래 기다리셨죠."

빌딩 관리 회사 직원은 약속 시간에 15분 늦었다. 관리 회사 직원이 스튜디오 문을 열고 말했다.

"들어가시죠. 다 보시면 말씀해 주시고요."

"감사합니다. 그렇게 오래 걸리지는 않을 거예요."

가와무라는 직원에게 인사한 후, 스튜디오로 들어갔다. 하타케야마와 다카쿠라도 함께였다. 스튜디오 한복판에 피아노가 있었다. 가와무라는 관리 회사 직원을 불러세웠다.

"잠깐만요. 이 스튜디오는 누가 빌린 겁니까?"

"저도 자세하게는 모르지만, 서른 살 정도 된 남자라고 들었습니다. 밴드를 하는 사람인 모양이더군요."

더 자세한 이야기를 들었다. 여기는 원래 관리 회사에서 임대 스튜디오로 운영했는데, 1년쯤 전에 단독으로 임차 계약을 맺고 싶다는 제의가 들어왔다고 한다. 잘사는 집의 아들이 밴드 연습을 위해 사용하고 싶다고 했다는 모양이다.

"현재까지 월세가 밀린 적도 없고요. 그럼 저는 나가 있겠습니다."

관리 회사 직원은 계단을 올라갔다. 가와무라는 스튜디오 내부를 관찰했다. 앞쪽에 값싸 보이는 테이블과 접의자가 있고, 안쪽에는 앰프 등의 기재가 놓여 있었다. 다카쿠라는 입구에 가만히 서 있었지만, 하타케야마는 스튜디오 내부를 돌아다녔다. 도청기를 어디 설치할지 살펴보는 것이다.

가와무라는 피아노 앞에 섰다. 건반 뚜껑을 열자 펠트 커버가 건반에 덮여 있었다. 커버 위로 건반을 누르자 소리가 났다. 가와무라는 피아노를 칠 줄 모르고, 음악 성적도 별로였다. 다카쿠라도 다가와서 피아노를 흥미롭게 살펴보더니 스마트폰으로 사진을 찍었다.

창가 선반에 CD플레이어가 있었다. CD플레이어 앞에 놓인 CD케이스가 눈에 들어왔다. 가와무라는 CD케이스를 집어서 재킷을 보고 깜짝 놀랐다. 나루미야 이오리라는 피아니스트의 앨범이었다. 그렇다면 분명—.

"둘 다 이리 와 봐."

가와무라의 심각한 목소리를 듣고 다카쿠라와 하타케야마가 달려왔다. 가와무라가 들고 있는 CD케이스를 보고 하타케야마가 탄식하듯 말했다.

"가와무라 씨, 설마 이거……."

"맞아. 나쓰카와 이쿠토는 오리지널의 존재를 알고 있어."

케이스에 든 해설서 같은 책자에는 나루미야 이오리의 사진이 실려 있었다. 당연하지만 나쓰카와 이쿠토와 판박이였다. 복제 인간 일곱 명 중에서도 나쓰카와 이쿠토는 특히 오리지널의 옛날 모습이 진하게 남아 있다고 하타케야마에게 들었다.

"설마 본인이 복제 인간인 줄은 눈치채지 못했겠지." 가와무라는 자신의 생각을 말했다. "보통은 그런 생각 자체를 못 할 거야. 하지만 자신의 출생과 뭔가 연관이 있다고 의심했을 가능성은 있어. 아버지가 아니겠느냐고 추측했어도 이상할 것 없지."

하타케야마가 가와무라의 생각을 보강했다.

"그렇죠. 나쓰카와는 보육원 출신이라 부모님에 대해 아는 바가 없습니다. 어릴 적에 산부인과 앞에 버려졌다는 돌스가 날조한 이야기를 믿으며 자랐죠. 아, 죄송합니다."

전화가 왔는지 하타케야마가 스마트폰을 귀에 댔다. 지하라서 전파 상태가 안 좋은지 하타케야마는 스튜디오에서 나갔다. 가와무라는 책자에 실린 사진을 한 번 더 보았다. 나루미야 이오리. 이름 정도는 들어 봤다.

나쓰카와 이쿠토가 오리지널의 존재를 알아차렸다. 이건 뭘 의미할까. 애당초 나쓰카와는 어떻게 나루미야 이오리라는 피아니스트에게 다다랐을까. 우연일까, 아니면—.

"가와무라 씨, 큰일 났습니다."

하타케야마가 예사롭지 않은 표정으로 돌아와서 다급한 어조로 말했다.

"야단났어요. 4호를—나쓰카와 이쿠토를 놓쳤답니다."

"무슨 소리야? 감시하고 있었잖아."

하타케야마가 자세한 사정을 설명했다. 나쓰카와를 태운 렌터카는 도메이 고속도로를 달리다 에비나 휴게소로 들어 갔다. 그런데 휴게소 주차장에서 일이 터졌다. 경찰차 두 대가 돌스의 감시 차량으로 다가와 감시원을 불심검문했다. 나쓰카와를 태운 렌터카는 그사이에 가 버렸다고 한다.

"GPS도 반응하지 않는답니다. 전원을 끈 걸로 추정돼요."

"함께 행동하는 놈은? 누군지 알아냈나?"

"20대에서 30대 남자라는 것밖에 모른답니다. 내내 차에 타고 있어서 얼굴을 확인할 기회가 별로 없었대요."

도메이 고속도로를 탔으니 나쓰카와의 목적지는 가까우면 가나가와 근교, 멀면 도카이 방면 같았다. 간사이 방면이 목적지라면 신칸센을 탈 것이다. 대체 나쓰카와의 목적은 뭐지? 거기까지 생각했을 때 나쓰카와는 들고 있던 CD케이스에 시선이 갔다.

"하타케야마, 나루미야 이오리는 어디 살지?"

"가와무라 씨 설마……."

"그래. 나쓰카와는 자신과 똑 닮은 나루미야 이오리라는 피아니스트의 존재를 눈치챘어. 혹시 자기 아버지가 아닐까 하는 생각을 했어도 이상할 것 없지. 확인하고 싶어서 만나러 갔을 가능성도 있어."

"죄송합니다." 하타케야마가 머리를 숙였다. "카테고리 1에 속하는 정보는 아니겠지만, 저는 나루미야 이오리가 어디 사는지 모릅니다. 돌스 본부에 전화해서 물어보겠습니다."

하타케야마가 스마트폰을 조작했다. 아사히나는 오늘 자리를 비웠다고 들었으니, 본부에 직접 전화해서 물어보려는 모양이다.

나쓰카와 이쿠토가 오리지널인 나루미야 이오리와 만나려 한다. 정곡을 찌른 가설로 느껴졌다. 각인 혹은 임프린팅이라는 현상과 비슷한지도 모르겠다. 새끼 새가 처음 본 대상을 어미로 인식하는 현상이다. 아버지가 없는 나쓰카와에게 자신과 닮은 나루미야 이오리는 흥미로운 존재이리라. 게다가 나루미야 이오리는 예순 살 정도니까, 나쓰카와의 아버지라고 해도 이상하지 않을 나이다. 하지만 과연 이 정보를 돌스와 공유해도 될까.

"하타케야마, 잠깐만."

가와무라가 소리치자 하타케야마는 스마트폰을 든 채 굳어 버렸다.

"왜 그러십니까?"

"돌스에는 덮어놔야 해."

"하지만 가와무라 씨, 나루미야 이오리의 거처는 돌스밖에 모릅니다. 나쓰카와에게 위험이 닥쳤다면 목적지가 어딘지 한시라도 빨리 알아내야 해요."

하타케야마의 의견은 정론이었다. 하지만 잊어서는 안 될 사실이 있다. 이미 세 명이나 범인의 독수에 걸렸다는 점이다. 그리고 한 가지 더—.

"돌스 내부에는 분명 내통자가 있어. 나쓰카와 이쿠토가 나루미야 이오리에게 간다는 건 현재 우리밖에 몰라. 이 점을 잘 활용해야겠지. 돌스보다 먼저 나쓰카와 이쿠토를 보호하면 내통자에게 선수를 치는 셈이야. 아닌가?"

"확실히 그렇기는 합니다만." 하타케야마가 생각에 잠긴 표정으로 말했다. "돌스의 정보 없이 나루미야 이오리의 거처를 알아낼 수 있을까요? 경시청 데이터베이스에 등록돼 있다면 다행이지만, 없다면 속수무책입니다."

역시 어려울까. 일단 경시청 데이터베이스를 찾아보고, 없으면 다른 방법을 생각할까. 그때 내내 아무 말도 없던 다카쿠라가 입을 열었다.

"저기, 한 말씀 드려도 될까요?"

"뭔데?"

"나루미야 이오리라는 피아니스트의 거처를 찾으면 되는 거죠? 할 수 있을 것 같은데요."

다카쿠라는 딱히 흥분한 기색도 없이 담담하게 말했다. 가와무라는 다카쿠라에게 물었다.

　"어떻게?"

　"인터넷으로요. 여기저기 힌트가 있을 겁니다."

　다카쿠라는 그렇게 말하고 살짝 웃음을 머금었다.

~~~~~

　"아아, 그런가요. 뭐, 수사 1과 가와무라 경위가 그렇게 말씀하신다면 저희도 협력해야죠."

　지가 실장이 말했다. 류세이 일행은 시나가와에 있는 사이버 보안 대책실에 있었다. 사무실 안쪽 회의실이다. 회의할 때는 중앙의 공유 공간을 사용하므로 류세이도 회의실에는 오늘 처음 들어와 봤다.

　"꼭 부탁드립니다."

　옆에 앉은 가와무라가 고개를 숙였다. 류세이의 예상대로 지가는 사건 관계자인 은퇴한 피아니스트의 거처를 찾고 싶다는 부탁을 두말없이 받아들였다. 너무 가볍다고 할까, 이런 성격인데도 용케 사이버 보안 대책실 실장으로 있구나 싶어서 걱정됐다. 지가가 일어섰다.

　"쇠뿔도 단김에 빼랬으니, 바로 시작할까요?"

회의실에서 나왔다. 류세이 일행은 실장석 앞을 가로질러 SE들의 작업 공간으로 향했다. 시간은 오후 12시 반, 점심시간이라서인지 자리에 앉아 있는 SE는 절반 정도였다. 지가가 SE들에게 말했다.

"여러분, 잠깐만 이쪽에 주목해 주세요. 점심시간인데 미안해요. 어, 그러니까 급한 일을 좀 부탁하려고요. 경시청 수사 1과의 요청입니다. 연수 때 배웠겠지만 수사 1과는 살인 같은 중요한 사건을 수사하는, 이른바 경시청의 꽃이라고 할 수 있는 부서예요. 지원할 사람은 손을 드세요."

누구 하나 손을 들지 않았다. 스마트폰이나 컴퓨터를 들여다보느라 고개조차 들지 않는 사람도 있었다. 류세이가 옆을 보자 가와무라는 의아한 표정이었다. 그에게 상사의 명령은 절대적이다. 수사 1과에서는 이런 광경을 못 봤으리라.

지가가 다시 말했다.

"협력해 줄 사람은 손을 드세요."

역시 아무도 손을 들지 않았다. 지가가 난감한 표정으로 가와무라에게 말했다.

"미안해요, 가와무라 경위. 점심시간이 끝나면 지원할 사람이 나오지 않을까……."

"내가 할게요."

SE 한 명이 손을 들었다. 평소 류세이 옆자리에서 일하는 협조성 없는 애니메이션 오타쿠 가토였다. 가토가 헤드폰을 벗으면서 말했다.

"가끔 이 사람한테 사무용품 빌려 쓰니까 도와줄게요."

가토가 한순간 눈을 치떠서 류세이를 보았다. 가토가 자원한 것을 계기로 몇 명이 더 손을 들었다. 최종적으로 SE 다섯 명이 협력해 주기로 했다. 남자가 셋, 여자가 둘. 다섯 명 모두 류세이와 나이가 비슷한 사람들이다.

"다들 고마워요. 지원자는 태블릿PC를 들고 모이세요."

지가의 말에 다섯 명이 공용 공간에 모였다. 소파에서 낮잠을 자던 SE가 놀란 얼굴로 일어나 자기 자리로 돌아갔다. "그럼, 다카쿠라 군, 잘 부탁해요." 지가의 말에 류세이는 다섯 명에게 설명했다.

"대상자는 나루미야 이오리. 80년대 초반부터 90년대 후반까지 활약한 피아니스트입니다. 그 사람의 현재 주소를 알아내야 해요. 경시청 데이터베이스에는 등록되어 있지 않았습니다."

여기 올 때 가와무라가 경시청에 확인했다. SE 다섯 명은 즉시 태블릿PC로 검색을 시작했다. 류세이는 말을 이었다.

"대상자는 1999년에 활동을 중지한 이후로 공식 석상에 모습을 드러내지 않았습니다. 인터넷 사전에도 실린 피아

니스트니까 자세한 사항은 그쪽을 참고해 주세요. 잘 부탁
드립니다."

설명을 마친 류세이는 자신의 태블릿PC를 가지고 오려고
자기 자리로 갔다. 지체한 시간은 고작 그 정도였지만 다른
사람들에게 완전히 뒤처졌다. 돌아오자 다섯 명은 이미 분
석을 시작하고 있었다.

"예전에는 미나토구 아카사카에 살았나 봐. 방 세 개에 거
실, 식당, 부엌이 딸린 집. 집세는 40만 엔."

"피아니스트는 잘 버는가 보군. 일단 여자관계를 살펴볼
까. 응? 매니저랑 사귀었었나."

"그 매니저와는 헤어졌어. 마지막으로 사귀었다고 추정
되는 여자는 계약했던 레코드 회사의 홍보 담당이로군. 사
진도 있어. 어디 보자……1998년 5월이네. 중학생 피아노
콩쿠르에 객원 심사위원으로 초청받았을 때의 사진이야."

정보는 인터넷이라는 바다를 헤엄치거나 이리저리 떠다
닌다. 그걸 찾아내서 어떤 가치가 있는지 조사하는 것이 사
이버 범죄 수사관의 주된 업무다. 하나의 제시어에서부터
출발해 얼마나 넓고 깊게 잠수할 수 있는가. 그것이 류세이
를 비롯한 사이버 범죄 수사관에게 요구되는 자질 중 하나
였다.

"본가는 요코하마 아오바구. 그쪽에 있다고 볼 수는 없

을까."

"부모님은 사망한 것 같아. 집터에 노인복지시설이 들어섰네. 본가 쪽은 가망성이 없겠어."

"이거 어때? 5년 전 여름에 어떤 회사원이 블로그에 올린 글인데, 노자와 온천에 다녀오는 길에 들렀던 가루이자와의 카페에서 나루미야 이오리를 봤대."

"오, 괜찮은데."

"하지만 카페 이름이 없어."

"블로그 주인은 어디 살아?"

"하치오지."

"하치오지와 노자와 온천을 연결하는 경로를 특정해서 경로상에 있는 카페를 전부 찾아볼까."

"그럼 할 일이 많겠는데. 가루이자와는 나가노현이잖아. 그럼 나가노현으로 한정해서 찾아보는 건 어떨까?"

"응, 그러자."

다섯 명은 한동안 태블릿PC에 집중했다. 류세이도 검색해서 찾아낸 나루미야 이오리의 정보를 확인한 후 다음으로 넘어가는 작업을 반복했다. 다음으로 입을 연 사람은 애니메이션 오타쿠 가토였다.

"찾았다. 어떤 회사 사장의 블로그야. 2년 전에 자택의 바비큐 파티에 나루미야 씨를 초대했다고 적혀 있어. 피아노 연주를 부탁했지만 정중하게 거절했다는군. 이거, 월척을 건진 것 같은데."

"장소는?"

"가루이자와의 별장 지대. 20년 전에 도쿄 도내의 대형 부동산 회사가 조성한 곳이야. 서른 구획 정도 분양됐어."

류세이도 드디어 다섯 명의 검색 속도를 따라잡았다. 류세이는 태블릿PC를 다섯 명 앞에 내밀었다.

"나루미야 이오리의 별장을 찾았습니다. 작년에 찍힌 항공 사진이에요. 별장 앞에 차가 세워져 있으니 적어도 작년까지는 살았을 겁니다."

"확정됐군." 가토가 동조했다. "그 외에는 유력한 정보가 없으니까 일단 가루이자와의 이 별장으로 확정이야. 허탕이면 다시 처음부터 찾아보자. 수고했어."

가토가 일어서자 다른 네 사람도 "다들 수고했어" 하고 일어서서 아무 일도 없었다는 듯이 자기 자리로 돌아갔다. 검색을 시작한 지 겨우 5분 남짓 지났다.

갑자기 누가 등을 두드리길래 돌아보자 가와무라가 서 있었다. 제법이잖아. 그렇게 말하고 싶은 듯한 표정이었다.

류세이는 가와무라에게 태블릿PC를 건넸다. 화면을 보고 가와무라는 고개를 크게 끄덕였다.

~~~~

　이쿠토를 태운 렌터카는 간에쓰 자동차도로를 달리고 있었다. 시간은 곧 1시, 운전은 여전히 바바가 맡았다.

　에비나 인터체인지에 도착하자 바바는 도메이 고속도로에서 수도권 중앙 자동차도로에 진입해서 북쪽으로 쭉 올라갔다. 그러다 20분쯤 전에 사이타마현 쓰루가시마시의 쓰루가시마 인터체인지에서 간에쓰 자동차도로에 진입했다. 지금은 히가시마쓰야마 시내를 주행 중이다. 내비게이션에 따르면 오후 2시경에 가루이자와에 도착할 예정이다.

　"이쿠토, 배는 안 고파?"

　"출출하네요."

　식욕은 없었지만 이쿠토는 그렇게 대답했다. 가루이자와의 별장 지대에서 나루미야 이오리를 만날 수 있을지도 모른다고 생각하니, 식욕이 싹 날아가 버렸다.

　"다음에 나오는 휴게소에 들르자. 뭐라도 가볍게 먹는 편이 좋겠어. 헛걸음으로 끝날 수도 있으니까."

　당연하지만 약속은 잡지 않았다. 다짜고짜 가 보자는 전략이라 상대가 집을 비웠을 가능성도 있다. 밤까지 기다려야 할지도 모른다.

　"이쿠토, 나루미야 이오리의 앨범, 전부 들었어?"

"네, 일단은요."

나루미야 이오리는 총 일곱 장의 오리지널 앨범을 발표했다. 그중 네 장이 영화 사운드트랙이었다. CD는 사지 않았지만, 스마트폰 음악앱에서 전부 구입해서 언제든지 들을 수 있다.

"뭐가 제일 좋았어?"

"역시 〈아이덴티티〉요. 처음으로 들었을 때 엄청난 충격을 받았거든요."

표제곡인 '아이덴티티'는 10분에 달하는 대작이다. 피아노뿐만 아니라 바이올린이나 첼로 등 다른 악기도 동시에 연주된다. 오케스트라라는 것 같았다. 자세하게는 모르므로 이쿠토는 바바에게 물어보았다.

"피아노랑 다른 악기를 동시에 연주하는 걸 오케스트라라고 하나요?"

"오케스트라는 악단을 뜻해." 바바가 운전대를 잡은 채 설명해 주었다. "전문적인 이야기를 하자면 교향곡이라는 게 있어. 영어로는 심포니. 관악기, 현악기, 타악기 등으로 구성된 오케스트라가 연주하는 대규모 악곡인데 '아이덴티티'는 협주곡이라는 장르에 속하지. 솔로 연주자와 오케스트라가 합주하는 곡을 협주곡이라고 해. 솔로 악기가 피아노일 때는 피아노 협주곡, 바이올린일 때는 바이올린 협주곡. 그런 거야."

어디선가 본 기억이 났다. 오케스트라 지휘자 근처에 있는 그랜드피아노를 피아니스트가 연주한다. 그게 피아노 협주곡이었나 보다.

"나루미야 이오리는 영화 음악을 몇 곡 만들었는데, 메인 테마는 대체로 피아노 협주곡이야. '아이덴티티'와 '바다와 별의 경계선'이 유명하지."

"둘 다 참 좋더라고요."

"이쿠토, 나루미야 이오리를 만나면 뭐라고 할지 생각해 봤어?"

"아니요, 안 해 봤는데요."

"생각해 봐. 어쩌면 이쿠토의 아버지일지도 모르잖아. 뭐, 그쪽도 이쿠토의 얼굴을 보면 놀라겠지만."

"그럴까요?"

"당연하지. 젊은 시절의 자기 얼굴과 똑같으니까."

나루미야 이오리가 공식 석상에서 자취를 감춘 지 20년 가까이 지났다. 그만한 재능이 있는 사람이 왜 음악을 그만 뒀을까 이쿠토는 내내 궁금했다. 음악을 그만둘 수밖에 없었던 특별한 이유가 있었던 걸까.

"이쿠토, 넌 너 자신이 생각하는 것보다 훨씬 큰 존재일 지도 몰라."

"제가요?"

"응. 어쩐지 그런 기분이 들어. 내 감이지만."

지난주에 회사 선배 고이케의 집에 갔다가 피아노를 만났을 때부터 인생이 달라진 듯한 기분이 들었다. 뭔가 큰 변화가 찾아오지 않을까. 피아노를 접한 후부터 그런 예감 비슷한 생각이 머릿속 한구석에 자리 잡은 것은 사실이었다.

"오, 조금만 더 가면 휴게소야."

바바가 운전대를 꺾어서 왼쪽 차선으로 들어갔다. 간에쓰 자동차도로의 교통 상황은 원활했다.

~~~~~

"복제 인간이란 뭘까."

가와무라가 중얼거리듯 말하자 운전대를 잡고 있던 하타케야마가 의아한 표정을 지었다.

"갑자기 무슨 말씀이십니까?"

"그냥 좀. 복제 인간이 세 명이나 살해당했는데, 범인이 왜 복제 인간을 죽이고 돌아다니는지 동기를 전혀 모르잖아."

"제 나름대로 생각해 봤는데요." 하타케야마가 대답했다. "돌스의 해체를 노리고 범행을 저지를 수도 있을 것 같습니다. 남은 복제 인간은 네 명입니다. 나머지가 다 죽으면, 돌스라는 조직의 존속 자체가 위태로워지겠죠. 그래도 저는 경시청으로 복귀할 뿐이지만, 후생노동생 내부에는 좀 더 복잡한 사정이 있을지도 몰라요."

"과연. 후생노동성과 관련이 있다는 건가."

가와무라 일행이 탄 차는 간에쓰 자동차도로를 타고 현재 도코로자와 시내를 주행 중이다. 오후 2시에 가까운 시간이다. 뒷좌석에 앉은 다카쿠라는 창밖 풍경을 보고 있었다.

아까 시나가와의 사이버 보안 대책실에서 나루미야 이오리의 거처를 찾던 때가 생각났다. 솔직히 가와무라는 사이버 범죄 수사관이라는 직종을 단순히 컴퓨터에 해박한 기술자 정도로 인식했다. 하지만 그들은 고작 5분 만에 나루미야 이오리의 현재 주소를 알아냈다. 그들이 가지고 있었던 건 고작 태블릿PC 한 대뿐이었다. 그걸 무기 삼아 인터넷의 정보만으로 은퇴한 피아니스트의 거처를 알아낸 것이다.

"나루미야 이오리는 유명인이었으니까요. 일반인이었다면 시간이 더 걸렸을 거예요."

시나가와의 빌딩을 나서서 차에 올라타자 다카쿠라는 그렇게 말했다. 유명인이라 인터넷에 정보가 널려 있다고 말하고 싶은 것 같았다. 어쨌거나 이번 일은 가와무라가 사이버 범죄 수사관이라는 직종을 다시 보는 계기가 되었다. 다카쿠라는 평소 미덥지 못하지만 능력을 제대로만 활용하면 수사에 크게 공헌할 수 있다는 걸 알았다.

"다카쿠라, 네 생각은 어때?"

가와무라가 뒷좌석에 앉은 다카쿠라에게 이야기를 돌리자 그는 정신을 차린 듯한 얼굴로 말했다.

"무슨 이야기였죠?"

"안 들었어? 범인이 복제 인간을 죽이는 동기 말이야. 왜 복제 인간을 죽여야 하는 걸까?"

아래를 바라보며 잠시 생각하던 다카쿠라가 고개를 들고 말했다.

"복제 인간을 죽이는 동기는 모르겠지만, 좀 불쌍하네요. 제가 본 2호 엔도 씨와 3호 이시카와 씨는 지금까지 평생 감시당하며 살았고, 타고났을 능력도 살리지 못했어요. 재능을 썩힌 거죠. 역시 그건 좀 불쌍해요."

가와무라도 동감이었다. 물론 돌스 입장에서는 불가피한 일이었겠지. 능력이 발휘되면 복제 인간의 존재가 세상에 드러날지도 모르니까.

"무책임한 생각입니다만." 그렇게 서론을 깔고 다카쿠라가 말을 이었다. "지금 클론 4호 나쓰카와 씨가 자신의 오리지널인 피아니스트를 만나러 가고 있잖아요. 이건 엄청난 일이라고 생각해요. 복제 인간이 자신의 오리지널과 만나는 거니까요. 인류 역사상 최초일 거예요."

인류 역사상 최초. 확실히 그렇다. 하지만 그렇게 따지면 복제 인간이 살해당한 것도 인류 역사상 최초인 셈이다. 가와무라는 이렇듯 장대한 사건에 관여하려니 불안했지만, 살해당한 피해자는 어디까지나 인간이라는 전제를 잊어서는 안 된다고 자기 자신을 타일렀다.

"나쓰카와를 태운 차는 처음에 도메이 고속도로를 탔어." 가와무라는 하타케야마와 다카쿠라에게 말했다. "하지만 진짜 목적지는 나가노현의 가루이자와야. 도메이 고속도로를 탄 건 일종의 양동작전일지도 몰라. 그들이 진심으로 나루미야 이오리를 만나려 한다는 증거야."

에비나 휴게소에서 경찰관에게 불심검문을 받은 감시원의 말에 따르면 경찰 쪽에 익명의 전화가 걸려왔다고 한다. 차 두 대의 번호와 함께 그 차에 불법 약물을 소지한 남자가 타고 있다는 신고였다. 분명 방해 공작이다. 감시원의 미행을 눈치챈 것이다.

나쓰카와 이쿠토와 함께 행동하는 남자도 마음에 걸렸다. 협력자라고 봐도 되겠지만, 나쓰카와와 대체 어떤 관계일까. 하타케야마에게 확인한 바, 나쓰카와에게 그렇게 친한 친구는 없다고 했다.

"임파서블 콘택트."

운전석의 하타케야마가 중얼거리듯이 말했다. 가와무라

는 무슨 말인지 못 알아듣고 물었다.

"뭐라고?"

"임파서블 콘택트요. 돌스 내부에서 통용되는 은어 같은 겁니다. 복제 인간과 오리지널이 만나는 걸 의미해요. 직역하면 '불가능한 접촉'이 되겠죠."

불가능한 접촉. 그것이 앞으로 발생할 가능성이 있다. 가와무라는 입술을 깨물었다.

정오가 되기 전에 에비나 휴게소에서 나쓰카와를 놓친 걸로 기억한다. 현재 오후 2시가 지났다. 나쓰카와는 슬슬 가루이자와에 도착했을 것이다.

~~~~~

그 별장은 로그하우스였다. 통나무로 만든 집은 주변 자연과 어우러져 풍경 속에 녹아들어 있었다.

시간은 오후 2시 30분이었다. 아까 로그하우스 근처에 접근해 관찰해 보니 현관 옆 우편함에 로마자로 〈NARUMIYA〉라고 적혀 있었다. 인터폰을 눌러도 반응이 없는 걸 보니 집을 비운 듯했다. 어쩔 수 없이 갓길에 차를 대고 집주인이 돌아오기를 기다리기로 했다.

"그나저나 부자가 있긴 있구나. 어떻게 하면 이런 집을 가질 수 있을까."

바바가 감탄한 목소리로 말했다. 이쿠토도 동감이었다. 주변을 차로 한 바퀴 돌아보다가 부지가 너무 커서 놀랐다. 분양형 별장 지대 같은데, 각 구획이 널찍하다. 한 구획당 200평은 될 듯했다. 개중에는 울창한 숲에 둘러싸인 독채도 있었다. 사람이 사는 집은 절반 정도고, 나머지 절반은 말 그대로 장기 휴가나 주말용 별장으로 사용되는 것 같았다.

나루미야 이오리도 다른 곳에 살면서 여기를 별장으로 사용할 가능성이 있지 않을까. 하지만 이쿠토의 불안을 바바가 해소해 주었다. 나루미야의 별장 앞에 생긴 진창에 타이어 자국이 있었다. 분명 최근에 생긴 타이어 자국이니까 누군가 여기서 생활하는 증거라고 바바는 설명했다.

로그하우스 주변은 숲이었다. 본채 외에 창고 같은 건물도 보였다. 작은 밭도 있었지만 뭘 기르는지는 알 수 없었다.

"이쿠토, 긴장돼?"

바바의 물음에 이쿠토는 대답했다.

"조금요."

"그렇겠지. 나루미야 이오리를 만날 수 있을지도 모르니까. 게다가 친아버지일 수도 있다니, 와, 정말 상상도 못 할 일이야."

"저희 멋대로 그렇게 생각할 뿐, 생판 남일 수도 있는걸요."

너무 기대하지 마라. 이쿠토는 마음을 진정시켰다. 만날 수 있을지 없을지도 아직 모른다.

"목이 마르네." 바바가 음료 홀더에 넣어 둔 빈 캔을 흔들었다. 휴게소에서 산 캔 커피다. "자판기 좀 찾아보고 올게. 소변도 봐야겠어."

"자판기가 있을까요?"

"찾아보면 있겠지."

차에서 내린 바바가 주변을 둘러보며 걸어갔다. 아까 한 바퀴 돌 때는 자판기를 못 봤다. 경관을 고려해서 그런 기기를 설치하지 않는 건지도 모른다. 바바도 금방 단념하고 돌아올 것이다.

이쿠토는 시트를 조금 젖히고 머리받이에 머리를 얹었다. 그 자세로 쉬고 있으니 졸음이 몰려와서 의식이 서서히 멀어졌다.

그러다 자동차 엔진 소리가 들려서 이쿠토는 눈을 떴다. 5분쯤 잠든 모양이었지만 바바는 아직 돌아오지 않았다. 밖을 보자 로그하우스 앞에 승용차 한 대가 서 있었다. 노란색 경차였다. 이쿠토는 차에서 내렸다.

경차 운전석에서 여자 한 명이 내렸다. 멀어서 잘 모르겠지만, 그렇게 젊어 보이지는 않았다. 여자는 뒷좌석에서 슈퍼 비닐봉지 같은 것을 꺼내서 현관으로 옮긴 후 차로 돌아왔다.

여자가 조수석 문을 열자 여자의 어깨에 손이 얹혔다. 한 남자가 느릿느릿한 동작으로 조수석에서 내렸다. 머리가 긴 초로의 남자로, 짙은 색 선글라스를 꼈다.

저 남자가 나루미야 이오리일까. 이쿠토는 저도 모르게 남자를 향해 걸어갔다. 이미 별장 부지에 들어왔지만 이쿠토는 그런 줄도 몰랐다. 선글라스를 낀 남자밖에 눈에 들어오지 않았다. 남자는 여자의 어깨를 짚은 채 천천히 현관으로 걸어갔다.

이쿠토의 발아래에서 소리가 났다. 나뭇가지가 부러지는 소리였다. 그 소리가 몹시 크게 느껴져서 이쿠토는 무심코 그 자리에 멈춰 섰다. 휙 돌아본 여자가 노골적으로 경계하는 시선을 던지길래 이쿠토는 붙임성 있게 웃으며 머리를 꾸벅 숙였다.

"누구세요?"

여자가 물었다. 오후 햇살이 역광으로 비치는지 눈을 가늘게 뜨고 이쿠토를 바라보았다.

"느닷없이 찾아와서 죄송합니다."

갑자기 그늘이 졌다. 동시에 여자가 이쿠토의 얼굴을 보고 입을 가린 채 굳어 버렸다. 선글라스를 낀 남자의 얼굴이 보였다. 틀림없다, 나루미야 이오리였다. 나이는 다를지언

정 얼굴은 이쿠토와 아주 흡사했다.

"감사합니다."

이쿠토는 송구스러운 기분으로 고개를 숙였다. 아까 그 여자가 이쿠토 앞에 찻잔을 내려놓았다. 여자의 이름은 마쓰나가 도모코, 나루미야 이오리와 사실혼 관계로 보였다. 얼핏 보기에 나이는 50대 초반, 계란형 얼굴의 미인이었다.

"죄송해요. 나루미야 씨는 외출하고 돌아오면 잠깐 쉬는 습관이 있거든요. 10분도 안 돼서 나올 거예요."

이쿠토가 도쿄에서 온 팬이라고 하자 집으로 들어오라고 했다. 자기 얼굴 때문이라는 걸 이쿠토도 알고 있었다. 그 정도로 이쿠토는 나루미야 이오리와 얼굴이 닮았고, 그 사실에 마쓰나가 도모코가 흥미를 느꼈다는 것도 전해져 왔다.

"나루미야 씨는 어디 아프신가요?"

이쿠토는 물었다. 실례인 줄은 알지만 그 모습을 보았으니 묻지 않을 수 없었다. 나루미야 이오리는 시력을 잃은 듯했다.

"당뇨병이에요." 도모코가 대답했다. "젊었을 적부터 심하게 편식했던 영향인가 봐요. 마흔 살이 넘을 무렵에 오른쪽 눈이 실명됐죠. 지금은 양쪽 눈의 시력을 완전히 잃었고요. 다만 현재는 용태가 안정돼서 일상생활에는 지장이 없어요. 오늘처럼 같이 장을 보러 가기도 할 정도죠."

"그렇군요."

이쿠토는 말문이 막혔다. 도모코도 마찬가지인지 아무 말
도 없이 가끔 이쿠토의 얼굴을 들여다보았다. 이쿠토는 찻
잔의 차를 한 모금 마시고 말했다.

"역시 닮았죠?"

그러자 도모코가 살짝 웃으며 고개를 끄덕였다.

"닮았네요. 정말 놀랐어요. 몇 살이에요?"

"스물여덟 살입니다."

"나루미야 씨가 도쿄를 중심으로 콘서트를 열었을 무렵
에 그 나이였는데. 저는 레코드 회사에서 나루미야 씨의 홍
보를 담당했어요. 딱 그 무렵에 나루미야 씨와 만났죠. 그 시
절의 나루미야 씨가 생각나네요."

방구석에 설치된 난로 앞에 장작이 쌓여 있었다. 가구도
전부 따뜻한 색깔 계열의 목제 가구라 외국의 별장에 있는
듯한 기분이었다.

"사실 저는……." 이쿠토는 말을 꺼냈지만, 뭐라고 설명해
야 좋을지 몰랐다. 어쩔 수 없이 간결하게 설명했다. "나루미
야 씨에 대해서 최근에 알았어요. 그런데 너무 닮은 게 마음
에 걸려서……. 이 별장의 위치는 친구가 알아봐 줬어요. 음
대 출신 친구인데 오늘도 같이 왔습니다."

246

"무슨 생각을 하는지 저도 알아요. 스물여덟 살이라면, 그 사람은 서른둘……서른셋이었으려나. 이미 저와 사귀는 사이였고 늘 같이 있었으니 바람을 피우는 낌새는 못 느꼈지만, 제가 뭐라고 확실히 말할 수는 없겠네요. 그렇지만, 어, 성함은?"

"나쓰카와입니다. 나쓰카와 이쿠토요."

"나쓰카와 씨, 사실 그 사람은 아이를 못 만들어요. 저희도 아이를 가지고 싶어서 검사해 봤는데요. 당뇨병의 영향인지는 모르겠지만, 그 사람에게 원인이 있었던 것만큼은 확실해요."

"그런가요."

낙담은 하지 않았다. 하지만 아까 나루미야 이오리와 마주했을 때, 이쿠토는 막연한 그리움 같은 감정을 느꼈다. 그건 뭐였을까.

"그 사람에게는 나쓰카와 씨의 얼굴에 대해 이야기하지 않았어요." 도모코가 말했다. "하지만 뭔가 어렴풋이 알아차린 것 같네요. 손님을 집에 들이는 일은 좀처럼 없거든요. 아, 왔네요."

선글라스를 낀 나루미야 이오리가 지팡이를 짚고 거실로 나왔다. 도모코가 일어서서 곁으로 다가가자 나루미야 이오리는 도모코의 어깨를 짚었다. 나루미야는 이쿠토의 대각선 앞쪽 소파에 앉더니 지팡이로 바닥을 누르듯이 지팡이 자루에 양손을 얹었다.

"느닷없이 찾아봬서 죄송합니다. 나쓰카와 이쿠토라고 합니다."

나루미야는 아무 대답도 없었다. 올해 환갑일 테지만 나이보다 조금 더 늙어 보였다. 도모코가 동안이라 더 그래 보이는지도 모르겠다.

"내 말이 맞았지?"

나루미야의 갑작스러운 말에 도모코가 대답했다.

"네, 그러네요."

"손님이 올 거라고 아침부터 예언했어. 여기를 찾아오는 손님은 좀처럼 없지만 올 줄 알았어. 육감인 거겠지. 우리에게 해를 끼칠 손님은 아닌 것 같더군. 이런 느낌을 받은 건 처음이야. 나쓰카와 군이라고 했나?"

"네. 나쓰카와 이쿠토입니다."

"자네, 피아노는?"

"실은……."

이쿠토는 사정을 간단하게 설명했다. 열흘쯤 전에 처음으로 피아노를 접하고 그 매력에 사로잡혔다는 것. 한 번 들은 곡은 힘들이지 않고 칠 수 있다는 것. 그리고 자신이 나루미야 이오리와 똑같이 생겼다는 것. 이쿠토가 설명을 끝내자 나루미야는 웃었다.

"그렇게 닮았나?"

"정말로요." 도모코가 대답했다. "스물여덟 살 무렵의 당신을 빼닮았어요. 콘서트가 성황이라 의기양양해하던 당신이랑. 하지만 당신이 좀 더 말랐던 것 같네요."

"유감스럽게도 아이를 만든 기억은 없어. 돈을 뜯으러 왔다면 돌아가게."

"결코 그런 건……"

"됐어." 나루미야는 웃었다. "돈이 목적이 아니라는 건 분위기로 알아. 이쪽으로 오게."

나루미야가 일어서자 도모코가 부축했다. 나루미야는 도모코의 안내를 받으며 계단을 올라갔다. 이쿠토도 뒤따라갔다.

2층에는 방이 네 개였다. 문이 다 열려 있어서 안이 보였는데, 세간은 별로 없었다. 단둘이 생활하니까 1층으로 충분한가 보다고 이쿠토는 생각했다. 제일 안쪽 방으로 가자 방 한복판에 그랜드피아노가 있었다.

"쳐 보게."

나루미야의 말에 이쿠토는 망설였다. "아니, 하지만……"

"잔말 말고 쳐 봐."

이쿠토는 단념하고 피아노 앞 의자에 앉았다. 도모코가

웃으며 말했다.

"그 피아노, 안 친 지 오래됐어요. 내가 청소는 하지만 소리가 제대로 날지 모르겠네요."

이쿠토는 건반 뚜껑을 열었다. 붉은색 건반 커버를 벗겨서 의자 등받이에 걸쳤다. 일단 교본을 보고 익힌 어린이용 연습곡을 쳤다. 나루미야의 반응이 궁금해서 가끔 얼굴을 훔쳐 보았지만 선글라스를 끼고 있어서 무슨 표정인지 알 수 없었다.

연습곡이 끝났다. 다음으로는 쇼팽의 녹턴 2번을 쳤다. 긴장했지만 틀리지 않고 쳤다. 곡이 끝나자 나루미야가 다가와서 이쿠토의 손을 잡았다.

손가락과 손등 따위의 감촉을 확인하듯 나루미야는 오랫동안 이쿠토의 손을 만지작거렸다. 마침내 손을 놓고 나루미야가 말했다.

"아까 쇼팽 말인데, 버릇이 있군. 연주자의 버릇까지 흉내 내는 건 그만두도록 해. 흉내 내도 되는 피아니스트는 얼마 없어. 호로비츠, 키신, 아르헤리치 정도겠지. 폴리니도 괜찮겠군. 도모코."

나루미야가 부르자 도모코가 벽 앞에 있는 선반으로 가서 꽂혀 있던 CD를 몇 장 꺼내 들고 왔다. 도모코가 CD 다섯 장쯤을 이쿠토에게 내밀었다.

"적당하게 골랐어요. 줄게요. 마음에 드는 피아니스트가 있으면 CD를 사도록 해요."

"가, 감사합니다."

이쿠토는 CD를 받았다. 아까 나루미야가 언급한 피아니스트의 앨범인 듯했다. 나루미야가 갑자기 물었다.

"가리는 음식은 있나?"

"딱히 없습니다."

"좋아. 난 어릴 적부터 고기만 먹었지. 그래도 되는 가정환경이 문제였어. 아버지와 어머니가 날 금이야 옥이야 키운 것도 한몫했고."

거기까지 이야기했을 때 나루미야가 기침을 했다. 도모코가 뒤로 돌아가서 나루미야의 등을 쓸어 주었다. 기침이 잦아들자 나루미야가 다시 말을 꺼냈다.

"오랜만에 손님이 와서 즐거웠어. 또 오게. 미리 알려 주면 아내가 스튜를 준비할 거야."

"감사합니다."

그때 인터폰이 울렸다. 분명 바바일 것이다. 별장 앞에 주차된 경차를 본 것이 틀림없다. 도모코가 방에서 나갔다.

나루미야도 지팡이를 짚고 걸음을 옮겼다. 이쿠토는 일어서서 나루미야가 방에서 나가는 모습을 바라보았다. 나루미야는 방에서 나가기 직전에 발을 멈추더니 고개를 돌리지 않고 말했다.

"피아노를 치게. 계속 쳐. 자네는 그래야 하는 사람인 것 같군."

이쿠토는 가슴이 뜨거워졌다. 초면이지만 신기하게도 훨씬 오래전부터 알고 있었던 사이처럼 느껴졌다. 분명 나루미야 이오리도 같은 기분일 것이라는 묘한 확신이 들었다.

내가 피아노를 치기 시작한 것도, 이렇게 여기 서 있는 것도 전부 운명일지 모른다. 나루미야 이오리가 친아버지가 아니라도 상관없다. 그는 내게 하나의 지침이다.

뺨을 타고 흐르는 한 줄기 눈물을 이쿠토는 손가락으로 닦았다.

~~~~~

"거의 다 왔군."

조수석에 앉은 가와무라의 목소리에 류세이는 고개를 들었다. 차는 가루이자와의 별장 지대를 달리는 중이었다. 주변은 부자들이 살 법한 고급 별장 지대다. 어느 집이나 밖에서 식사할 수 있도록 커다란 테라스 또는 지붕 달린 발코니를 설치해 두었다. 바비큐 파티라도 즐기기 위해서겠지.

류세이는 스마트폰 화면에 시선을 주었다. 다음 모퉁이를 돌면 나루미야 이오리의 소유물로 추정되는 별장이 나온다. 등기부를 확인한 건 아니므로 현재 시점에서는 추측에 불과하다. 하지만 분명 맞을 것이라고 류세이는 확신했다. 가토를 비롯한 사이버 보안 대책실 동료들이 지혜를 모아서 도출한 결론이다. 맞았을 가능성이 크다.

"나쓰카와가 탔던 렌터카는 분명⋯⋯."

운전석의 하타케야마가 가와무라의 말을 이어받았다.

"흰색 어코드입니다."

차가 모퉁이를 천천히 돌았다. 50미터 앞쪽에 정차된 흰색 차가 보였다. 나쓰카와 일행이 빌린 렌터카 같았다. 하타케야마가 브레이크를 밟아 차를 세웠다.

"타고 있나?"

"사람은 보이지 않는데요. 확인하고 오겠습니다."

하타케야마가 안전벨트를 풀고 운전석에서 내렸다. 허리를 약간 구부리고 어코드로 다가간다. 5미터 거리까지 다가갔다 돌아온 하타케야마가 운전석에 올라타서 말했다.

"아무도 없습니다. 늦었는지도 모르겠는데요."

어코드가 주차된 구획은 얼핏 보기에 잡목림 같지만, 그 속에 통나무 집이 있었다. 로그하우스라는 것이다. 로그하우스 현관 근처에 주차된 노란색 경차가 눈에 들어왔다. 저 차가 나루미야 이오리의 자가용일지도 모른다.

"어떻게 할까요?"

하타케야마가 묻자 가와무라가 대답했다.

"잠깐 생각 좀 할게."

임파서블 콘택트. 오리지널과 복제 인간의 접촉을 돌스에서는 그렇게 부른다고 한다. 불가능한 접촉. 절대로 일어날리 없는 대면. 지금 저 로그하우스에서 그 일이 일어나는 중일 가능성이 있다.

류세이는 가와무라의 옆얼굴을 보았다. 가와무라는 로그하우스를 똑바로 바라보고 있었다. 가와무라가 고민하는 것도 무리는 아니다. 클론 4호인 나쓰카와는 틀림없이 범인의 다음 목표물이다. 하지만 나쓰카와는 자신의 목숨이 위험하다는 건 물론이고, 자신이 복제 인간이라는 사실도 모를 것이다. 가와무라는 뭐라고 설명하고 그를 보호할지 고민하는 것일 테다.

"나쓰카와 이쿠토가 무사한지 빨리 확인하고 싶군. 가자."

가와무라는 마침내 결심한 듯 고개를 끄덕이고 차에서 내렸다. 류세이가 뒷좌석에서 내리자 가와무라가 말했다.

"다카쿠라, 위험하지는 않겠지만 조금 떨어져 있어."

"알겠습니다."

가와무라와 하타케야마가 어깨를 나란히 하고 걸어갔다. 두 사람은 어코드 앞에 멈춰서 한 번 더 확인하듯 차 안을 들여다본 후, 다시 로그하우스로 향했다.

부지에 발을 들여놓았다. 도쿄보다 기온이 낮아서인지 이미 땅에 나뭇잎이 떨어져 있었다. 고속도로에서 보았던 산도 노랗게 물들기 시작했으니, 조만간 단풍을 구경하기에 알맞은 시기가 올 듯했다.

앞서 걸어가던 두 사람이 멈춰 섰다. 노란색 경차 앞이다. 하타케야마가 수첩을 꺼내서 자동차 번호를 적었다. 현관 옆의 우체통에 〈NARUMIYA〉라고 적혀 있었다. 이 로그하우스에 나루미야 이오리가 사는 게 틀림없었다.

가와무라와 하타케야마가 현관으로 걸어갔다. 류세이도 따라가려고 발을 내디뎠을 때 이변이 발생했다.

현관문이 천천히 열리고 앞서가던 두 사람이 걸음을 멈췄다.

~~~~

"죄송해요. 남편은 좀 쉬고 싶은 모양이네요. 나쓰카와 씨의 친구분도 오셨으니, 이야기라도 좀 하다가 들어가면 좋을 텐데."

마쓰나가 도모코가 그렇게 말하며 소파에 앉았다. 이쿠토 옆에 앉은 바바가 쾌활하게 웃는 얼굴로 말했다.

"아니요, 저희가 멋대로 찾아뵀는걸요. 사전에 연락드리지 않은 게 잘못입니다. 그렇지, 이쿠토?"

"네, 맞아요. 오늘 정말 감사했습니다."

나루미야 이오리는 1층 안쪽에 있는 자기 방으로 들어갔다. 남과 이야기할 일이 별로 없어서 피곤했는지 침대에 누웠다고 했다. 이쿠토와 바바는 거실에 있는 소파에 앉아 도모코가 끓여 준 홍차를 마셨다.

"그건 그렇고 로그하우스가 참 좋네요. 저도 이런 곳에서 살아 보고 싶어요."

바바가 빈말이지 진심인지 모를 말을 했다. 도모코가 컵을 들고 말했다.

"여름에 시원해서 지내기 편했지만 온난화 때문일까요, 요 몇 년은 여름에 더워서 에어컨을 튼 적도 있어요."

"이야, 그렇군요."

"하지만 살기에 나쁘지 않아요. 저는 도쿄 출신이라 젊었을 때부터 이런 시골 생활을 동경하기도 했고요." 그러더니 도모코가 컵을 내려놓고 이쿠토를 보고 말했다. "그나저나 참 닮았어요. 나루미야 씨의 숨겨진 아들일지도 모른다고 믿을 법도 하네요."

"정말 그렇다니까요. 남남이지만 닮은 경우겠죠. 저도 처음에 이야기를 들었을 때는 설마 싶었지만, 그럼 한번 만나

보는 편이 좋겠다고 이쿠토에게 제안했어요. 소란을 피워서 정말 죄송합니다."

그렇게 말하고 바바가 머리를 숙이길래 이쿠토도 고개를 살짝 숙였다.

자신과 나루미야 이오리는 혈연관계가 아니다. 아까 나루미야 이오리가 그렇게 부정했지만, 이쿠토는 딱히 충격을 받지 않았다. 오히려 나루미야 이오리와 만나서 이야기를 나눈 일을 값진 체험으로 받아들였다.

이쿠토는 종교를 믿은 적이 없고 앞으로도 믿지 않을 것이다. 하지만 나루미야 이오리와의 만남은 어쩐지 운명적이고 신성하게까지 느껴졌다. 혈연관계를 초월한 인연—그걸 뭐라고 표현하면 좋을지 모르겠지만, 거대한 존재에게 한 발짝 다가선 듯한 기분이었다.

"혹시 괜찮으면 케이크라도 먹을래요? 황족들도 드시는 유명한 파운드케이크를 사 왔는데."

"아닙니다. 너무 오래 머물러도 죄송하니 이만 실례하겠습니다."

바바가 그렇게 말하고 눈짓하길래 이쿠토도 동조했다.

"네, 신경 쓰실 것 없어요. 아무 연락도 없이 별안간 찾아와서 정말 죄송했습니다."

이쿠토는 바바와 함께 일어서서 현관으로 향했다. 신발

을 신고 돌아서서 한 번 더 머리를 숙였다. "여러모로 감사했습니다."

"저야말로요. 오랜만에 젊은 사람과 이야기해서 재미있었어요. 또 와요. 특히 나쓰카와 씨, 당신은……."

바바가 놀리듯이 끼어들었다.

"남 같지 않다, 그거죠?"

"맞아요, 정말로 그래요. 또 놀러 와요."

마지막으로 다시 고개를 숙인 후 밖으로 나갔다. 문을 닫고 나서 이쿠토는 바바에게 감사를 표했다.

"바바 씨, 고마워요. 그런데 안 만나 봐도 괜찮아요? 바바 씨도 만나고 싶었다면서요. 좀 더 기다리면 나루미야 씨도……."

이쿠토는 옆에 있는 바바를 보았다. 바바의 시선이 향한 곳에는 남자 세 명이 서 있었다. 앞쪽 두 명은 양복 차림이고, 그 뒤쪽에 있는 남자는 폴로셔츠를 입었다. 앞에 서 있는 두 남자는 눈빛이 날카로운 것이 아무래도 일반인 같지 않았다. 두 남자 중 나이가 더 많아 보이는 남자가 앞으로 나섰다. 남자는 이쿠토와 바바의 얼굴을 번갈아 보더니, 바바에게 나지막한 목소리로 말했다.

"어떻게 된 거야? 왜 당신이 여기 있지? 설명해, 아사히나."

무슨 소리를 하는 걸까. 이쿠토는 혼란스러웠다. 이 사람의 이름은 아사히나가 아니다. 바바다. 바바 고스케다.

다른 남자도 앞으로 나섰다.

"아사히나 씨, 설명해 주시죠. 이건 대체—"

"조용히."

바바가 말했다. 입가에 웃음이 맺혀 있었지만 어쩐지 냉담함이 느껴졌다. 이쿠토가 본 적 없는 얼굴이다. 바바는 슬쩍 움직여서 이쿠토 뒤로 돌아갔다. 바바가 말을 이었다.

"보내 주시죠. 저도 괜히 피를 보고 싶지는 않습니다."

차가운 뭔가로 등을 꾹 누르는 감촉이 느껴졌다. 이쿠토는 몸을 비틀어서 등을 보았다. 바바가 광택이 흐르는 검은색 권총을 등에 꼭 대고 있었다.

CLONE
GAME

4장

각성,
그리고

가와무라는 눈을 부릅뜬 채 앞에 서 있는 두 사람을 바라보는 것이 고작이었다.

나루미야 이오리가 산다고 추정되는 로그하우스 앞이다. 부지에 들어섰을 때 갑자기 로그하우스 문이 열리고 남자 두 명이 나왔다. 한 명은 클론 4호인 나쓰카와 이쿠토, 다른 한 명은 돌스의 현장 책임자인 아사히나 마사루였다.

"안 들립니까? 비키세요."

아사히나는 나쓰카와 이쿠토의 뒤에 서 있었다. 나쓰카와 이쿠토의 굳은 표정으로 보건대, 아사히나가 권총을 들고 있을 것으로 추측됐다.

이게 무슨 일이란 말인가. 가와무라는 머리를 흔들었다. 눈앞에서 벌어진 상황을 이해할 수 없었다. 왜 아사히나가 클론 4호와 함께 행동하는 걸까. 게다가 놈의 옷차림은 또 뭔가. 평소 입던 말쑥한 양복은 어디 가고, 번화가를 쏘다니는 젊은이 같은 패션으로 몸을 감쌌다. 이렇게 다니면 길에

서 스쳐 지나가도 아사히나인 줄 모를 것 같았다.

시선이 느껴졌다. 옆을 보자 하타케야마가 이쪽을 보고 있었다. 판단을 바라는 눈빛이었다. 가와무라는 하타케야마에게 고개를 끄덕인 후 다시 아사히나를 보았다.

"아사히나, 설명해 봐. 어떻게 된 거야?"

"대답할 의무는 없습니다."

아사히나는 냉정한 어조로 말하고 나쓰카와의 등을 밀며 발을 떼어 놓았다. 두 사람이 서서히 이쪽으로 다가온다. 가와무라는 몇 발짝 뒤로 물러났다.

"이봐, 아사히나." 가와무라는 어떻게든 말을 꺼냈다. "만났나? 나루야마 이오리는 안에 있어?"

아사히나는 입술에 옅은 웃음만 띨 뿐 대답하지 않았다. 나쓰카와 이쿠토는 뭐가 뭔지 모르겠다는 표정이었다. 나쓰카와는 분명 자신이 어떤 상황에 처했는지 이해하지 못했다. 하지만 이쪽도 마찬가지다. 아사히나의 진짜 목적을 모르는 이상, 함부로 손을 쓸 수는 없었다.

"하타케야마 씨, 차 키를."

아사히나가 말했다. 하타케야마가 난감한 표정으로 가와무라를 쳐다보았다. 아사히나와 거리가 2미터 정도로 줄어들자 그가 오른손에 쥔 검은색 권총이 겨우 눈에 들어왔다. 진짜인지는 모르겠지만 섣불리 심기를 거슬러서는 안 된다.

가와무라는 하타케야마에게 고개를 끄덕였다.

하타케야마가 한 발짝 앞으로 나서서 차 키를 아사히나에게 주었다. 아사히나는 차 키를 호주머니에 넣은 후, 나쓰카와 이쿠토를 방패 삼아 갓길에 댄 어코드로 걸어갔다. 일단 나쓰카와를 조수석에 태운 다음 아사히나가 운전석에 올라탔다. 바로 시동이 걸리고 어코드가 달려갔다. 그 모습을 바라보는 수밖에 없었다.

"가와무라 씨, 저희는 이제……."

"일단 차부터 구해야 해. 서비스센터에 출장을 요청할 시간은 없어. 업자를 불러서 자물쇠를 따자."

"알겠습니다."

하타케야마가 스마트폰으로 업자를 찾기 시작했다. 가와무라는 로그하우스에 시선을 돌렸다. 새 울음소리가 들린다. 로그하우스는 주변의 자연과 동화되어 고요하게 서 있었다.

저 안에 나루미야 이오리가 있다고 봐도 되리라. 돌스의 표현대로라면 임파서블 콘택트—오리지널과 복제 인간의 접촉이 일어났을 것이다. 무슨 이야기를 주고받았을지 호기심이 생겼지만, 아사히나와 나쓰카와가 무슨 평계로 나루미야와 접촉했을지 모르므로 함부로 사정을 캐묻는 건 위험했다.

"장소가 장소라서 업자가 도착하기까지 한 시간쯤 걸린답니다."

하타케야마의 말에 가와무라는 고개를 끄덕이고 말했다.

"알았어. 그보다 하타케야마, 아까 그건 어떻게 된 거야?"

"저도 모르겠습니다. 아사히나는 현장 책임자로 모든 일을 총괄하는 입장이었습니다. 솔직히 저도 간이 떨어지는 줄 알았어요. 그 사람이 무슨 생각으로 그런 행동을 하는 건지 전혀 짐작이 안 됩니다."

정말 골 때리는 사건이다. 후생노동성 소속인 아사히나는 권총을 소지할 수 있는 자격이 없다. 그 권총이 진짜라면 총기를 불법 소지한 혐의만으로 아사히나를 지명수배할 수 있는 안건이다. 하지만 복제 인간이라는 극비 사항 때문에 일이 복잡해진다.

"하타케야마, 돌스의 명령 계통은 어떻게 되어 있어? 아사히나의 행동을 누구한테 보고하면 되지?"

"본부겠죠. 기본적으로 복제 인간마다 감시팀이 있고, 아사히나가 감시팀의 책임자들을 총괄했습니다. 아사히나의 위에는 본부의 간부밖에 없을 거예요."

"본 대로, 사실 그대로 보고해."

"알겠습니다."

하타케야마가 다시 등을 돌렸다. 아사히나와 나쓰카와의

신병을 확보하는 게 급선무지만, 일이 그렇게 간단하게 진행되지 않으리라는 예감이 들었다. 애당초 아사히나는 왜 나쓰카와 이쿠토와 함께 행동했고, 왜 오리지널인 나루미야 이오리를 찾아왔을까. 아니, 그 이전에 아사히나가 복제 인간 살해범은 아닐까. 아사히나라면 복제 인간의 정보를 자유롭게 입수할 수 있다. 동기는 제쳐놓고라도 범인의 조건은 충족시킨다고 볼 수 있다.

"저기, 한 말씀 드려도 될까요?"

돌아보자 다카쿠라 류세이가 스마트폰을 들고 서 있었다. 스마트폰을 내밀며 다카쿠라가 말했다.

"저희 실장님 전화예요. 가와무라 씨와 통화하고 싶다는데요."

지가인가. 대체 내게 무슨 용건이 있는 걸까. 가와무라는 스마트폰을 받아서 귀에 댔다.

"여기까지 오라고 해서 미안합니다."

지가가 사과의 말과 함께 맞이했다. 장소는 시나가와에 있는 사이버 보안 대책실이다. 오후 7시가 지난 시각, 가루이자와에서 막 돌아왔다.

세 시간쯤 전에 지가와 통화했던 게 생각났다. 지가가 꼭 하고 싶은 말이 있다길래 가와무라는 여기로 왔다. 다카쿠라와 하타케야마도 함께였다.

"제게 할 말이 있으시다면서요. 뭔가요?"

가와무라는 지가에게 물었다. 보통 같은 경시청 소속 경찰관이라면 다소나마 안면이 있을 법도 하지만, 가와무라는 지가에 관해 아는 바가 없었다. 낮에도 만났지만 예의 바른 사람이라는 인상밖에 못 받았다. 현장에는 없는 유형의 경찰관이라, 사무직이 아닐까 의심했을 정도다.

"가루이자와에서 있었던 일을 알려 주십시오."

지가의 느닷없는 말에 가와무라는 당황했다. 상사로서 사건의 개요를 파악해 두고 싶다는 생각일까. 확실히 다카쿠라는 이미 많은 일을 알고 있다. 하지만 그걸 낱낱이 보고할 수는 없는 노릇이고, 이번 사건에는 보고조차 하기 어려운 부류의 정보가 수두룩하다.

"죄송합니다만." 가와무라는 머리를 살짝 숙였다. "실장님의 부탁이더라도 할 수 있는 말과 없는 말이 있습니다. 현재 저희는 몹시 민감한 사안을 수사 중이라서요. 그 점을 이해해 주시면 감사하겠습니다."

가와무라는 이걸로 이야기를 마무리할 작정이었다. 그런데 지가가 생각지도 못한 말을 꺼냈다.

"클론 4호는 오리지널인 나루미야 이오리와 만났나요?"

어떻게 이 남자가 복제 인간에 대해 알고 있는 걸까. 가와무라는 혼란스러운 기분으로 옆에 앉은 하타케야마에게 시선을 던졌다. 하타케야마도 곤혹스러운 표정으로 고개를 갸우뚱할 뿐이었다.

"28년 전 아리마 버전 복제 인간이 발견된 해에 돌스가 발족됐습니다." 지가가 무표정한 얼굴로 말을 꺼냈다. "후생성이 주도해서 결성한 조직이었지만, 복제 인간을 감시하기 위해서는 경찰의 협력도 불가피하다고 판단했는지 경찰관이 돌스로 파견되는 관습이 오랫동안 이어져 왔죠. 현재의 하타케야마 군이 그랬듯이요."

하타케야마가 고개를 들었다. 뭔가 알아차린 듯한 표정이었다. 지가가 말을 이었다.

"현장직만 파견된 건 아니에요. 관리직도 오랜 세월에 걸쳐 돌스의 운영에 관여했습니다. 사외이사 비슷한 거죠. 돌스에는 임원이 다섯 명 있습니다. 그 위는 후생노동성 장관이니까 다섯 임원을 실질적인 수장이라고 봐도 무방해요."

지가가 설명을 이어 나갔다. 임원은 후생노동성 소속 세 명, 총무성 소속 한 명, 경시청 소속 한 명으로 구성된다. 하지만 후생노동성 쪽 임원의 발언권이 강하고, 총무성 및 경시청에서 파견된 임원은 발언권이 그리 크지 않다.

"저는 10년 전부터 돌스의 임원이었습니다. 장식 같은 존재지만요. 그러한 이유로 가루이자와에서 무슨 일이 있었는지 알아 두고 싶네요."

거짓말 같지는 않았다. 이 남자는 진짜로 돌스의 임원일 것이다. 겉보기와 달리 상당한 수완가일지도 모른다. 사이버 보안 대책실 실장이라는 직책은 눈가림이고, 뒷전에서 암약하는 다른 얼굴이 있을지도. 다카쿠라를 보자 그도 비로소 지가의 정체를 알고 놀랐는지 입을 반쯤 벌리고 있었다.

"사정은 알았습니다, 지가 실장님."

가와무라는 자신의 직감을 믿고 오늘 가루이자와에서 일어난 일을 지가에게 들려주었다. 가루이자와의 별장에서 오리지널과 복제 인간이 접촉했으리라고 추정된다는 것. 그 일에 돌스의 현장 책임자인 아사히나가 개입했다는 것. 가와무라가 설명을 마치자 지가는 표정 변화 없이 말했다.

"아사히나 군에 대해서는 잘 압니다. 아사히나 군이 독단적으로 벌인 일이겠지만, 그는 단순한 사람이 아니에요. 계획적으로 움직였을 거예요."

"그게 무슨 말씀이십니까?"

"아사히나 군이 뭔가 목적을 가지고 돌스를 배반했다고 봐야겠죠. 이를테면 쿠데타에 가까워요. 그를 따르는 직원이 있을 가능성도 크고요. 자칫하면 돌스가 와해될지도 모르겠습니다."

"와해라고요?"

"네." 지가는 고개를 끄덕였다. "복제 인간이 성장함에 따라 몇 년 전부터 돌스의 존재 의의에 의문이 제기되기 시작했습니다. 실제로 인원도 축소됐고요. 그런 와중에 아사히나 군이 배반했으니 돌스에 아주 큰 영향을 미칠 겁니다."

하타케야마에게 들은 이야기였다. 최근 돌스 내부에서 조직을 축소해야 한다는 목소리가 나오고 있다고 했다. 가와무라는 번쩍 떠오른 생각을 말했다.

"아사히나는 현장 책임자입니다. 복제 인간을 지키는 게 그의 임무겠죠. 하지만 그가 복제 인간을 죽게 내버려 뒀다, 그렇게 볼 수도 있지 않을까요?"

"가능성이 없지는 않겠죠. 하지만 세 사건의 상세한 내용을 모르니까 뭐라 말할 수 없겠군요. 지금 초점을 두어야 할 일은 아사히나 군이 쿠데타를 일으킨 목적입니다. 뭣 때문에 클론 4호를 오리지널과 접촉시킨 후 데리고 갔는가. 그걸 조사하는 게 저희 네 명에게 주어진 사명이에요."

사명. 그렇게 거창하게 반응할 일이냐고 생각하고 싶었지만, 사태의 중요성을 고려하면 지가가 그런 말을 꺼낸 것도 이해가 갔다. 지가의 지적이 옳다면 아사히나의 쿠데타로 돌스는 기능이 완전히 마비됐을 것이다.

가와무라는 책상을 둘러싼 사람들을 둘러보았다. 사이버 보안 대책실 실장, 대책실에 소속된 젊은 SE. 돌스로 파견된 경시청의 경사. 그리고 자신. 이 네 명이 뭘 할 수 있을까.

"해야 할 일은 두 가지입니다."

지가가 세 사람의 얼굴을 둘러보고 말했다. 냉정한 표정이었다. 다카쿠라와 하타케야마도 새파랗게 질린 얼굴로 지가의 말에 귀를 기울였다. 지가는 어쩌면 가와무라가 생각했던 것보다 더 뛰어난 사람일지도 모른다.

"일단 아사히나 군의 쿠데타입니다. 그의 진짜 목적을 알아내서 계획을 미연에 저지해야 해요. 그리고 한 가지 더. 더는 복제 인간이 살해당하면 안 됩니다. 복제 인간 살해범을 찾아냅시다."

말처럼 쉬운 일일까. 가와무라는 의심이 앞섰다. 연쇄 살인 세 건이라면 원래 수사관이 백 명 넘게 투입돼도 이상할 것 없다. 거기에 후생노동성 내부의 쿠데타 소동까지 더해졌다. 더구나 이번 일에는 복제 인간이라는, 함부로 입 밖에 낼 수 없는 극비 사항도 얽혀 있다.

"실장님. 하나만 알려 주십시오." 가와무라는 가슴속에 담아 뒀던 의문을 꺼냈다. "아사히나가 클론 7호입니까?"

아사히나가 클론 7호 아닐까. 가루이자와에서 그 일이 생긴 후에 가와무라의 머릿속 한구석에 싹튼 의혹이었다. 지가는 아무 말 없이 가와무라의 얼굴을 잠시 쳐다보다가 입을 열었다.

"그 부분도 포함해, 신속하고 신중하게 수사를 진행해야
겠죠."

그때 안주머니에서 벨소리가 울려서 가와무라는 스마트
폰을 꺼냈다.

~~~~~

나쓰카와 이쿠토는 의자에 앉아 있었다. 침대와 의자 빼
고 다른 가구는 없는 썰렁한 방이었다.

눈을 떴을 때 이쿠토는 이 방의 침대에 누워 있었다. 여기
는 어디일까. 창문으로 보이는 네온사인의 느낌상 도쿄일
듯했다. 시간은 알 수 없었다.

가루이자와의 로그하우스에서 있었던 일이 꿈만 같았다.
나는 정말로 나루미야 이오리와 이야기를 했을까. 그건 꿈
아니었을까. 아니, 꿈이 아니다. 분명 이야기를 나누었고 나
루미야 이오리에게 쇼팽 연주도 들려주지 않았는가.

그건 뭐였을까. 로그하우스에서 나왔을 때 세 남자와 마
주쳤다. 그들은 어째선지 바바를 아사히나라고 불렀다. 처
음에는 잘못 들은 줄 알았지만 아니었다. 바바는 갑자기 인
격이 바뀐 것처럼 표정이 냉담해졌고, 이쿠토의 등에 권총
까지 들이댔다. 이쿠토는 그대로 렌터카 조수석에 탔다. 차

가 출발하자 바바가 녹차 페트병을 주었다. 그걸 마시자 몹시 졸렸고, 눈을 뜨자 이 방의 침대에 누워 있었다.

문은 잠겨 있었다. 시험 삼아 문을 두드려 보려고 이쿠토가 일어났을 때였다. 문이 천천히 열리고 한 남자가 방에 들어왔다.

"······바바 씨?"

분위기가 다르다. 양복 차림에 넥타이를 맸다. 오른쪽 귀의 피어스는 뺐고 머리도 단정하게 매만졌다. 바바가 말했다.

"나쓰카와 씨, 지금까지 무례하게 굴었던 거 사과드리겠습니다. 저는 바바 고스케가 아니에요. 아사히나 마사루라고 합니다."

그 정중하고 서먹서먹한 말투 때문에 혼란이 더 심해졌다. 이쿠토는 입을 떡 벌린 채 눈앞의 남자를 바라보는 것이 고작이었다.

"놀라는 것도 무리는 아니죠. 저는 돌스라는 조직 소속입니다. 어떤 이유로 당신에 대해 알고 있었어요. 당신이 생각하는 것보다 훨씬 많이 알고 있었다고 해도 되겠죠. 속인 건 사과하겠습니다. 정말 죄송합니다."

바바, 아니 자칭 아사히나라는 남자가 머리를 숙였다. 돌스. 회사일까. 나를 잘 알고 있다는 건 무슨 뜻일까.

"뭐부터 설명하면 좋을지 솔직히 저도 난감하네요. 느닷없이 이런 소리를 하면 놀라겠지만, 당신은 저희 조직에 감시를 당하며 살아왔습니다. 태어나서부터 지금까지 쭉."

쭉 감시를 당했다니, 무슨 소린지 모르겠다. 나를 감시해서 어쩌자는 말인가.

"당신의 출생에는 커다란 비밀이 있어요. 오늘 나루미야 이오리와 만났죠. 그는 당신 아버지가 아니지만, 당신과 그는 유전자가 완전히 동일합니다. 이게 무슨 뜻인지 알겠습니까?"

유전자가 동일하다. 이쿠토는 일단 쌍둥이를 떠올렸지만 나루미야 이오리와 자신은 부모 자식만큼 나이가 많이 차이난다. 쌍둥이가 아니라면─.

"28년 전, 한 분자생물학자가 복제 인간 일곱 명을 만들어 내는 데 성공했습니다. 운동선수와 음악가 등 당시 유명했던 사람들의 체세포를 사용해서 만들었죠. 당신은 나루미야 이오리의 복제 인간이에요."

아사히나라는 남자가 무슨 소리를 하는 건지 이쿠토는 이해하지 못했다. 분자생물학자, 복제 인간. 마치 SF영화 같은 이야기를 머리가 따라가지 못했다. 그래도 아사히나라는 남자는 말을 멈추지 않았다.

"정부는 복제 인간의 존재를 숨기려 했습니다. 그 목적을 위해 창설된 게 돌스라는 조직이에요. 탄생한 복제 인간에게는 부모가 없죠. 따라서 대부분 보육원에 맡겨졌습니다. 그리고 복제 인간들은 돌스의 엄중한 감시 아래 자라났어요. 정부는 복제 인간의 존재가 외부에 발각될까 봐 두려워했습니다. 즉, 복제 인간이 오리지널과 똑같은 능력을 발휘하는 걸 제일 우려했죠. 예를 들어 당신은 피아노예요. 아니, 음악 전반에 관련된 능력이라고 해도 되겠네요. 돌스는 당신이 음악을 깊이 접하지 못하도록 감시하고, 때로는 간섭하기도 했습니다."

이쿠토는 두 가지 일이 생각났다. 보육원 크리스마스 파티 때 피아노 반주자를 맡지 못한 일. 그리고 초등학생 때 브라스밴드에 가입하지 못한 일이다. 혹시 그 일에도 뭔가 보이지 않는 입김이 작용한 걸까. 하지만 그런 일이……

"이시카와 다케시라고 기억납니까? 나쓰카와 씨와 같은 보육원에서 자란 아이인데요."

이시카와 다케시라면 기억난다. 덩치가 크고 운동을 잘하는 아이였다. 달리기가 같은 학년 아이 중에 제일 빨랐다. 중학교 입학을 계기로 다른 보육원으로 옮겼을 것이다.

"그도 당신처럼 복제 인간이에요. 그는 한 유명한 스포츠 선수와 유전자가 동일합니다. 복제 인간 감시에도 비용이 들어가니까 복제 인간을 같은 보육원이나 학교에 보내서 동시에 감시하기도 했어요. 그래야 비용을 절감할 수 있으니까요."

요컨대 나는 나루미야 이오리의 복제품이라는 건가. 그게 사실이라면 나루미야 이오리를 빼닮은 것도 설명이 되고, 피아노에 재능이 있는 것도 같은 이유로 납득이 간다. 그런데 나는 정말로 복제 인간일까.

"그런데 바바 씨, 어째서." 이쿠토는 드디어 입을 열었다. 솟구치는 의문을 억누를 수 없었다. "어째서 제게 접근한 거죠? 제게 피아노를 가르쳐 준 것도 당신이고, 나루미야 이오리를 만나게 해 준 것도 당신이에요. 제가 나루미야 이오리의 복제 인간이라면 피아노를 쳐서는 안 될 텐데요. 하지만 당신은 협력해 줬어요."

짚이는 일이 많았다. 애당초 이쿠토가 피아노를 치게 된 계기부터 그렇다. 선배 고이케의 집에서 처음으로 만져 본 피아노는, 고이케가 술집에서 만난 남자에게 얻은 것이라고 들었다. 그것부터가 계획이었던 건 아닐까.

"저와 만난 것도 우연은 아닙니다. 도쿄 도내에서 피아노 교습을 중개하는 사이트에 의뢰해 저를 당신에게 소개하도록 했죠. 그물에 걸리지 않았다면 제가 직접 접근할 생각이었고요."

"그, 그런……."

"나쓰카와 씨. 아니 이쿠토라고 부를게. 이쿠토, 정말 기뻐. 넌 내가 기대한 모습을 보여 줬어. 멋지게 각성했어. 각성한 복제 인간은 네가 처음이야."

아사히나는 만족스럽게 고개를 끄덕였다.

~~~~~

"여기서 세워 주세요."

가와무라의 말에 택시가 멈췄다. 가와무라는 요금을 내고 택시에서 내렸다. 센다기에 있는 에이린 대학교 근처였다. 캠퍼스로 들어가지 않고 교문을 지나쳐 학교 뒤편으로 돌아갔다. 목적지인 카페는 간판의 불을 껐지만, 창문으로 불빛이 새어 나오고 있었다.

"안녕하세요."

문을 열고 들어갔다. 사장이 카운터 의자에 앉아 기다리고 있었다. 복제 인간의 제작자인 아리마 교수가 이 카페의 단골이었음을 요전에 탐문으로 알아냈다. 그런데 아까 사장이 전화로 아리마 교수의 사진을 찾았다고 했다.

"연락 주셔서 감사합니다. 그런데 사진은?"

가와무라가 바로 본론을 꺼내자 사장이 사진 한 장을 카운터에 내려놓았다.

"전화로도 말했지만 옛날 사진이라 상태가 안 좋아. 뭐, 얼굴 정도는 알아볼 수 있겠지만."

"좀 보겠습니다."

가와무라는 조급한 마음을 억누르며 사진을 집었다. 오른쪽 아래에 박힌 날짜는 1988년 7월이었다. 아리마 교수가 복제 인간을 만들기 2년 전이다. 장소는 공원인 듯하고, 두 남자가 나란히 찍혀 있다. 등산복을 입은 두 남자 중 오른쪽이 사장이었다. 모자를 푹 눌러쓴 왼쪽 남자가 아리마 교수이리라.

실은 아사히나가 아리마 교수의 복제 인간이 아닐까 하고 가와무라는 추측했다. 근거는 단순하다. 아사히나의 이니셜이다.

복제 인간의 이니셜이 오리지널의 이니셜과 똑같은 건 우연이 아니라, 돌스가 의도한 바 아닐까 싶었다. 만약 수수께끼에 싸인 일곱 번째 복제 인간의 오리지널이 아리마 마사요시 교수라면, 이니셜은 'A.M'고 이것은 아사히나 마사루의 이니셜과 일치한다. 따라서 아사히나가 일곱 번째 복제 인간 아니겠느냐고 추측한 것이다.

하지만 사진을 보자 미묘했다. 아리마 교수와 아사히나 마사루는 그렇게 닮지 않았다. 나이 차이가 있으니 만약 아사히나가 나이를 먹으면 사진 속 아리마 교수의 생김새에 가까워지지 않을까 하는 기대를 살짝 품어 볼 수 있을 정도였다.

애당초 복제 인간과 오리지널의 외적 동일성은 일란성 쌍둥이 수준이라고 한다. 자란 환경과 영양 상태 등도 영향을 줄 테니 외모가 완전히 똑같아진다는 보증은 어디에도 없다. 그런 점을 고려하더라도 아사히나가 아리마 교수의 복제 인간일 가능성은 적어 보였다.

"이 사진, 가져가도 될까요?"

"물론이지. 원래는 손녀한테 심부름을 시킬까 했는데 그녀석도 바쁜 모양이더라고. 모처럼 왔으니 커피라도 한 잔 마시고 가."

사장은 그렇게 말하고 카운터 안에서 커피를 내리기 시작했다. 좋은 커피 향기가 풍겼다. 사장이 내준 커피는 맛도 풍부해서 마음에 들었다.

"별 소득이 없었나 보군."

"아닙니다. 큰 도움이 됐습니다."

"요전에 자네가 우리 가게에 다녀가고 나서 나도 아리마 선생에 대해 이것저것 생각해 봤어. 실은 아리마 선생이 사라지기 1년쯤 전이었나. 긴자의 화랑에서 우연히 마주친 적이 있었지."

일본 화가의 개인전이었다. 아리마 교수는 머리가 긴 30대 중반 여성과 함께 있었다.

"당시 아리마 선생은 유부남이었는데, 같이 온 여자는 부인이 아니었지. 부인은 한 번 가게에 와서 나도 얼굴을 알거든. 좁은 화랑이라 선생도 날 알아봤지. 서로 무시할 수도 없어서 인사를 나눴어. 그때 화랑 주인이 다가와서 커피라도 마시자고 제안하더군. 난 화랑 한구석에서 아리마 선생과 커피를 마셨어."

사장은 여자가 누군지 궁금했다. 아리마 교수는 선수를 치듯 여자를 소개했다. 친하게 지내는 간호사. 아리마 교수는 여자를 그렇게 표현했다.

"지난해에 건강 검진을 받은 결과, 무슨 수치가 안 좋아서 약을 먹게 됐대. 그래서 병원에 다니는 사이에 친해졌다고 하더군."

"어느 병원입니까?"

"요쓰야의 부속 병원 아니려나."

요쓰야에 있는 에이린 대학교 부속 병원을 말하는 것이리라.

"이런 말은 별로 하고 싶지 않지만," 사장이 목소리를 약간 낮추었다. "환자와 간호사 사이가 아니었던 것 같아. 하지만 감탄했지. 이렇게 말하면 뭐하지만, 아리마 선생은 연구밖에 모르는 독불장군 스타일이었거든. 이 선생도 제법이구나, 하고 다시 봤지. 아, 요즘은 이런 소릴 하면 혼나든가?"

아리마 교수가 기혼자였음은 가와무라도 안다. 아리마 교수가 실종된 당시 아내가 처음으로 경찰에 신고했다.

"그 간호사의 특징을 기억하십니까?"

가와무라가 묻자 사장은 고개를 끄덕였다.

"아직도 이름이 기억나. 좋은 이름이라는 인상을 받았기 때문이겠지. 아사히나 가에데. 그게 아리마 선생과 함께 있었던 간호사의 이름이야."

가와무라는 자기도 모르게 엉거주춤 일어서서 사장에게 확인했다.

"간호사 이름이 아사히나 가에데라고요? 틀림없으세요?"

"암, 틀림없고말고. 그런데 대체 그 간호사가 어쨌길래?"

아사히나는 희귀한 성씨다. 우연의 일치일 리 없다. 아사히나 가에데는 어떤 사람일까. 그리고 돌스의 아사히나 마사루와 어떤 관계일까.

~~~~~

이렇게 맛 좋은 레드 와인은 처음 마셔 봤다. 이쿠토가 글라스에 담긴 레드 와인을 다 마시자, 아사히나가 팔을 뻗어 와인을 따라주었다.

"감사합니다, 아사히나 씨."

솔직히 아직 아사히나라는 이름이 익숙지 않다. 깜박하면 바바라는 이름이 튀어나올 것 같지만, 아사히나가 그의 본명이라고 한다.

"눈치 보지 말고 많이 먹어. 그래봤자 편의점에서 사 온 거지만."

다른 방으로 옮겼다. 넓은 거실이었지만 아까 있었던 방처럼 최소한의 가구밖에 없었다. 소파에 앉아 아사히나가 편의점에서 사 온 빵과 샐러드를 먹었다. 와인은 이 방에 보관해 둔 물건인 것 같았다.

"이쿠토, 먹으면서 들어." 아사히나가 글라스를 들고 말했다. "만약 불편하면 나가도 상관없어. 지금까지와 똑같은 생활로 돌아가면 돼. 난 너한테 이래라저래라 강요할 입장이 아니니까."

"강요라니⋯⋯전 그렇게 생각 안 하는데요."

"넌 나루미야 이오리와 유전자가 동일해. 그건 부정할 수 없는 사실이지만, 넌 나루미야 이오리의 복제품이기 이전에 나쓰카와 이쿠토야. 나쓰카와 이쿠토라는 정체성을 지닌 사람은 전 세계를 다 뒤져도 너 하나뿐이지. 너 자신이 오리지널인 거야. 모순되는 소리일지도 모르지만, 그 점을 이해해 줬으면 해."

자기가 복제 인간이라는 터무니없는 이야기를 순순히 받

아들이다니, 이쿠토 스스로 생각하기에도 신기했다. 아사히나 말고 다른 사람이 그런 이야기를 했으면 절대로 믿지 않았을 것이다. 아사히나니까 믿을 수 있다. 만난 지 1주일 정도밖에 되지 않았지만, 이쿠토는 아사히나에게 흔들림 없는 신뢰를 보냈다. 아사히나가 가명을 쓴 것도, 자신을 속인 것도 관계없다. 그 정도로 아사히나가 고마웠다. 자신을 이끌어 준 은인이다.

"이쿠토, 나루미야 이오리와 만나 보니 어땠어?"

아사히나가 묻길래 이쿠토는 대답했다.

"글쎄요. 처음에는 아버지일지도 모른다고 생각했지만 아버지가 아니라는 걸 알고 나서도 실망하지는 않았어요. 오히려 아버지보다 큰 존재를 만난 것 같은 느낌이었죠."

"유전자가 똑같으니까 뭔가 강하게 끌리는 게 있는지도 모르겠군. 나루미야 이오리도 분명 뭔가 느꼈을 거야."

이쿠토도 동감이었다. 남에게서는 느낄 수 없는 뭔가를 상대방도 느꼈을 거라 확신했다.

"이쿠토, 이제 먹을 만큼 먹었지?"

"네, 많이 먹었어요."

빵을 몇 개 먹자 허기가 가셨다. 아사히나가 일어서길래 이쿠토도 남은 레드 와인을 들이켜고 일어섰다. 거실을 나선 아사히나가 복도를 안쪽으로 걸어갔다. 맨션인 것 같은

데 꽤 넓다. 100제곱미터 정도는 되지 않을까.

아사히나가 복도 제일 안쪽에 있는 문을 열었다. 아사히나를 따라 들어간 이쿠토는 감탄 섞인 한숨을 내쉬었다.

"이건⋯⋯."

"이쿠토를 위해 특별히 준비했어."

다다미(다다미 한 장은 약 0.5평, 약 1.6제곱미터 크기다–옮긴이 주) 열 장 정도 크기의 방 한가운데 그랜드피아노가 있었다. 방구석에 있는 선반에는 오디오 세트도 갖추어 놓았다.

"방음 설비는 완벽해. 벽과 천장에도 흡음재를 사용했지. 아침이든 밤중이든 자유롭게 연주해도 상관없어."

이쿠토는 앞으로 걸어가 그랜드피아노 앞에 섰다. 새 피아노였다. 건반 뚜껑을 열고 건반을 눌렀다. 기분 좋은 소리가 울려 퍼졌다.

보면대에 CD 한 장이 놓여 있었다. 본 적 있는 CD다. 나루미야 이오리의 〈아이덴티티〉였다.

"이쿠토, 실은 부탁이 있어." 아사히나가 웃음 띤 얼굴로 말했다. "이 앨범에 수록된 '아이덴티티'를 완벽하게 연주할 수 있도록 연습했으면 해."

"완벽하게? 무슨 말씀이시죠?"

"이쿠토가 나루미야 이오리를 완전히 따라잡기는 힘들 거야. 그는 어릴 적부터 피아노에 빠져 살았고, 제네바로 유학 가서 저명한 선생님에게 배웠지. 최근에야 피아노를 시작한 이쿠토와는 살아온 세계가 완전히 달라."

이쿠토도 그건 인정한다. 나루미야 이오리에게 이기겠다는 생각은 전혀 없다. 비교 대상조차 아니라고 생각한다.

"하지만 이쿠토, '아이덴티티'라는 곡만이라도 완벽하게 연주할 수 있다면 굉장하지 않겠어? 이제 나루미야 이오리는 공개 석상에 서지 않을 테고 청중 앞에서 피아노를 연주하지도 않을 거야. 하지만 이쿠토는 연주할 수 있지. 아니, 이쿠토밖에 못 해."

"제가 청중 앞에서 '아이덴티티'를 연주한다는 말씀이세요?"

"그에 가까운 일을 해 줬으면 해. 시간은 없지만 이쿠토라면 할 수 있을 거야."

모습을 감춘 지 20년 가까이 지나서인지 나루미야 이오리는 옛날 사람이라는 인상이 강하다. 더구나 본인은 실명해서 다시는 피아노를 치지 않는다. 그런 나루미야 이오리의 걸작 '아이덴티티'를 복제 인간인 자신이 연주한다. 이렇게 매력적인 일이 또 있을까.

"이쿠토, 복제 인간은 원래 오리지널과 쌍둥이 수준으로밖에 닮지 않는다고 해. 외면뿐만 아니라 내면도 마찬가지야. 환경이 방해물로 작용해서 오리지널과 똑같은 능력에 눈뜨기가 어렵지. 하지만 이쿠토는 달라. 오리지널처럼 음악적 재능을 발휘하기 시작했어. 기적이나 다름없는 일이야. 이쿠토, 내게 기적을 보여 주지 않을래?"

지금까지 살아오면서 누군가 이쿠토를 필요로 한 건 처음이었다. 남에게 필요한 존재가 된다는 것이 이렇게 기분 좋은 일인 줄 지금까지 몰랐다.

"아사히나 씨, 할게요. 아니, 꼭 하게 해 주세요."

지금까지 아사히나가 이쿠토를 속인 건 틀림없는 사실이었다. 게다가 가루이자와에서는 권총을 들이댔다. 그래도 아사히나를 믿는 마음은 흔들리지 않았다. 이쿠토는 자신을 이해해 주는 사람을 난생처음 만났다.

복제 인간이라는 말을 들어도 실감은 나지 않는다. 애당초 부모가 없어서 그런지 복제 인간임을 알고도 크게 동요하지 않았다. 복제 인간이라는 사실은 큰 문제가 아니었고, 지금은 유일하게 자신을 이해해 주는 아사히나에게 도움이 되고 싶을 따름이었다. 그것이야말로 이쿠토의 아이덴티티다.

"그렇게 말할 줄 알았어. 하기로 마음먹었으면 철저하게 해야겠지. 그래서 오디오 세트도 준비했어. 소리를 제대로 듣고 세세한 곳까지 신경 써서 연주하도록 해."

이쿠토는 피아노 앞 의자에 앉아 보면대의 CD를 집었다. 재킷 사진은 외국의 낯선 거리다. 나루미야 이오리가 유학한 제네바의 거리인 것 같았다. 이쿠토의 귓속에 나루미야 이오리의 말이 되살아났다.

피아노를 치게. 계속 쳐.

~~~~

"좋은 아침입니다."

오전 8시 40분, 류세이는 사이버 보안 대책실의 회의실에 있었다. 류세이 외에도 SE가 다섯 명 모였다. 어제 나루미야 이오리의 주소를 알아낼 때 도움을 주었던 사람들이다.

"어제에 이어서 수사 1과의 수사에 협력해 줬으면 하는데요. 괜찮겠어요?"

자가가 말했지만 다섯 명은 반응이 별로 없었다. 지금까지 발생한 복제 인간 살해 사건 세 건을 조사하기 위해 이 다섯 명을 모았다. 어젯밤에 준비를 하면서 컴퓨터 등의 물품을 이미 회의실에 들여놓았다.

"여기를 보세요."

지가가 손가락으로 화이트보드를 가리켰다. 화이트보드에는 사망한 세 명의 이름과 주소, 사망 장소와 사망 추정 시각 등이 적혀 있었다.

"이 세 명은 최근에 사망했어요. 첫 번째와 세 번째는 사고

사로 처리됐지만, 타살 의혹이 농후하죠. 아무리 세세한 점이라도 상관없습니다. 이 세 사건을 조사해 주세요. 그게 여러분에게 바라는 협력입니다."

SE 다섯 명은 아무 말도 없이 화이트보드를 잠깐 바라보았다. 평소 류세이 옆자리에 앉는 가토가 제일 먼저 입을 열었다.

"세 번째 사람은 파친코 게임장에서 습격당했네. 제일 최근에 죽었으니까 정보가 신선하다는 의미에서도 이 사건에 초점을 맞추는 게 좋을 것 같은데."

"방범 카메라에 범인으로 보이는 남자가 찍혔어요." 류세이는 말했다. "모자를 쓰고 있어서 얼굴까지는 식별하지 못했지만요."

다른 SE도 의견을 내놓았다.

"습격당한 시각을 정확하게 아니까, 현장 부근의 방범 카메라 영상을 많이 모아 보는 건 어떨까. 사건이 발생한 시간 전후로."

"나쁘지 않네. 하지만 방범 카메라 영상을 무단으로 수집할 수는 없잖아. 인터넷에 연결돼 있으면 못 할 것도 없지만."

아무리 사이버 범죄 수사관이라도 멋대로 시스템에 침입해 방범 카메라 영상을 빼내는 건 용납되지 않는다. 하지만 기술적으로는 가능하다. 인터넷에 연결된 시스템은 해킹의 먹잇감이니까.

"이렇게 하죠." 류세이도 의견을 내놓았다. "일단 현장 부근의 방범 카메라 위치를 모조리 지도에 표시하고, 카메라 영상을 빌릴 방법을 생각해 보죠. 메일이나 전화로 되면 다행이고, 안 되면 제가 직접 가서 허락을 받을게요. 어쩌면 아날로그 방식이라 디스크를 빌려야 할 수도 있으니까요."

이의를 제기하는 사람은 없었다. 대신에 나지막하게 진동하는 소리와 함께 프린터가 가동됐다. 가토가 말했다.

"지도를 출력 중이야. 잘라서 화이트보드에 풀로 붙이자. 방범 카메라 위치는 빨간 점으로 표시할 것. 만약 같은 점포에 카메라가 여러 대일 경우는 가능하면 카메라 위치를 알아볼 것. 그밖에는?"

"역시 현장인 파친코 게임장이 제일 중요하겠지. 내가 전담해서 알아볼게."

"좋아. 카메라 위치를 찾는 건 될 수 있으면 한 시간 안에 끝내자. 여기서 아무것도 나오지 않으면 첫 번째와 두 번째 사건을 조사해야 하니까."

"찬성. 그럼 작업을 시작해 볼까."

SE 다섯 명이 움직이기 시작했다. 류세이도 지도를 잘라서 붙이기 위해 자리에서 일어섰다.

가와무라는 요쓰야에 있는 에이린 대학교 부속 병원에 있었다. 하타케야마와 함께 병원 총무과가 있는 층의 회의실에서 기다리는 중이다.

예전에 이 병원에서 일한 아사히나 가에데라는 간호사에 관해 알려 달라고 요청했지만, 아사히나 가에데가 근무한 지 30년 가까이 지나서 인적 정보가 전혀 남아 있지 않다고 했다. 어쩔 수 없이 오래 일한 간호사들에게 이야기를 들어 보고 싶다고 요청했다. 그러자 총무과 직원은 두 사람을 회의실에 안내한 후, 짬이 나는 간호사를 차례대로 보내 주겠다고 했다. 이미 다섯 명에게 이야기를 들었지만 아사히나 가에데라는 간호사를 아는 사람은 없었다.

"가와무라 씨, 아사히나 가에데가 아사히나의 어머니일까요?"

"아마도. 아니, 난 틀림없다고 봐."

아리마 교수는 복제 인간을 만들기 위해 오리지널의 체세포를 입수해야 했다. 아사히나 가에데가 그 역할을 맡았다는 것이 가와무라의 추측이다.

아사히나가 없어진 후 돌스는 혼란에 빠져 한때는 기능이 마비될 정도였다. 겨우 혼란에서 벗어났지만 세 건의 복제 인간 살해 사건과 클론 4호 실종 사건을 처리할 구체적인 방법은 마련하지 못했고, 지금은 그저 비밀 유지—복제 인간의 존재를 꼭꼭 감춘다는 본래 취지에 치중하는 것처럼 보였다.

"실례하겠습니다."

회의실 문이 열리고 머리가 희끗희끗한 간호사 한 명이 들어왔다. 이걸로 여섯 명째다. 이름은 미야하라 도시코, 2년 후에 정년을 맞는다고 했다.

"일하시는 중에 죄송합니다. 저희는 경시청 수사 1과 소속이고, 어떤 사건을 조사하는 중입니다. 단도직입적으로 여쭐게요. 아사히나 가에데라는 간호사를 아십니까?"

반응은 없었다. 미야하라 도시코는 무표정한 얼굴로 가와무라를 쳐다보았다. 가와무라는 다시 물었다.

"아사히나 가에데요. 머리가 길었다고 들었는데요. 30년쯤 전에 이 병원에서 일했을 겁니다."

역시 반응이 없었다. 허탕이라고 생각했을 때 미야하라 도시코가 입을 열었다.

"가에데 씨 말씀이군요. 옛날 생각나네요. 죄송해요. 오랜만에 들은 이름이라 놀라서……."

"아시는군요?"

"네." 미야하라 도시코는 고개를 끄덕였다. "제가 이 병원으로 옮겼을 때 이것저것 챙겨 준 분이세요. 상담에도 친절하게 응해 주셨고요."

당시 30대 중반이었던 아사히나 가에데는 의사에게도 신뢰받는 간호사 중 한 명이었다. 미야하라 도시코는 가끔 아사히나 가에데와 밥을 먹으러 가기도 했다. 아사히나 가에데에게 남자친구는 없었다고 한다.

"몇 년이었더라? 제가 이 병원에 온 지 2년쯤 지났을 때였어요. 가에데 씨가 갑자기 병원을 그만두기로 했다고 해서 놀랐죠."

미야하라 도시코는 아사히나 가에데의 집까지 가서 작별 선물을 줬다고 한다. 그때 아사히나 가에데는 건강해 보였다고 한다. 마음에 걸린 것은 배였다. 낙낙한 옷을 입었는데도 배가 조금 튀어나와 보였다. 하지만 눈치 없이 물어보기도 그래서 그냥 돌아왔다.

"그로부터 2년, 아니 3년쯤 후에 시부야에서 우연히 가에데 씨와 마주쳤어요. 백화점 여성복 코너였는데, 두 살 먹은 남자애를 데리고 있더군요."

차라도 한잔하기로 하고 백화점에 있는 카페로 갔다. 미야하라 도시코는 거기서 아사히나 가에데의 사연을 들었다. 불륜 관계였던 남자의 아이를 임신했기 때문에 병원을 그만두고 상대에게는 비밀로 출산을 결심했으며, 지금은 그 남자와 헤어졌다는 이야기였다.

"어쩐지 고생하는 것 같았어요. 가에데 씨, 얼굴도 예쁘고 참 멋진 선배였는데, 폭삭 늙었달까……. 하긴 그러는 저는 지금 아줌마는커녕 할머니지만요."

그렇게 말하고 웃는 미야하라 도시코에게 가와무라는 물었다.

"백화점에서 보셨다는 아사히나 가에데 씨의 아들, 이름이 뭔지 기억하십니까?"

"마사루요. 한자로 이길 승 자를 써서 마사루."

역시나. 반쯤 예상했던 일이었으므로 가와무라는 놀라지 않았다. 아리마 교수와 불륜 관계였던 아사히나 가에데는 연인을 위해 병원에서 환자의 체세포를 훔쳐 내는 등 연구에 협력했다. 하지만 임신을 계기로 아리마와 관계를 정리했다. 어쩌면 아이를 지우라고 아리마 교수가 명령했을지도 모르지만, 이제는 진위를 알 수 없다. 어디까지나 상상이지만 아사히나 마사루는 아리마 교수의 친아들이다.

"지금도 아사히나 가에데 씨와는 연락하고 지내십니까?"

가와무라의 질문에 미야하라 도시코의 표정이 어두워졌다.

"모르시는군요. 시부야에서 우연히 만나고 4년 후 여름이었어요. 왜 확실히 기억하느냐면 그해에 애틀랜타 올림

픽이 개최됐는데요. 그때 사귀던 남자친구—지금 남편이 축구를 정말 좋아하는데, 그날 일본 국가대표가 브라질을 꺾었거든요."

1996년 7월에 있었던 마이애미의 기적이라 불리는 경기다. 가와무라도 생중계로 경기를 봤던 기억이 났다.

"그날 밤 뉴스에 도쿄 도내의 공영주택에서 여자 시체가 발견됐다는 소식이 나왔죠. 이름을 보고 얼마나 놀랐는지 몰라요. 가에데 씨더라고요."

근처에 사는 주부에게 발견된 아사히나 가에데의 사인은 쇠약사였다. 사망한 아사히나 가에데의 곁에는 수척해진 여섯 살짜리 아들 마사루가 있었다. 어머니 시신 옆에 주저앉아 있던 그는 경찰이 온 후에도 그 자리를 떠나려 하지 않았다고 한다.

가와무라는 사실 어제 경시청 데이터베이스에 아사히나 가에데의 이름을 검색했지만 해당자는 없었다. 시간이 너무 많이 흘렀거나 범죄성이 없었기 때문이리라.

"우울증이었으려나요. 아무튼 가에데 씨는 정신적으로 문제가 생겼는지 일도 금방 그만둬서 생활에 쪼들렸던 모양이에요. 조금 궁금해서 얼마 후에 그 공영주택을 찾아가 봤죠. 근처 사람에게 들었는데 아들 마사루는 보육원에 맡겨졌대요."

복제 인간 일곱 명과는 다른 의미로 고독한 나날을 보냈을 소년의 모습이 상상됐다. 아사히나 마사루는 뭘 느끼고, 무슨 생각을 하며 살아왔을까.

~~~~

"다녀왔습니다."

류세이는 오전 11시가 지나서 시나가와의 사이버 보안 대책실로 돌아왔다. 화이트보드에 붙은 커다란 지도에는 방범 카메라 위치가 빨간 점으로 표시돼 있었다. 류세이는 들고 있던 가방을 책상에 내려놓았다. 가방에는 아메요코 상점가의 상점과 편의점에서 빌려온 DVD 등의 기록 매체가 들어 있었다. SE 다섯 명이 가방에서 기록 매체를 꺼내 각자 분석 작업에 들어갔다.

현장인 파친코 게임장의 방범 카메라 영상도 전부 입수했다. 사건은 오후 6시가 조금 지나서 발생했다. 류세이도 게임장에 있었으므로 확실히 기억한다. 이시카와 다케시는 남자 화장실에서 범인의 칼에 찔렸다. 이시카와를 찌른 범인은 일단 여자 화장실에 숨었고, 가와무라가 지나간 후에 여자 화장실에서 나왔다. 그 당시 영상을 출력해서 화이트보드에 붙여놓았다. 모자를 쓰고 고개를 푹 숙인 남자다. 1층

출입구에 설치된 방범 카메라 영상에서도 남자는 고개를 숙인 채 게임장을 나섰다. 방범 카메라를 의식한 게 분명했다. 류세이는 컴퓨터로 그 영상을 반복해서 보았다.

"어느 쪽으로 갔을까?"

SE 가토가 뒤에서 류세이의 컴퓨터 화면을 들여다보며 물었다. 류세이는 대답했다.

"남쪽으로 향했을 거예요."

"알았어." 가토는 고개를 끄덕이고 화이트보드 앞에 서서 나머지 SE에게 지시를 내렸다. "파친코 게임장에서 나온 남자는 남쪽으로 향했어. 오카치마치 방면이야. 그 주변 카메라 영상을 살펴보자."

SE들이 분석을 진행했다. 류세이도 닥치는 대로 영상을 보며 용의자가 찍혀 있지 않은지 확인했다. 잠시 후 한 SE가 목소리를 높였다.

"찾았다. 파친코 게임장에서 남쪽으로 200미터 거리에 있는 편의점 안이야. 비슷한 남자가 화장실에 들어갔어."

다른 SE들이 모여들었다. 재생된 영상을 보자 모자를 쓴 용의자 비슷한 남자가 화장실로 들어가는 장면이 나왔다. 2분 후, 그 남자가 화장실에서 나왔다. 하지만 여기서도 방범 카메라 위치를 의식했는지 교묘하게 얼굴을 돌렸다.

"용의주도한 놈이로군."

"이 사람, 키가 어느 정도일까?"

여자 SE의 질문에 가토가 대답했다.

"편의점의 진열대 높이는 정해져 있어. 135센티야. 어린 아이부터 노인까지 포함한 일본인의 평균 신장은 145센티. 사람은 걸을 때 시선이 10센티 아래로 향하니까 진열대가 135센티여야 눈에 제일 잘 들어온다는 계산인가 보더라고." 가토가 깨알 지식을 선보이고 난 후 말을 이었다. "선반 높이로 추측건대 165센티 정도려나."

"남자치고는 작은 편이네."

"그렇지."

"정말 남자일까?"

"그건 무슨 소리야?"

"남자라고 너무 단정하는 것 같아서. 범인은 남자라는 선입관에 사로잡힌 건지도 모르잖아."

듣고 보니 그랬다. 범인은 남자라고 정해 놓고 수사한 듯한 기분이 들었다.

가토가 화이트보드에 마커펜으로 '키 165센티, 여자?'라고 적었다. 생각해 보면 시이나마치에서 클론 2호가 살해당했을 때도 풀페이스 헬멧 때문에 범인의 성별을 식별할 수 없었다.

범인은 여자일 가능성이 있다. 그걸 알아낸 것만으로도

커다란 진전이다. SE들과 논의하지 않았다면 나오지 않았을 발상이다.

그 후로 한동안 분석 작업에 매달렸지만, 용의자의 행적을 알아내는 데는 실패했다. 정오쯤에 분석이 다 끝나자 일단 작업을 중단했다. 회의실에서 나오는데 지가가 불러세웠다.

"다카쿠라 군, 잠깐 괜찮을까요?"

"네. 무슨 일이시죠?"

지가가 아무 말도 없이 걸어가길래 류세이는 따라갔다. 지가는 자기 자리 앞에서 멈췄다. 책상에는 노트북 두 대가 놓여 있었다. 한 대는 지가가 사용하는 비품이고, 다른 한 대는 외부에서 반입한 것으로 추정됐다.

"돌스 본부에서 빌려온 노트북이에요. 아사히나 군이 사용하던 거죠. 분석해 보세요."

아사히나의 노트북은 국내 대기업에서 출시된 것이었다. 이미 돌스 담당자가 비밀번호를 해제해 둔 덕분에 손쉽게 하드디스크 등을 살펴볼 수 있었다. 하지만 아사히나는 이런 사태를 예상했는지, 노트북에는 데이터가 거의 남아 있지 않았다. 이래서는 죽도 밥도 안 된다.

하지만 류세이는 망가진 컴퓨터를 분석해 달라는 경시청

타 부서의 의뢰도 가끔 해결해 주곤 한다. 류세이는 특수한 소프트웨어를 노트북에 인스톨해서 데이터 복구를 시도했다. 서서히 복구되는 노트북 화면을 바라보고 있는데 스마트폰에 전화가 왔다. 가와무라였다.

"네, 다카쿠라입니다."

"나야. 그쪽은 뭐 좀 알아냈어?"

복제 인간 살해범은 여자일지도 모른다는 추측을 들려주자 가와무라가 외마디 소리를 질렀다.

"여자라. 그럴 가능성은 생각조차 안 해 봤군. 이쪽에서도 알아낸 게 있어. 아사히나를 아리마 교수의 아들로 봐도 무방할 것 같아."

아사히나 마사루의 아버지는 아리마 교수, 어머니는 에이린 대학교 부속 병원에서 일했던 간호사 아사히나 가에데라고 한다. 어머니 가에데는 아사히나가 여섯 살 때 쇠약사했다.

"아사히나 가에데가 죽은 사건에 관련된 자료를 입수했어."

"저는 지금 아사히나 씨의 노트북을 분석하는 중입니다. 실장님이 돌스에서 빌려왔어요. 데이터는 대부분 지워진 상태였지만요."

데이터가 서서히 복구되는 중이다. 가와무라가 입을 열

었다.

"뭐든지 좋으니 알아내면 연락해."

"알겠습니다."

류세이는 일단 전화를 끊었다. 메일 프로그램이 80퍼센트쯤 복구됐길래 바로 프로그램을 가동했다.

주로 업무 지시에 관련된 메일이 많았으며, 읽어도 무슨 뜻인지 모를 내용이 대부분이었다. 복구된 송신 메일 가운데 찜찜한 메일을 하나 발견했다. 아사히나가 외부인에게 보낸 메일인데, 수신인의 이름이 AM이었다. 바로 가와무라에게 전화했다.

"왜? 뭔가 알아냈어?"

"가와무라 씨, 찜찜한 메일을 한 통 발견했어요. 수신인은 AM, 분명 이니셜이겠죠. 메일 내용은 주소 한 줄뿐이에요."

메일에 적힌 주소는 시부야구 히로오였다. 지번을 검색해 주소 지도를 띄웠다. 맨션같이 커다란 건물이 들어선 구역인 듯했다. 화면을 확대하자 건물 이름이 보였다.

"가와무라 씨, 그 주소에 있는 건 의료와 돌봄 서비스를 제공하는 유료 요양원이에요."

"뭐야, 왜 아사히나가 요양원 주소를……."

"생각해 보세요. 사건 관계자 중에 남자 고령자가 한 명 있잖아요. 그 남자가 이 요양원에 있다고 볼 수는 없을까요?"

"남자 고령자라니, 설마……."

"네. 아리마 버전 복제 인간을 탄생시킨 아리마 교수 본인이요. 가와무라 씨, 다음 목표물은 아리마 교수가 아닐까요?"

"클론 4호가 아니라 아리마 교수를 노린다고?"

"제 상상이지만요."

아사히나가 친아버지인 아리마 교수의 목숨을 노린다. 근거는 없지만 류세이는 아무래도 자신의 상상이 들어맞을 것 같은 기분이었다.

"수신인, 그러니까 아사히나가 메일을 보낸 AM은 누구야?"

"모르겠습니다. 어쩌면 클론 7호 아닐까요? 제 감이지만요."

"클론 7호라……. 다카쿠라, 메일은 언제 발송됐어?"

"그저께 밤에요."

"주소 알려 줘."

"시부야구 히로오……."

주소를 부르자 가와무라가 말했다.

"가 보고 뭔가 있으면 연락할게."

전화가 끊겼다. 정말로 이 주소에 아리마 교수가 있을까. 그리고 그의 목숨을 클론 7호가 노리는 걸까. 이것저것 생각하자 마음이 어수선해서 뒤에 지가가 서 있는 줄도 몰랐다.

지가는 평소처럼 부드럽게 웃으며 말했다.

"우리도 가죠."

~~~~

　다카쿠라가 불러 준 주소에는 〈포레스트 히로오〉라는 유
료 요양원이 있었다. 유료 요양원 중에서도 고급인지 입구에
서 호텔이 연상됐다. 가와무라는 하타케야마와 함께 안으로
들어갔다. 경찰 수첩을 제시하고 남자 사무직원에게 물었다.

　"이 시설에 아리마 마사요시라는 남자가 있습니까?"

　가명으로 입소했다면 성가시다. 그때는 입소자를 전부 조
사하기로 각오했지만, 뜻밖에도 아리마 교수는 본명으로 입
소했다. 직원이 명부를 보며 말했다.

　"아리마 씨는 3년 전에 입소하셨습니다."

　"그렇군요." 가와무라는 조급한 기분을 억누르고 물었다.
"아리마 씨의 용태는 어떻습니까? 건강하신가요?"

　"건강하세요. 다만 치매가 진행돼서요. 담당자를 불러올
테니 자세한 이야기는 그분께 들으시죠."

　잠시 기다리자 앞치마를 두른 젊은 여직원이 나타났다.
아리마 마사요시를 면회하고 싶다고 하자, 여직원은 쾌히
승낙했다. 아리마 교수의 방으로 향하며 이야기를 들었다.

"완고한 할아버지세요. 대단한 학자셨나 보던데요. 가끔 말투가 거만해지시지만, 이제 익숙해져서 괜찮아요."

"무슨 뜻인지 모를 말을 하기도 합니까?"

"늘 그러시죠. 복제 동물을 만드셨던 모양이라 DNA니 뭐니 전문 용어를 말씀하시는데, 저는 그냥 흘려들어요. 어려워서 무슨 말인지 모르겠는걸요."

치매 발병을 계기로 이 시설에 들어온 것 같았다. 아마 그전에는 엄중한 감시의 눈길 아래에 있었을 것으로 추정되지만, 이제는 전담 감시원도 없는 것 같다.

"여기예요. 아리마 씨, 들어갈게요."

여직원이 슬라이드 도어를 열었다. 호텔 방 같은 방의 창가에 침대가 있었다. 침대에 누운 남자가 눈에 들어왔다. 저 사람이 복제 인간을 탄생시킨 아리마 마사요시 교수인가.

"아리마 씨는 잠드신 것 같은데요. 어떻게 하실래요? 깨실 때까지 기다리실래요?"

"네, 기다리겠습니다."

"어, 잠깐만요."

여직원의 안색이 변했다. 여직원은 침대로 달려가 노인의 어깨에 손을 댔다. 그리고 노인의 코언저리에 귀를 댔다. 여직원이 당황한 표정으로 말했다.

"수, 숨을 안 쉬세요. 의사 선생님을……."

여직원이 약간 허둥거리며 간호사 호출벨을 눌러서 도움을 요청했다.

가와무라도 침대로 다가갔다. 노인의 손목을 잡았지만 맥박이 느껴지지 않았다. 아직 따뜻한 걸 보니 죽은 지 얼마 안 된 듯했다. 현재 오후 2시가 지난 시간. 많이 잡아도 사망한 지 한 시간도 지나지 않았으리라. 아니, 더 짧을지도 모른다. 가와무라는 안절부절못하는 여직원에게 물었다.

"오늘 오후에 아리마 씨를 면회하러 온 사람은 없었습니까?"

"어, 없었어요. 정오가 되기 조금 전에 점심을 가져다드렸고, 평소대로 12시 반에 식기를 물렸어요. 그때는 아무렇지도 않으셨는데……."

여직원은 반쯤 울상이었다. "가와무라 씨" 하고 하타케야마가 부르는 목소리에 돌아보니 죽은 아리마 교수의 셔츠 소매가 걷혀 있었다. 오른쪽 위팔에 작은 상처가 보였다. 주사를 놓은 흔적인 듯 피가 살짝 배었다. 독극물을 주사했는지도 모른다.

"생각났어요." 여직원이 입을 열었다. "오늘 오후에 의사 선생님의 정기 검진이 있는데요. 계약한 병원에서 선생님이 오셔서 입소자를 검진해 주세요."

아까 다카쿠라와 통화했던 내용이 생각났다. 복제 인간

살해범이 여자일 가능성도 제기된 모양이다. 여직원에게 확인하자 오늘은 남자 의사가 여자 간호사를 데리고 왔다고 한다. 의심한다면 의사보다는 간호사 쪽인가.

"회진은 어떤 식으로 합니까?"

"모르겠어요. 위층부터 돌 때가 많은 것 같기는 한데요."

하타케야마가 방에서 뛰쳐나갔다. 그와 엇갈려 다카쿠라가 다른 직원의 안내를 받아 방으로 들어왔다. 지가도 함께였다. 두 사람은 침대에 누운 아리마를 보고 눈이 휘둥그레졌다. 가와무라는 두 사람에게 말했다.

"사망한 지 얼마 안 됐어. 살해당했을 가능성이 커. 범인은 아직 요양원에 있을지도 몰라. 같이 찾아보자."

말을 마친 가와무라는 침대로 눈을 돌렸다. 평온한 표정으로 눈을 감은 늙은 남자의 시체. 이 남자의 손에서 복제 인간 일곱 명이 탄생했다. 전국, 아니 전 세계를 놀라게 할 만한 연구였음은 문외한인 가와무라도 상상하기 어렵지 않았다. 그런 남자치고는 너무나 쓸쓸한 최후였다. 그런 생각을 하며 가와무라는 방에서 나왔다.

"의사를 찾았습니다. 화장실에 처박혀 있더군요."

하타케야마가 복도를 달려왔다. 이야기를 들어보자 젊은 의사는 재갈을 문 채 남자 화장실의 칸에 갇혀 있었다고 한다.

"지하 주차장에서 습격당했답니다. 함께 왔던 간호사는

차에 갇혀 있다고 하고요."

습격자는 젊은 여자였다. 간호사 복장을 한 여자가 권총으로 위협했다고 한다. 협박을 받은 의사는 습격자와 함께 요양원에 들어왔고, 얼마 지나지 않아 남자 화장실에 갇혔다.

"지하 주차장이야. 서둘러."

가와무라는 엘리베이터로 뛰어갔다. 아리마 교수가 죽었다는 소식이 전해졌는지 복도를 달려오는 의료진과 마주쳤다. 엘리베이터를 타고 지하 1층으로 내려갔다. 주차장은 반쯤 차 있었다.

갑자기 드높은 엔진 소리가 귀를 때렸다. 그쪽으로 눈을 돌리자 오토바이 한 대가 달려갔다. 운전자는 풀페이스 헬멧을 쓴 남자, 아니 여자일지도 모른다. 속도를 높인 오토바이가 주차장을 가로질러 완만한 경사로를 올라갔다.

헛수고임을 알면서도 쫓아가지 않을 수 없었다. 가와무라가 주차장을 박차고 달려간 직후에 귀를 찢을 듯한 소리가 울려 퍼졌다.

~~~~~

"무슨 일이 생긴 걸까요?"

"모르겠군요. 아무튼 서두릅시다."

류세이는 달렸다. 앞서 달려가는 가와무라와 하타케야마를 지가와 함께 쫓아갔다. 아까 5층 방에서 아리마 교수의 시체가 발견됐고, 범인으로 추정되는 자가 오토바이로 도주를 꾀했다.

짤막한 경사로를 올라 지상으로 나가자 차 한 대가 멈춰 있었다. 검은색 SUV다. 뭔가와 세게 부딪혔는지 전조등이 무참하게 박살이 났다.

운전석에서 남자가 내렸다. 나이는 30대 정도, 셔츠에 청바지라는 가벼운 차림새였다. 남자는 류세이 일행을 보고 묻지도 않았는데 변명하듯 말했다.

"저, 저 사람이 갑자기 확 뛰어나왔어. 나는 안전하게 운전했다고."

"저깁니다."

하타케야마가 뛰어갔다. 그쪽에 검은색 라이더 슈트를 입은 사람이 오토바이와 함께 쓰러져 있었다. 달려간 가와무라와 하타케야마가 말을 걸었다.

"괜찮나? 이봐, 괜찮아?"

대답은 없는 듯했다. 류세이는 그 자리에서 꼼짝도 할 수 없었다. 그런 류세이에게 SUV 운전자가 하소연했다. "정말이야. 난 정말로 안전 운전했다니까. 난 아무 잘못도 없어. 믿어 줘."

옆을 보자 지가가 스마트폰을 귀에 대고 있었다. 들어 보니 구급차를 부르는 듯했다. 가와무라와 하타케야마는 오토바이 운전자의 헬멧을 벗기려고 했다. 가와무라의 목소리가 들렸다.

"하타케야마, 천천히. 머리에 충격을 받았을 가능성도 있어."

하타케야마가 헬멧을 벗기자 긴 머리가 넘쳐 흐르듯 땅에 늘어졌다. 역시 범인은 여자였다.

"가와무라 씨, 의식이 없습니다."

"함부로 움직이면 안 돼. 구급차가 도착하기를 기다리는 수밖에."

하타케야마가 여자를 천천히 땅에 눕혔다. 드디어 여자의 얼굴을 본 류세이는 저도 모르게 목소리를 흘렸다.

"어?"

발이 멋대로 움직여서 느릿느릿 여자 곁으로 다가갔다. 가와무라가 뭐라고 말했지만 류세이의 귀에는 그 목소리가 들어오지 않았다. 류세이는 쓰러진 여자를 위에서 내려다보며 중얼거리듯 말했다.

"어, 어떻게 된 거야, 미나……."

틀림없었다. 아스팔트 위에 누워 있는 사람은 류세이의 여자친구 미나였다. 머릿속이 멍해져서 류세이는 무릎을 꿇었다. 미나는 눈을 감은 채 꼼짝도 하지 않았다. 귀에서 피가 흘러나왔다.

"다카쿠라, 대체 어떤…….."

류세이는 가와무라의 말을 무시하고 미나에게 말을 퍼부었다.

"뭐야, 미나. 왜 이런 데 있는 거야? 야, 미나. 말 좀 해 봐, 미나."

귀에서 피가 흘러나오는 걸 제외하면 외상은 없었다. 얼굴은 평소보다 한층 하얗게 느껴졌다. 최근 바빠서 이야기를 제대로 나누지 못했지만, 오늘 아침에도 함께 밥을 먹었다. 다시 일하러 나간 지 얼마 되지 않았지만 그럭저럭 잘해 나갈 수 있을 것 같다고 웃으며 말했다. 그런데 어째서…….

"다카쿠라 군, 물러나죠."

누가 어깨를 잡길래 고개를 돌리자 지가였다. 그는 침통한 표정이었지만, 뭔가 알고 있는 듯한 낌새였다. 류세이는 지가에게 물었다.

"실장님, 어떻게 된 건가요? 왜 미나가, 제 여자친구가 이런 곳에…….."

지가는 고개를 저은 후 말했다.

"미안해요, 다카쿠라 군. 자네의 여자친구 안조 미나는 복제 인간입니다."

류세이는 머릿속이 새하얘졌다. 방금 지가가 뭐라고 했지? 안조 미나는 복제 인간. 그렇게 말한 것 같았다. 잘못 들었나? 류세이는 자기가 웃고 있다는 걸 깨달았다. 왜 웃는지는 모르겠다.

"거짓말이죠? 미나가 복제 인간일 리 없어요. 그렇죠, 실장님? 거짓말하지 마세요."

미나와는 초등학교 때부터 알고 지낸 사이다. 초등학교 고학년 때 같은 반이 됐고, 함께 학급위원을 맡은 적도 있다. 그렇다, 분명 미나는 부모가 없다. 미나가 아기일 때 사고로 세상을 떠나는 바람에 미나는 보육원에서 자랐다. 그러다 고등학교를 졸업하자마자 보육원을 떠나서 자취를 시작했다.

"지가 실장님. 어떻게 된 겁니까? 이 여자는 다카쿠라와 어떤……."

지가는 가와무라의 질문에 대답하지 않고 류세이에게 말했다.

"다카쿠라 군, 진정해요. 정신 차려야 합니다."

류세이는 아스팔트에 눕혀진 미나를 내려다보았다. 검은 라이더 슈트로 몸을 감싼 미나는 마치 잠든 것만 같았다. 평소 침대에서 새근새근 잠자는 모습과 별 차이가 없어 보였다.

거짓말이다. 미나가 복제 인간일 리 없다. 더구나 미나가 아리마 교수를…….

　도로 옆에 떨어진 작은 가방이 눈에 들어왔다. 미나가 떨어뜨린 것 같았다. 류세이는 비틀비틀 일어서서 도로 옆에 떨어진 가방을 주웠다.

　가방을 열어 보았다. 하얀 간호사복이 들어 있었다. 그걸 보고 있으니 현기증이 나서 류세이는 다시 무릎을 꿇었다.

〰〰〰

　"다카쿠라의 여자친구가 복제 인간이었던 거로군요. 가와무라 씨, 알고 계셨습니까?"

　"나도 몰랐어. 놀라서 말도 안 나올 지경이야."

　하타케야마가 묻길래 가와무라는 그렇게 대답했다. 지금 차를 타고 이동하는 중이다. 아리마 교수를 습격했다고 추정되는 여자—안조 미나는 병원으로 옮겨졌다. 지가와 다카쿠라가 동행했지만, 다카쿠라는 완전히 넋이 나간 표정이었다. 무리도 아니다. 자기 여자친구가 복제 인간이자 살인범일 가능성이 부각됐으니까. 아무리 멘탈이 강하더라도 제정신을 유지하기 어려울 것이다.

　"지가 그 사람, 만만하게 보면 안 되겠군요. 그 사실을 알았기에 다카쿠라를 곁에 뒀을 겁니다."

하타케야마의 말이 옳을 것 같았다. 지가의 속내는 알 길이 없지만, 다카쿠라에게는 미리 배역이 주어졌던 게 틀림없다. 복제 인간과 사귀는 남자가 우연히 복제 인간 살해 사건에 말려들 리 없다.

"다 왔습니다."

하타케야마가 차를 세웠다. 시나가와에 있는 빌딩이다. 이 빌딩 15층에 사이버 보안 대책실이 있다. 표면상으로 사쿠라 엑스퍼트라는 민간 기업을 표방하고 있다.

사이버 보안 대책실로 들어갔다. 가토라는 SE가 맞이해 주었다. 나루미야의 별장을 찾을 때 협력해 준 사람이다. 다카쿠라가 담당했던 아사히나의 노트북 분석 작업을 넘겨받은 것도 그인 모양이다. 마음에 걸리는 정보가 있다고 지가에게 연락이 들어왔길래 가와무라와 하타케야마가 확인하러 왔다.

"앉으세요."

가토가 의자를 권한 후 바로 설명을 시작했다.

"옛날 메일을 확인했는데요, 아사히나가 동영상 공유 사이트와 접촉했다는 걸 알아냈습니다. 업계에서 1, 2위를 다투는 사이트인데요. 거기에 동영상을 올릴 예정인 모양이에요."

"동영상? 무슨 동영상인지는 모르고?"

"그것까지는 모르겠습니다. 하지만 아주 열의가 넘쳤나 봐요. 사이트의 인트로 페이지에 생방송을 올릴 수 없겠느냐고 메일로 교섭한 흔적이 남아 있어요."

가와무라도 동영상 공유 사이트에 가끔 들어간다. 그리운 옛날 뮤지션의 음악을 들을 때가 많다. 대체 아사히나는 동영상 공유 사이트에서 뭘 공개하려는 걸까.

"동영상은 오늘 저녁 7시에 공개할 예정 같습니다. 뭐, 직전에 변경될 가능성도 있지만요. 메일 내용상으로는 오늘 저녁이에요."

가토는 할 말 끝났다는 듯 몸을 돌려 자기 자리로 향했다. 가와무라는 일어서서 하타케야마와 함께 사무실 중앙의 공용 공간으로 향했다. 남이 들으면 곤란하므로 바싹 마주 앉았다.

"생각해 봤는데." 가와무라가 먼저 말을 꺼냈다. "아사히나는 복제 인간에 대해 공표하려는 것 아닐까. 수많은 시청자를 확보하기 위해 동영상 공유 사이트와 교섭한 거야."

하타케야마의 안색이 변했다. 하타케야마는 어쨌거나 돌스 소속이므로 복제 인간의 존재를 공표하면 파급력이 얼마나 클지 이해하고도 남는다.

"그런 무모한……. 안 됩니다. 그런 짓을 했다간 상상도 못 할 만큼 큰 파문이 일 거예요."

"안 될 건 없지. 이건 아사히나의 반란이니까. 그렇다면 돌스와는 정반대의 행동에 나서지 않을까?"

아리마 버전 복제 인간의 존재를 철저하게 숨긴다. 그것이 돌스의 목적이자 존재 의의다. 그런 돌스에 반기를 들었으니, 복제 인간의 존재를 세상에 널리 알리는 게 아사히나의 목적 아닐까.

"통 모르겠군요. 그런 짓을 한다고 무슨 득을 본다는 겁니까."

"나도 몰라."

아사히나가 무슨 생각을 하고 있을지 상상도 되지 않았다. 하지만 오랜 세월 길러온 형사의 감이 발동했다. 분명 이 감이 옳을 것이다. 아사히나는 아리마 버전 복제 인간의 존재를 전국에, 아니, 전 세계에 알리려는 것 아닐까. 게다가 지금 아사히나는 확실한 증거를 곁에 두고 있다. 클론 4호 나쓰카와 이쿠토다.

"하지만 왜요? 복제 인간 살해 사건의 흑막은 아사히나였죠. 아사히나는 왜 복제 인간을 죽인 걸까요? 게다가 아리마 교수까지······. 그는 아사히나의 친아버지입니다."

복제 인간을 살해한 건 미나라는 여자의 소행일 가능성이 크지만, 아직 단언할 수는 없었다. 미나가 진실을 말해 주면 좋겠지만, 현재 상태로는 어려울지도 모른다. 어쨌거나 아사히나는 모든 것을 다 알고 있겠지.

"아무튼," 가와무라는 말했다. "복제 인간의 존재를 공표하는 것만큼은 어떻게든 막아야 해. 공표되면 세상이 아주 시끄러워질 거야. 그 정도는 나도 알아."

복제 인간의 존재가 세상에 공표되면 어떤 영향을 몰고 올지 가와무라는 짐작이 되지 않았다. 지금까지 얻은 지식으로 상상해 보건대, 국제적으로 큰 비난을 받을 것이다. 그렇지만 국내는 어떨까. 아리마 버전 복제 인간을 대놓고 비난하는 사람이 있을까. 복제 인간의 존재를 내내 숨겨 온 후생노동성, 즉 정부의 은폐를 그보다 더 큰 문제로 보고 그쪽으로 비난의 화살을 돌릴 것이 분명했다. 어쨌든 아사히나의 폭주를 이대로 두고 볼 수는 없었다.

"하지만 어떻게……."

"해 보는 수밖에 없겠지. 그러라고 저들이 있는 거잖아."

가와무라는 사이버 보안 대책실을 둘러보았다. 젊은 남녀 사이버 보안 수사관 약 마흔 명이 각자 컴퓨터 앞에 앉아 있었다.

~~~~~

이쿠토는 연주를 마쳤다. 이마에 땀이 살짝 배었다. 열 손가락을 풀고 있자니 문이 열리고 아사히나가 고개를 디밀었다.

"이쿠토, 좀 어때?"

"네. 많이 좋아진 것 같아요."

어젯밤부터 CD로 '아이덴티티'를 듣고 따라서 피아노를 치는 작업을 되풀이하는 중이다. 지금까지 몇 번이나 쳤는지 모를 정도였다. 곡 자체가 10분에 달하는 대작이므로, 한 번만 쳐도 체력이 소모된다. 어젯밤도 새벽 3시까지 피아노를 치느라 세 시간 정도밖에 잠을 못 잤다. 지금이 몇 시인지 이쿠토는 모른다.

"아침부터 아무것도 안 먹었지? 좀 먹어야지, 안 그러면 쓰러질 거야. 식사를 준비했으니 같이 먹자."

이쿠토는 아사히나의 말에 따르기로 하고 일어서서 방음실을 나섰다. 거실로 가자 테이블에 카레라이스가 차려져 있었다. 배달앱으로 주문한 듯했다. 막 도착했는지 플라스틱 용기는 아직 따뜻했다.

"잘 먹겠습니다."

이쿠토는 숟가락을 들고 먹기 시작했다. 한 입 먹고 나서야 배가 고팠다는 걸 실감했다. 어느새 플라스틱 용기 하나를 싹 비웠다.

"엄청 배고팠나 보네. 이럴 줄 알고 많이 시켰지. 더 먹어."

"죄송해요. 그럼 잘 먹겠습니다."

이쿠토는 다른 플라스틱 용기를 집어 들었다. 벽시계를 보자 곧 오후 3시였다. 이쿠토는 아사히나에게 물었다.

"그런데 언제인가요? 저는 언제 피아노를 치면 되나요?"

"그 이야기 말인데." 아사히나가 숟가락을 내려놓고 대답했다. "실은 오늘 저녁이야. 시간은 오후 7시. 방음실에 카메라를 설치해서 생방송을 할 생각이야."

갑작스러운 이야기였지만 어제 여기로 와서 아사히나의 설명을 들었을 때 이쿠토는 마음을 굳혔다. 무슨 일이 있더라도 아사히나의 말에 따르기로 말이다. 유일하게 자신을 이해해 주는 아사히나에게 진심으로 도움이 되고 싶었다. 몸이 안 좋아서 쉬겠다고 회사에는 연락해 놓았다.

"음향기기와 촬영용 카메라를 설치해야겠어. 이쿠토, 한 시간쯤 눈을 붙이는 게 어떨까? 그 사이에 필요한 기기를 설치할게. 그리고 또 연습하다가 실전에 들어가면 돼."

"알겠습니다. 그렇게 할게요."

무슨 목적을 위해 자신의 연주를 생방송으로 내보내려는 건지는 모르겠다. 하지만 이쿠토는 그래도 상관없었다. 일종의 사명감과도 비슷한 기분이 들었다. 시력을 잃은 나루미야 이오리는 예전처럼 피아노를 치기 힘들 것이다. 이쿠토는 그의 몫까지 피아노를 치는 것이 자신에게 부여된 사명이라고 생각했다.

"좀 궁금해서 그러는데요." 이쿠토는 아사히나에게 물었다. "복제 인간은 총 일곱 명이잖아요. 저 말고 다른 복제 인간은 어떻게 살고 있나요?"

"저마다 다르지만 평범한 회사원으로 살아가는 복제 인간이 많지. 이쿠토도 아는 이시카와 다케시도 그래. 그는 자동차 부품 제조공장에 다녀. 어제도 말했듯이 돌스는 복제 인간을 항상 감시하면서 잠재된 능력이 꽃피지 않도록 세심하게 통제하거든."

돌스는 막대한 비용과 노력을 들여서 복제 인간을 감시해 왔겠지. 이쿠토는 감시당한다고 생각해 본 적도 없거니와 그런 낌새조차 느끼지 못했다. 그냥 둔해서 그랬을 뿐일지도 모르지만.

"그럼 저 말고 다른 복제 인간은 자신의 잠재력을 깨우지 못한 거죠?"

"슬프게도 그렇지."

어려운 이야기는 설명해 줘도 모르지만, 이쿠토는 나루미야 이오리가 존재한다는 걸 알고 본인을 직접 만날 수 있어서 행복했다. 이제는 피아노 없는 인생이 상상도 안 될 만큼 피아노가 인생의 일부로 자리 잡았다.

"그런 점에서 볼 때 이쿠토는 특별한 복제 인간이야. 오리지널과 같은 능력을 꽃피운 유일한 복제 인간이니까. 현재 시점에서 각성한 복제 인간은 너뿐이야. 그야말로 기적이지."

각성. 이쿠토는 피아노를 만난 후로 변한 자신에게 그 말이 참 어울린다고 생각했다.

"빨리 먹고 푹 쉬도록 해."

아사히나의 말에 이쿠토는 고개를 들고 숟가락으로 카레라이스를 떠먹었다.

~~~~

류세이는 시나가와에 있는 종합병원 로비에서 머리를 끌어안고 있었다. 구급차가 도착했을 때 미나는 의식불명 상태였다. 지금도 의료진이 열심히 치료하고 있다.

발소리가 들려서 고개를 들자 지가가 이쪽으로 걸어왔다. 지가는 류세이 옆에 앉아서 말했다.

"심폐 정지 상태에서 기적적으로 회복됐지만, 당분간 예단은 금물이라는군요."

"그런가요……."

류세이는 큰 혼란에 빠졌다. 미나가 복제 인간이자 살인자일지도 모른다니. 그 두 가지 사실에 류세이는 충격을 감출 수 없었다.

"정말로……정말로 미나가 복제 인간 살해범인가요?"

류세이의 질문에 지가가 대답했다.

"그건 모르겠어요. 다만 압수된 가방에 간호사복과 함께 주사기가 들어 있었습니다. 아리마 교수를 살해하는 데 사용된 것으로 추정돼요. 그리고 미나 씨는 복제 인간이므로 항상 감시받고 있었습니다. 미나 씨를 담당한 감시원과 이야기해 보니, 미나 씨는 가끔 피부 관리를 받으러 갔다더군요. 피부 관리실에서 한두 시간을 보낼 때도 많았다고 해요. 감시원은 뒷문으로 빠져나가서 자유롭게 행동한 것 아니겠느냐고 했습니다."

"감시했다면 저희 집에도 도청기를 설치한 건가요?"

지가는 대답하지 않았다. 설치했다는 뜻이리라. 정말이지 파렴치한 작자들이다. 복제 인간을 감시하는 게 임무라지만, 남의 사생활을 24시간 내내 엿보다니 대체 무슨 정신머리일까.

"저를 영입한 것도 우연이 아니군요."

돌이켜보면 미나와 교제를 시작한 직후에 지가가 접근했다. 결코 우연일 수 없는 타이밍이었다. 감시 중인 복제 인간과 사귀는 민간인을 내버려 둘 수 없어서 차라리 경찰관으로 채용하는 편이 낫겠다고 판단한 것 아닐까.

"맞아요." 지가는 부정하지 않았다. "하지만 SE로서 다카쿠라 군의 능력을 높이 평가한 것도 사실입니다. 다카쿠라 군은 이제 저희에게 꼭 필요한 사이버 범죄 수사관이에요."

"빈말은 됐습니다."

"미나 씨는 중환자실에 있습니다. 멀리서나마 얼굴을 볼 수 있는데, 어떻게 할래요?"

류세이는 한순간 망설였지만 고개를 끄덕였다.

"네. 부탁드립니다."

류세이는 지가를 따라 복도를 안쪽으로 나아갔다. 병동으로 들어가자 의료진이 바쁘게 오가고 있었다. 더 안쪽으로 나아가자 중환자실이 나왔다. 통유리 너머로 침대에 누운 미나가 보였다. 산소호흡기를 끼고 있었다.

부디 살아나길 바랐다. 하지만 미나는 살인을 저질렀을지도 모른다. 류세이는 그 사실을 어떻게 받아들여야 할지 몰랐다.

언젠가 결혼할 생각이었다. 미나가 유산해서 관계가 조금 삐걱거렸지만, 원래대로 돌아가고 있다고 느꼈다. 무엇보다 미나는 초등학생 때부터 알던 사이다. 함께 있기만 해도 마음이 편해지는 여자를 미나 말고는 모른다.

류세이는 중환자실에서 나왔다. 벤치가 있길래 앉았다. 온몸에서 힘이 다 빠져나간 기분이었다.

"아까 수사 1과 가와무라 경위한테 연락이 왔습니다." 옆에 앉은 지가가 말했다. "아사히나 군은 아리마 버전 복제 인간의 존재를 공표할 작정인 것 같아요. 오늘 저녁 7시에 동영상 공유 사이트에서 공개할 계획을 세웠다고 하는군요. 그 계획을 저지하기 위해 가와무라 경위와 사이버 보안 대책실 동료들이 애쓰고 있습니다."

아리마 버전 복제 인간의 존재를 공표한다. 그런 짓에 과연 무슨 의미가 있는 걸까. 세상이 혼란스러워질 뿐이지 않은가.

류세이의 의문을 느낀 듯 지가가 말을 이었다.

"아사히나 군의 의도는 모르겠습니다. 그런 일에 왜 집착하는지 현재로서는 불분명해요. 하지만 아사히나 군은 결코 용납할 수 없는 잘못을 저질렀습니다. 복제 인간을 이용해 아리마 교수를 죽인 범죄자를 가만히 놔둘 수는 없어요."

미나는 이용당했다. 아사히나에게 이용당하고 버려졌다. 지가의 말대로다. 그 남자만큼은 절대로 용서할 수 없다.

"대책실에서 공표 계획을 저지하기 위해 애쓰고 있지만, 가령 저지하더라도 아사히나 군은 다음 수단을 쓰겠죠. 한시라도 빨리 아사히나 군의 은신처를 알아내야 해요. 다카쿠라 군, 아사히나 군의 은신처를 알아낼 수 없겠어요?"

아사히나가 어디 있는지 알아내기는 그야말로 하늘의 별

따기다. 그래도 류세이는 정신을 집중했다. 아사히나는 어디에 숨어 있을까.

호텔 방을 잡았거나, 자택 외에 다른 맨션을 빌렸을 가능성도 크다. 어쨌거나 가명을 사용했을 것이다. 아사히나는 용의주도한 성격일 테니까.

마음에 걸리는 점이 하나 있었다. 아사히나는 지금 클론 4호인 나쓰카와 이쿠토와 함께 행동 중일 가능성이 크다. 나루미야 이오리라는 피아니스트의 복제 인간이다. 그는 아주 평범한 청년 같은 인상이었지만, 어쩐지 불균형하달까 위태로움이 느껴지는 인상이기도 했다.

류세이는 스마트폰을 꺼냈다. 저장된 사진 중 하나를 화면에 띄웠다. 나카노에 있는 음악 스튜디오에 갔을 때 찍은 사진이다.

그랜드피아노 한 대가 찍혀 있다. 제조사는 시즈오카현 하마마쓰시에 본사를 둔 대형 악기 제조사 '야마노'로, 야마노는 어린이 음악 교실을 여는 것으로도 유명하다. 나카노의 음악 스튜디오에서 본 피아노는 구매한 지 한 달도 안 된 신품 같아 보였다. 사진을 찍은 건 호기심 때문이다. 이런 피아노는 가격이 얼마일까 궁금해서 품번이 나오도록 촬영했다.

사진에서 품번을 찾았다. 인터넷에 검색하자 정가는 200만 엔에 가까웠다. 제조사에 문의해서 피아노 구매자를 알아내면 된다. 잘하면 아사히나의 흔적을 발견할 수 있을지도 모른다.

다만 시간과의 싸움이다. 인원이 필요하다. 류세이는 스마트폰을 들고 일어섰다.

"실장님, 돌아가죠."

오후 5시가 넘었다. 아사히나가 동영상을 공개하는 오후 7시까지 두 시간도 안 남았다. 그때까지 뭔가 방법을 강구해야 한다. 지금 미나는 중환자실에서 필사적으로 싸우고 있다. 그렇다면 나도 싸워야 한다고 류세이는 결심했다.

~~~~~

가와무라는 초조했다. 행동에 나서면 마음이 편하겠지만, 지금은 기다리는 수밖에 없었다. 가토가 중심이 되어 동영상 공유 사이트의 책임자와 메일이나 전화로 접촉하고 있었다. 지금 가토는 담당자와 통화 중이다.

"그렇군요. 그것밖에 없을지도 모르겠어요. 문제는 가상 환경으로 전환하는 타이밍인데요. ……아니, 딱히 이의는 없습니다."

그들이 무슨 이야기를 하는 건지 가와무라는 전혀 짐작이 가지 않았다. 초조함을 감추지 못하고 다리를 달달 떨고 있는데 다카쿠라가 사무실로 들어왔다. 지가 실장도 함께였다. 다카쿠라는 약간 감정적인 목소리로 말했다.

"가와무라 씨, 나카노의 음악 스튜디오에 피아노가 있었잖아요. 그 피아노의 품번을 알아냈어요. 아사히나가 그걸 샀을 겁니다. 거기서 뭔가 알아낼 수 있지 않을까 싶은데요."

다카쿠라가 피아노 품번을 화이트보드에 적었다. 야마노라는 악기 제조사의 피아노였다. 가와무라는 크게 소리쳤다.

"여력이 있는 사람은 좀 도와줘. 악기상과 인터넷 쇼핑몰을 중심으로 이 피아노를 구입한 사람이 없는지 조사해 봐. 두 달 이내에 구매했을 걸로 추정돼."

대답하는 소리가 들린 건 아니지만 가와무라의 목소리에 반응해 작업에 나서는 SE가 몇 명 있었다. 안면을 튼 지 얼마 안 됐지만 가와무라는 SE라는 직종에 대한 인식이 많이 바뀌었다. 예의와 대인관계라는 측면에서 볼 때 다소 미숙한 건 부정할 수 없는 사실이지만, 뭔가 조사할 때만큼은 꼼꼼하게 임하고 확실하게 결과를 내는 사람이 많다는 인상을 받았다. 그건 수사관에게 빼놓을 수 없는 자질이었다.

"가와무라 경위." 이름을 부르는 소리에 돌아보자 지가가 서 있었다. 지가가 가와무라에게 귓속말했다. "안조 미나 말인데요, 일단 목숨은 건졌습니다. 아직 예단은 금물이지만 의사 말에 따르면 고비는 넘긴 듯해요."

"다행이군요."

가와무라는 가슴을 쓸어내렸다. 안조 미나는 분명 아사히나에게 조종당했으리라. 가와무라는 다카쿠라를 보았다. 스마트폰에 대고 뭔가 말하고 있다. 여자친구가 위험한 상태인데도 이렇게 사건을 수사하는 모습은 그야말로 형사 그 자체였다. 미덥지 못해 보였던 지난주와는 표정부터 다르다. 어쩐지 가슴이 찡해서 가와무라는 무심코 웃음을 지었다.

다카쿠라가 스마트폰을 들고 돌아보았다.

"제조사에 문의해 보니 그 피아노는 인터넷 쇼핑몰을 통해 판매된 것 같답니다."

다카쿠라의 말이 끝나기가 무섭게 여자 SE가 목소리를 높였다.

"나도 알아냈어. 인터넷 쇼핑몰에서 구매자 정보를 확보. 이름은 스즈키 다로. 신주쿠구 니시신주쿠 1-1-1. 이름이고 주소고 다 가짜 같네. 배송지는 나카노야."

틀렸나. 가와무라는 낙담했다. 역시 구매자 정보로 아사히나의 은신처를 찾아내기는 어려우려나. 그때 다카쿠라가 다시 말했다.

"제조사에 따르면 스즈키라는 그 구매자가 같은 피아노를 한 대 더 구입한 모양이에요."

여자 SE가 반응했다.

"그래? 이쪽에는 그런 정보가 없는데."

"다른 쇼핑몰을 이용한 것 아닐까요?"

"아하. 그럴 수도 있겠구나."

가와무라는 시계를 보았다. 오후 5시 40분이었다. 과연 늦지 않게 찾아낼 수 있을까. 아리마 버전 복제 인간의 존재가 세상에 공개되는 걸 어떻게든 막고 싶었다. 다리를 더 심하게 떨기 시작했다는 걸 가와무라는 몰랐다.

~~~~~

"이쿠토. 계획한 대로 부탁해. 빨간 불이 켜지면 연주를 시작하는 거야."

"알겠습니다."

이쿠토는 거실 소파에 앉아 있었다. 오후 7시까지 5분 남았다. 7시 정각이 아니라 조금 늦게 연주를 시작할 모양이다. 이쿠토는 들고 있던 생수로 입술을 적셨다.

거실에는 이쿠토와 아사히나 외에 남자가 두 명 더 있었다. 검은 양복을 입은 두 남자는 이쿠토와 동갑 또는 조금 연상으로 보였다. 아사히나의 부하인 듯, 가끔 아사히나의 지시에 따라 이리저리 움직였다. 방음실에 기기를 설치한 것도 이 두 사람이었다.

"슬슬 준비할까."

아사히나가 그렇게 말했을 때였다. 초인종이 울렸다. 부하 두 명이 일어나서 벽의 모니터로 방범 카메라 영상을 확인했다. 한 명이 당황한 목소리로 말했다.

"아사히나 씨, 놈들입니다. 놈들이 왔어요."

"대단하군. 용케 여기를 알아냈어." 아사히나의 말투는 차분했다. "하지만 시간 다 됐어. 이제부터는 자동으로 진행될 거야. 너희는 1층으로 내려가서 그들의 침입을 막아. 이쿠토, 얼른 준비해."

"아, 알겠습니다."

부하 두 명이 부리나케 현관으로 향했다. 이쿠토도 일어나서 복도 안쪽 방음실로 갔다. 아사히나도 따라왔다. 이쿠토는 문 앞에서 아사히나와 악수를 나누었다.

"부탁한다, 이쿠토."

"최선을 다할게요."

방음실로 들어갔다. 피아노는 제자리에 있었지만, 카메라가 연주자를 비스듬히 위에서 찍는 형태로 설치됐다. 스튜디오용 마이크도 있다. 테스트는 전부 마쳤다. 이제 연주만 하면 된다.

벽 앞에 있는 모니터를 보았다. 7시까지 1분 남았다. 모니터 옆에 놓인 빨간 램프에 불이 들어오면 연주를 시작한다.

오후 7시 정각이 되자 어두웠던 모니터에 영상이 비쳤다.

사람들로 붐비는 신주쿠역이 제일 먼저 등장했다. 인파 속에서 한 남자가 클로즈업됐다. 이쿠토였다. 남자 목소리로 내레이션이 시작됐다. 지금 이 영상이 인터넷을 통해 전 세계에 방송되고 있다고 생각하자 이쿠토는 살짝 들떴다.

〈나쓰카와 이쿠토, 28세. 그는 아주 평범한 회사원이다. 만원 전철에 부대끼며 출근하고 가끔 선배 사원과 술을 마시기도 한다〉

영상이 바뀌었다. 이쿠토가 술집에서 술을 마시는 모습이 나왔다. 대체 어느 틈에 찍은 건지 모르겠다. 함께 마시는 사람은 선배 고이케겠지만, 얼굴은 나오지 않도록 편집됐다.

〈하지만 그는 모른다. 자신의 진정한 힘을. 자신에게 감추어진 능력을. 그는 자신의 진정한 모습을 모른다〉

영상이 또 바뀌었다. 이번에는 병원 내부다. 특정한 뭔가에 초점을 둔 게 아니라, 의료 종사자와 환자 등이 두서없이 나왔다.

〈28년 전, 한 천재 분자생물학자가 있었다. 그는 극비로 복제 인간 일곱 명을 만들었지만, 정부가 연구 성과를 철저히 묻어 버렸다. 복제 인간의 존재는 오랜 세월 동안 숨겨져 왔다〉

다음 영상은 피아노 콘서트였다. 피아노 연주자는 말할

것도 없이 젊은 시절의 나루미야 이오리였다.

〈나루미야 이오리라는 피아니스트를 아는가. 그는 1990년대를 대표하는 피아니스트이자 작곡가이기도 했다. 천재 분자생물학자는 복제 인간을 만들기 위해 일본을 대표하는 우수한 유전자를 수집했다. 나루미야 이오리도 선택받은 일곱 명 중 한 명이었다〉

마지막 영상은 다시 이쿠토였다. 전철 플랫폼에 서 있는 이쿠토의 모습이 비쳤다. 이쿠토의 얼굴이 클로즈업되다가 화면이 반으로 나뉘었다. 이쿠토와 나루미야 이오리. 꼭 닮은 두 얼굴이 잠시 후 한가운데서 합쳐졌다.

〈정부가 통제해 온 그 능력이 오늘밤 해방된다. 천재 피아니스트의 복제 인간 나쓰카와 이쿠토가 연주할 곡은 '아이덴티티'. 나루미야 이오리의 대표작이자 일본 영화 음악의 걸작 중 하나로 칭송받는 명곡이다〉

이제 얼마 안 남았다. 이쿠토는 심호흡을 했다. '아이덴티티'는 이미 눈을 감고도 칠 정도다. 머릿속에 완벽하게 입력했다.

〈복제 인간이 연주하는 음악은 원곡에 얼마나 다가갈 수 있을까. 각성한 복제 인간의 연주를 즐겨 주시기 바랍니다〉

시야 가장자리에서 빨간 램프가 빛났다. 피아노를 치게. 계속 쳐. 나루미야 이오리의 말이 들린 것 같았다. 다음 순간

이쿠토는 주변의 소리가 완전히 차단된 자신만의 세계로 스
윽 빨려들었다.

~~~~~

가와무라는 터치 패널로 집 호수를 입력했다. 하지만 아
무리 기다려도 대답은 없었다.

아사히나의 은신처로 지목된 곳은 하루미에 있는 고층 맨
션이었다. 두 번째 피아노의 구매자는 비교적 간단히 찾아
냈지만 거기서부터 난항을 겪었다. 실제로 피아노를 배달
한 업자를 알아냈지만 통 연락이 되지 않았다. 간신히 담당
자와 연락이 닿아서 배송지가 하루미의 고층 맨션임을 파
악했다.

"관리인에게 연락했습니다. 바로 오겠답니다."

가와무라는 하타케야마의 말에 고개를 끄덕이고 스마트
폰을 들여다보았다. 오후 7시가 얼마 안 남았다. 다카쿠라
도 함께였다. 다른 동에 있던 관리인이 나타났을 때 오후 7
시가 됐다.

"가와무라 씨, 보세요."

다카쿠라가 태블릿PC를 내밀었다. 클론 4호 나쓰카와 이
쿠토가 영상에 등장했다. 내레이션도 흘러서 마치 프로가

제작한 다큐멘터리 같았다. 오늘을 위해 아사히나가 특별히 준비한 모양이다.

드디어 자동문이 열려서 맨션으로 들어가자 남자 두 명이 기다리고 있었다. 두 사람은 아무 말도 없이 가와무라 일행 앞에 버티고 섰다. 분명 아사히나의 부하일 것이다. 무시하고 지나가려 하자 남자 한 명이 가와무라의 어깨를 잡았다.

"비켜. 우리는 경찰이야."

"그럼 영장을 보여 주시죠."

"개소리 집어치워."

가와무라가 서둘러 지나가려 하자 두 남자는 기죽지 않고 가와무라 앞을 막아섰다. 하타케야마가 그 사이로 끼어들어 두 남자에게 몸을 던졌다. 가와무라는 그 틈을 놓치지 않고 달렸다. 엘리베이터에 올라타 18층을 눌렀다. 닫히는 문 틈새로 다카쿠라가 뛰어들었다.

"다카쿠라, 괜찮아?"

"네."

엘리베이터가 18층에 도착했다. 운송업자는 피아노를 1808호에 배달했다고 들었다. 그 집으로 가서 초인종을 눌렀다. 스피커에서 목소리가 들렸다.

"열려 있습니다. 들어오세요."

아사히나의 목소리였다. 이렇게 쉽게 들여보내 줄지는 몰랐기에 경계하며 문을 열었다. 현관은 살풍경했다. 신발을 벗고 안으로 들어가자 짧은 복도는 거실로 이어졌다. 천장이 높다. 테이블 곁의 소파 중 하나에 아사히나가 앉아 있었다.

"예상보다 빨랐네요. 앉으시죠."

아사히나는 여유로운 표정이었다. 인터넷이 연결됐는지 벽 앞의 액정TV에 동영상 공유 사이트의 생방송 영상이 나왔다. 나쓰카와 이쿠토가 피아노를 연주하고 있었다. 나루미야 이오리의 곡인지, 어디선가 들어본 적 있는 멜로디였다. 가와무라는 아사히나에게 말했다.

"아사히나, 네가 무슨 짓을 했는지 알아? 이런 짓을 하고도 그냥 넘어갈 것 같아? 복제 인간에 대해 공표하는 게 네 진짜 목적이겠지. 하지만 아무도 안 믿을걸."

"믿어 주는 사람이 없어도 괜찮습니다. 이게 첫걸음이에요. 누군가는 내디뎌야 했어요. 복제 인간의 실용화를 위해서라도."

"복제 인간의 실용화라고? 헛소리도 적당히 해. 복제 인간을 만드는 게 용납될 것 같나?"

복제 인간의 실용화를 위해 아사히나는 일련의 행동에 나섰단 말인가. 애당초 돌스는 아리마 버전 복제 인간을 은닉하기 위해 설립된 조직이다. 아사히나가 클론 실용화를 진심으로 주장한다면 돌스의 원칙과는 완전히 모순된다.

"넌 네 건의 살인교사 혐의를 받고 있어. 피해자는 복제 인간 세 명과 아리마 교수야. 네게 조종당한 안조 미나는 도주하다가 사고를 당해 병원으로 옮겨졌지. 그것도 일부는 네책임이야. 발뺌할 생각은 하지도 마."

"오해입니다. 정확하게는 세 건의 살인 혐의예요. 복제 인간 세 명을 살해한 건 저니까요."

"저, 정말이야?"

가와무라는 엉겁결에 물었다. 복제 인간 세 명도 안조 미나가 살해한 줄 알았다. 사이버 보안 대책실의 SE들이 여자가 범인일 가능성도 있다고 지적했는데, 체격이 가냘픈 아사히나를 여자로 착각한 건가. 하지만 이렇게 순순히 자신의 범행을 자백하다니, 아사히나의 속뜻을 파악할 수가 없었다.

"제가 그랬습니다." 아사히나는 태연한 어조로 말했다. "하지만 아리마 교수는 안조 미나가 멋대로 죽였습니다. 저와는일절 관계없는 일이에요. 그리고 복제 인간 세 명을 죽인 혐의로는 저를 입건할 수 없겠죠. 만약 체포된다면 모조리 다말할 겁니다. 법정에서 복제 인간의 존재를 밝히는 것도 좋은 방법일 것 같군요. 아리마 교수도 마찬가지예요. 후생노동성, 아니 정부는 그의 존재를 결코 드러내려 하지 않을 테니까요."

"이, 이 자식이······."

가와무라는 말을 잇지 못했다. 확실히 정부는 복제 인간의 존재를 앞으로도 계속 감출 것이다. 말하자면 아사히나 본인이 폭탄이었다. 비밀을 지키기 위해서라면 정부는 아사히나의 죄까지 묵인할지도 모른다. 하지만 그래서야 되겠는가.

"이쿠토의 연주가 끝날 때까지 토론이나 할까요?" 아사히나가 꺼림칙한 제안을 했다. "복제 인간은 옳은가 그른가를 토론하죠. 저는 찬성파니까, 가와무라 씨는 반대파를 맡아 주시기 바랍니다."

"거절하겠어. 지금은······."

내내 잠자코 있던 다카쿠라가 앞으로 나서서 아사히나에게 말했다.

"저라도 괜찮다면 해 보죠."

"오. 가와무라 씨보다 버거울 것 같네요."

다카쿠라는 진지한 눈빛이었다. 여자친구가 이번 일에 말려들어 사고를 당했으니 극심한 분노를 마음속에 감추고 있을 것이다.

다카쿠라가 먼저 시작했다.

"복제 인간은 인정할 수 없습니다. 왜냐하면 법률로 금지됐으니까요. 2000년에 공포된 〈인간 관련 복제 기술 등의 규제에 관한 법률〉에 의해 복제 인간 제작은 금지돼 있습니다."

~~~~~

류세이의 말에 아사히나가 고개를 끄덕였다.

"법률이라. 과연 경찰관이군. 하지만 다카쿠라, 그래서는 토론이 안 되잖아. 네가 왜 복제 인간에 반대하는지 이유를 알려 줘."

"윤리적으로 옳지 않은 일이니까요. DNA가 동일한 복제품을 만들다니, 인간의 존엄성에 반하는 짓입니다."

"왜지? 왜 복제 인간이 윤리적으로 옳지 않다는 거야? 애당초 인간의 존엄성은 뭘까. 구체적으로 말해 봐."

"그건……."

류세이는 말문이 막혔다. 복제 인간에 반대하는 의견은 대부분 윤리에 토대를 둔다. '인간'과 '생명'의 본질이라는 커다란 문제에 관련된 이 주제는 종교와 철학의 범주에 속하기도 한다. 류세이가 할 말을 찾고 있자니 아사히나가 화제를 바꾸었다.

"복제 인간 반대파의 주장은 크게 나눠서 두 가지야. 첫 번째는 다카쿠라처럼 윤리에 반하니까 안 된다, 두 번째는 안전하지 못하니까 안 된다는 거지. 복제 기술은 성공률이 낮다고 해."

1980년대에 미국에서 복제 소를 만들기 위해 갖은 노력을 기울였지만, 실패가 거듭됐다. 실패의 주된 원인은 내장이나 외형이 비정상적으로 발달한 채 태어나는 '거대 태아 증후군'이었다.

"하지만 아리마 버전 복제 인간을 봐. 일곱 명이나 되는 복제 인간이 순조롭게 자랐어. 뭐, 불의의 사고로 세 명을 잃었지만, 지금도 네 명은 살아 있지. 이건 아주 드문 사례야. 복제 동물은 수명이 짧다는 정설도 아리마 버전 복제 인간에는 통용되지 않아."

복제 동물은 수명이 짧다는 설은 지금도 뿌리 깊게 남아 있다. 복제 양 돌리는 2003년에 여섯 살의 나이로 사망했다. 사인은 진행성 폐 질환과 변형성 관절증 등 조기 노화에서 비롯된 것으로 보이는 증상이었다. 그 때문에 복제 동물은 수명이 짧다는 설이 나왔지만, 아리마 버전 복제 인간은 그 문제도 해결했다.

"그럼 말씀해 보시죠. 아사히나 씨는 왜 복제 인간에 찬성하십니까?"

"말해 뭐 해. 기술은 사용하지 않으면 의미가 없어. 예를 들면 불도 그렇지. 인간은 불을 사용하면서부터 극적으로 진화했다고 하잖아. 탄생한 기술은 사용해야 의미가 있는 법이야."

"어디에 이용하려고요? 장기 이식?"

복제 기술이 장래에 장기 공급원으로서 중요한 역할을 수행할 것이라는 의견이 있다. 예를 들어 장기 이식을 기다리는 환자가 있다고 치자. 하지만 기증자를 찾기는 쉽지 않다. 그럴 때 자신을 한 명 더 만들어서 장기를 적출해 이식하는 것이다. 쌍둥이끼리 장기를 이식하는 것이나 마찬가지이므로 이론상 거부 반응은 일어나지 않는다.

"다카쿠라, 공부 많이 한 모양이네. 하지만 내 목적은 장기 이식도 배아 연구도 아니야. 복제 인간은 오리지널에 가까워져야 비로소 의미가 생겨. 그런 점에서 볼 때 아리마 버전 복제 인간은 실패작이었어. 넘치는 재능을 꽃피우지 못하고 허송세월했지. 살 가치가 없잖아."

클론 1호부터 3호 이야기인가. 살아 있어도 무의미한 복제 인간을 처리했다는 건가.

"잠깐만요. 그래서 복제 인간 세 명을 죽였다는 겁니까?"

"그래. 불필요한 복제 인간은 살 가치가 없어. 그야말로 세금 낭비지. 국민이 알면 혼쭐이 날 거야. 그딴 걸 감시하느라 억 단위의 예산을 퍼붓고 있으니까."

아사히나는 웃음을 지으며 말했다. 가와무라의 모습이 시야 구석에 비쳤다. 이를 악물고 아사히나의 말에 귀를 기울이는 것 같았다.

"그런 거야, 다카쿠라. 복제 인간은 사본이야. 최대한 원본에 가까워야 존재 가치가 생기는 거라고."

"그건 이상론입니다. 환경인자 때문에 오리지널과 완전히 똑같이 자랄 수는 없다고요."

"100퍼센트 똑같지는 않아도 돼. 100퍼센트에 접근하는데 의미가 있지."

류세이는 아사히나의 목적을 이해할 수 없었다. 아사히나는 복제 인간을 실용화해서 대체 뭘 하고 싶은 걸까.

"그런데 다카쿠라." 아사히나가 갑자기 화제를 바꾸었다. "경찰관이니 알려나. 일본에서 매년 몇 명이 살인 사건으로 사망하는지."

"모릅니다." 류세이는 솔직히 대답했다.

"가와무라 씨는 아세요?"

질문이 날아들자 가와무라는 언짢아 보이는 표정으로 대답했다.

"해마다 들쭉날쭉하지만 대략 삼백 명에서 오백 명 정도일걸."

"대답해 주셔서 감사합니다." 아사히나가 보란 듯이 고개를 숙이고 나서 말을 이었다. "어젯밤 뉴스에서 딱한 소식이 보도됐죠. 사흘쯤 전에 규슈 지방에서 세 살 먹은 여자아이가 살해당해 선로 옆에 유기당했어요. 근처에 사는 무직 남자가 어젯밤에 체포됐고요."

류세이는 그런 사건이 발생한 줄 몰랐다. 가와무라도 아무 말 없이 아사히나의 말에 귀를 기울였다.

"이런 유의 사건은 끊이지 않습니다. 남겨진 가족을 생각하면 가슴이 아파요. 어젯밤 뉴스에서도 인터뷰에 응한 피해자의 어머니가 눈물을 흘리며 말하더군요. 죽은 딸이 다음 달로 다가온 생일을 얼마나 기다렸는지 모른다고요."

"이봐, 아사히나." 가와무라가 짜증 섞인 말투로 끼어들었다. "무슨 말을 하고 싶은 거야? 복제 인간과는 아무 상관도 없잖아."

"예를 들어 사흘 전에 세상을 떠난 여자아이가 복제 인간으로 되살아난다면 어떨까요? 부모님도 아주 기뻐하겠죠. 아이 어머니도 딸의 복제 인간을 낳기 위해서라면 한 번 더 출산을 결심할지도 모릅니다. 아니, 오히려 기뻐하며 출산하지 않을까요? 죽은 아이의 복제 인간을."

"아사히나, 너……."

"그렇습니다. 복제 인간은 사본에 지나지 않죠. 이른바 대용품으로 사용하는 게 제일이에요. 가슴 아픈 사건이나 불행한 사고로 잃어버린 전도유망한 목숨을 복제 인간이라는 형태로 부활시키는 것. 그야말로 우리나라가 어느 나라보다도 앞서서 행해야 할 일입니다."

요컨대 특수한 사건이나 사고로 사망했을 경우, 희생자를 복제 인간으로 부활시키자는 것이다. 아사히나의 진지한 눈을 보건대 진심이 분명했다.

"문제는 여론입니다. 하지만 일본인은 눈물을 자아내는 신파극에 약해요. 가능하면 어린아이가 연속으로 살해되는 사건이 발생하는 게 좋겠죠. 슬픔에 빠진 부모의 모습을 보면 피해자 유족이 복제 인간을 낳으려고 결심한들 아무도 말릴 수 없을 겁니다."

"지, 진심이야?"

가와무라의 말에 아사히나는 고개를 끄덕였다.

"네. 이웃 나라 한국의 연구소에서는 죽은 반려견을 복제하는 사업을 진행하고 있습니다. 돌리를 만들어 낸 방식으로요. 비용은 한 마리당 엔으로 환산해 약 천만 엔. 세계적인 부호 등이 이용하는 모양이더군요. 복제 기술로 되살아난 반려견을 자기 SNS에 공개하는 부호도 있을 정도입니다."

"개와 인간은 다릅니다."

류세이가 반론을 시도했지만 아사히나는 바로 받아쳤다.

"포유류라는 점에서는 다를 바 없어. 역사를 돌이켜 보면

명백하지. 1952년에 동결된 정자를 사용한 새끼 소가 탄생한 지 10년도 지나지 않아서 동결 정자 기술은 인간의 인공수정에 중심적인 기술로 자리 잡았어. 1973년에는 동결 배아를 사용한 새끼 소가 탄생했지. 현재 동결 배아 이식을 이용한 인공수정은 불임으로 힘들어하는 부부에게 중요한 보조 수단으로 활용돼. 알겠나, 다카쿠라. 인간은 스스로 만들어 낸 과학기술을 스스로 시험해 봐야 직성이 풀리는 생물이야."

류세이는 아무 말도 나오지 않았다. 만들어 낸 기술을 사용하지 않고는 못 배기는 것이 인간의 천성. 그렇다면 인류가 복제 기술을 인류에게도 응용하는 것은 정말로 시간문제일지도 모른다.

내내 들려오던 피아노 소리가 멎었다. 아무래도 연주가 끝난 모양이다. 아사히나는 만족스럽게 고개를 끄덕이고 테이블 위의 내선 전화로 말했다.

"이쿠토, 훌륭한 연주였어. 지금 손님이 와 계시니까 적당히 아무 곡이나 쳐 주지 않겠어?"

아사히나가 수화기를 내려놓자 모니터 속에서 나쓰카와 이쿠토가 다시 피아노를 쳤다. 이번에는 다른 곡이었다. 아사히나는 모니터에서 눈을 돌리고 말했다.

"가와무라 씨, 당신이라면 제 프로젝트를 이해해 주실 것 같은데요."

"뭐라고?"

"이치노 모에였던가요? 당신 때문에 1년 전에 세상을 떠난 여자아이요. 피해자의 어머니는 복제 인간을 만드는 데 동의하시지 않을까요? 가와무라 씨, 당신은 그때 어떻게 하겠습니까?"

~~~~~

한순간 피가 거꾸로 솟았지만 가와무라는 겨우 화를 억눌렀다. 냉정해져라. 이런 놈의 도발에 넘어가지 마. 마음을 다잡은 후 가와무라는 입을 열었다.

"허튼소리 하지 마. 복제 인간을 그렇게 쉽게 만들 수 있겠나."

"믿기지 않겠지만 가능합니다. 얼마든지 가능해요."

"애당초 전제가 틀렸어. 나는 잘 모르지만 살아 있는 세포가 필요한 것 아닌가? 그러니 죽은 사람을 되살리기는 불가능해."

"심장이 멈춘 후에 인간의 세포는 서서히 죽음에 이릅니다. 심정지 상태라고 모든 세포가 단번에 죽는 건 아니에요. 이치노 모에의 체세포 일부가 병원에서 적출돼 지금도 냉동 보존된 상태라면 어떨까요? 아리마 버전 복제 인간 기술을 응용하면 이치노 모에를 복제 인간으로 되살릴 수 있습니다. 가와무라 씨, 누가 손해를 본다고 그러세요? 손해 보는 사람은 아무도 없습니다. 오히려 이점밖에 없잖습니까."

가와무라는 이치노 미카를 떠올렸다. 미카가 이 이야기를 들으면 어떻게 느낄까. 상상하기가 무서웠다. 미카는 죽은 딸을 다시 낳기로 결심하지 않을까 하는 생각을 지울 수 없었다.

"가와무라 씨, 당신이 처음으로 돌스에 접근했을 때, 저희는 바로 당신의 신원을 조사해서 1년 전에 죽은 여자아이에 대해 알아냈습니다. 당신이 여태 그 사건을 떨쳐 내지 못했다는 것도요. 당신이라면 복제 인간 실용화에 찬성해 줄 줄 알았는데 아무래도 예상이 빗나간 모양이군요."

"이 새끼가……. 한마디만 더 하면……."

아사히나는 가와무라를 무시하고 냉정한 표정으로 말을 이었다.

"아까 잠깐 언급했듯이 복제 기술은 성공률이 낮습니다. 1퍼센트 미만이라는 말도 있어요. 유명한 돌리도 배아 276개를 사용하고서야 복제에 성공했다고 하니까요. 하지만 아리마 교수의 연구 성과를 분석한 결과 아리마 버전 복제 인간의 성공률은 15퍼센트였습니다. 이건 어마어마한 수치예요. 이 노하우를 살리지 않으면 어쩌자는 겁니까."

어려운 이야기는 잘 모른다. 하지만 흉악 범죄로 사망한 사람을 복제 인간으로 되살리자는 아사히나의 주장은 도저히 이해할 수 없었다. 죽은 자가 다시 태어나는 세상. 그런 세상이 있어서 되겠는가—.

"생명의 무게는 중요해." 가와무라는 목소리를 짜냈다. "생명에는 무게가 있어. 어차피 복제 인간으로 다시 태어날 수 있는 세상이 되면 생명의 가치를 경시하게 돼. 아닌가?"

"아, 생명의 가치요. 철학적인 방향으로 흘러가는군요."

"깝죽대지 마. 넌 어차피 어머니의 복제 인간을 만들고 싶은 것뿐이잖아. 아사히나 가에데는 네가 여섯 살 때 죽었어. 쇠약사였지. 넌 어머니 곁을 떠나지 않으려 했다지?"

아라카와구의 공영주택에서 어머니가 죽은 후 아들 아사히나 마사루는 보육원에 맡겨졌다.

"용케 알아내셨네요." 아사히나가 작게 웃고 말했다. "어머니는 옛날이야기를 들려주듯 제게 이런저런 이야기를 해주셨습니다. 아버지에 대해서도, 아버지가 만든 복제 인간에 대해서도요. 체세포로 복제 인간을 만들 수 있다는 건 알고 있었어요. 그래서 어머니가 돌아가셨을 때 머리카락을 몇 가닥 뽑아서 간직했죠. 언젠가 아버지가 나타나 어머니의 복제 인간을 만들어줄 거라 기대하고서요."

하지만 아버지는 나타나지 않았다. 그래서 어린 소년은 다른 방법을 생각했다. 자기 힘으로 아버지와 만나기로 했다. 도쿄 대학교에 합격해 후생노동성에 들어갔다. 돌스라는 조직을 알아내 거기 배치해 달라고 상층부에 탄원했다.

"돌스에 배치된 후 아버지의 연구 성과를 확인하고, 이건 숨겨야 할 기술이 아니라 좀 더 널리 활용해야 할 기술이라고 판단했습니다. 그렇잖아요? 획기적인 기술은 사용해야 의미가 있으니까요."

"그렇게 자랑스러운 아버지를 왜 죽였나?"

"아까도 말씀드렸듯이 그건 안조 미나가 멋대로 저지른 짓입니다."

합당한 설명이 아니다. 가와무라가 더 추궁하려 하자 침묵을 지키던 다카쿠라가 입을 열었다. 자기 여자친구 이야기가 나오자 잠자코 있을 수 없었던 것이리라.

"가르쳐 주세요, 아사히나 씨. 미나에게 무슨 일이……무슨 일이 있었던 겁니까?"

"너도 알다시피 안조 미나는 유산한 후로 상태가 안 좋아졌어. 정신적으로 많이 힘든 것 같더군. 네게는 비밀로 하고 정신건강의학과에서 심리 상담도 받았어. 난 그 병원에서 안조 미나의 상태를 알아내고 상담사로 가장해 접근했어. 오해하지 마. 순수하게 걱정돼서 그런 거야."

아사히나가 설명했다. 부모가 없는 안조 미나는 애정 결핍을 느끼며 성장했다. 덧붙여 유산한 탓에 엄마가 되지 못하는 것 아니냐는 불안에 짓눌렸다. 자신이 복제 인간이라는 사실을 듣고 그 불안감은 최고조에 달했다.

"그래서 아버지를 만나게 해 주려고 아리마 교수가 어디 있는지 알려 준 거로군요?"

다카쿠라의 질문에 아사히나가 대답했다.

"그래. 엄밀히 말하자면 아버지는 아니지. 안조 미나를 만든 장본인이기는 하지만."

안조 미나가 정신적으로 얼마나 불안했는지는 알 길이 없고, 무슨 생각이었는지도 상상이 안 된다. 아무튼 안조 미나는 고민한 끝에 아리마 교수를 죽이기로 결심했다. 그 정도까지 궁지에 몰렸던 안조 미나의 등을 떠민 건 아사히나였다. 그렇지만 정작 본인은 태연한 어조로 말했다.

"안타까운 결과가 나왔지만 말이야. 뭐, 아버지도 치매로 폐인이 됐겠다, 결국은 닥쳐야 할 일이 찾아온 건지도 모르지."

가와무라는 아사히나의 무책임한 언사에 화가 났다. 안조 미나는 불행한 희생자다. 가와무라는 그 생각을 굳게 되새겼다.

"왜 미나만 여자인가요? 미나는 아리마 교수의 복제 인간이잖아요. 그럼 남자여야 할 텐데요. 왜 미나는 여자죠?"

그건 가와무라도 의문이었다. 오리지널이 남자면 복제 인
간도 남자가 될 것이다. 뭔가 수작을 부렸겠거니 했지만, 왜
그랬는지는 알 수 없었다.

"착각하지 마. 안조 미나는 아버지의 복제 인간이 아니
야."

그랬나. 지금까지 안조 미나가 아리마 교수의 복제 인간
인 클론 7호인 줄 알았다. 이니셜도 일치한다.

"안조 미나의 오리지널은 아다치 마키야. 민영 방송국 아
나운서에서 정치가로 변신한 사람이지."

아다치 마키는 가와무라도 안다. 현재 국회의원이고 남
자에게 인기가 많은 미인 정치가로 유명하다. 안조 미나의
얼굴을 떠올렸다. 얼굴을 제대로 본 건 아니지만, 분명 비슷
한 구석이 있는 것 같았다. 전직 아나운서이자 현역 국회의
원. 얼굴도 널리 알려진 사람이라 복제 인간의 정체를 비밀
에 부친 건가.

가와무라는 아사히나에게 물었다.

"안조 미나는 7호가 아니야?"

"아닙니다. 안조 미나는 클론 6호예요."

돌스 내부에서도 극히 일부밖에 정체를 모른다는 클론 7
호. 지금도 어딘가에서 감시를 당하며 비밀리에 살아가고

있는 건가.

"복제 인간 감시에는 막대한 비용이 듭니다." 아사히나가 설명했다. "특히 10대 때는 능력이 발현되지 않도록 늘 여럿이서 감시할 필요가 있어요. 학교에 감시원을 잠입시키거나, 어떨 때는 보수를 주고 내부 협력자를 만들기도 하죠."

그건 상상이 갔다. 예를 들어 나쓰카와 이쿠토를 음악에서 떼어 놓기 위한 여러 조치에는 어마어마한 비용이 투입됐을 것이다.

"그 막대한 비용을 조금이라도 절감하기 위해 복제 인간을 같은 학교에 보낼 때도 많았습니다. 예를 들어 클론 3호 이시카와 다케시와 클론 4호 나쓰카와 이쿠토는 한때 같은 보육원에서 지냈죠. 2호와 5호도 같은 보육원 출신이고, 1호와 4호는 같은 중학교에 다녔습니다. 이 정도 말했으면 대충 상상이 가실 텐데요?"

전혀 모르겠다. 가와무라는 다카쿠라의 상태가 이상하다는 걸 깨달았다. 입을 벌린 채 아사히나를 보고 있지만 그 눈은 공허했다. 다카쿠라가 중얼거렸다.

"……설마, 내, 내가……."

"드디어 알아차린 모양이군. 네가 왜 여기 있는지, 왜 네가 선택됐는지, 그걸 생각해 보면 알겠지. 네가 일곱 번째 복제 인간이야."

그게 무슨……. 다카쿠라 류세이가 복제 인간. 가와무라는 그 사실을 좀처럼 받아들일 수가 없었다.

가령 다카쿠라가 복제 인간이라고 치자. 그렇다면 그는 지금까지 돌스의 감시를 받아 왔을 것이다. 그런 다카쿠라가 현재 경찰관이라는 사실은 과연 뭘 의미할까.

그렇다. 지가는 알고 있었던 건가. 그래서 사이버 범죄 수사관을 현장에 활용한다는 명목으로, 본인 의사와는 상관없이 이 사건에 끌어들인 건 아닐까.

"저, 저는……." 다카쿠라가 목소리를 쥐어짰다. "저는 누구의 복제 인간입니까? 혹시……아리마 교수의 복제 인간인가요?"

아사히나가 대답했다. 부드러운 말투였지만 내용은 칼날처럼 냉혹했다.

"아니. 아버지는 자신의 복제 인간을 만들 사람이 아니야. 네 오리지널은 28년 전, 전국을 떠들썩하게 만든 엄청난 유명인이지. 바로 살인마 레오나르도 다미야야."

~~~~~

한기가 느껴졌다. 서 있을 수가 없었다. 어느덧 류세이는 거실 바닥에 무릎을 꿇었다. 머리 위에서 아사히나의 목소리가 들렸다.

"레오나르도 다미야는 아버지가 나가노시에서 발견되기 한 달 전에 체포됐어. 방송에서 매일같이 레오나르도 다미야 이야기를 떠들어 댄 덕분에 나가노시에서 아기 일곱 명이 발견됐다는 뉴스는 그렇게 화제에 오르지 않았지. 레오나르도 다미야는 에이린 대학교 부속 병원에서 정기 검진을 받았어. 난 아버지의 시각이 잘못되지 않았다고 생각해. 우수한 사람의 복제 인간만 만들어 봤자 의미 없잖아. 레오나르도 다미야 같은 범죄자의 복제 인간이 어떻게 성장할 것인가. 이만큼 흥미로운 실험은 또 없겠지."

레오나르도 다미야. 헤이세이(1989~2019년까지 사용된 일본의 연호-옮긴이 주) 시대를 통틀어 최악의 명성을 날린 연쇄 살인마다. 류세이도 이름 정도는 안다.

도쿄도 시나가와구 출생. 대학 졸업 후에 대형 상사회사에 취직. 회사에서는 실적도 좋고 친구도 많았다. 레오나르도 다미야의 범죄가 발각된 후, 친구들은 그가 그런 짓을 했을 리 없다고 입을 모아 말했다.

레오나르도 다미야가 살해한 여성은 총 열두 명. 전부 텔레폰 클럽이라는 전화 통화 알선 업소를 통해서 만난 10대부터 20대 여성이었다. 레오나르도 다미야는 다채로운 살해 방법으로 악명을 떨쳤다. 칼, 총, 독극물, 밧줄, 추락 등 온

갖 방법을 사용했고, 체포된 후에는 스스로 살인 예술가라고 칭했다. 살인범으로 수배되고 체포되기까지 1년 반 정도 걸렸다. 아리마 교수는 채취한 체세포 샘플에서 레오나르도 다미야의 샘플을 발견하고 사용하기로 했을 것이다.

"거, 거짓말하지 마." 류세이는 간신히 목소리를 짜냈다. "레오나르도 다미야의 얼굴은 나도 본 적 있어. 내 얼굴과 닮은 구석이라고는 하나도 없었다고. 만약 내가 그의 복제 인간이라면 밖을 돌아다닐 때 알아보는 사람이 있었을 거야."

레오나르도 다미야라는 이름으로 검색하면 그의 얼굴 사진을 쉽게 구할 수 있다. 류세이도 고등학생 때 반쯤 장난삼아 친구들과 검색해 봤다.

"레오나르도 다미야는 친할아버지가 미국인인 쿼터 혼혈이지만, 외모는 일본인과 다를 바 없었다는 모양이야. 성형 수술도 여러 번 받았다더군. 인터넷에 나도는 그의 얼굴은 성형 후의 사진이 대부분이라고 들었어."

"하지만 저는 아버지가 계세요. 양아버지가 아니라 한 핏줄인 아버지가요."

올해로 일흔 살인 아버지는 이타바시구 나리마스에 산다. 어머니는 류세이가 어렸을 때 돌아가셨지만, 아버지는 피가 이어진 친아버지다. 100퍼센트 단언할 수 있다. 하지만 아사히나는 아주 간단하게 류세이의 믿음을 깨부쉈다.

"호적이야 어떻게든 조작할 수 있지. 정부가 주도해서 벌인 일이니까 말이야. 네 아버지는 경찰관이었어. 지금의 지가 씨와 같은 입장이었던 사람이지. 복제 인간 일곱 명 가운데 너만 이질적이었어. 언제 살인자의 재능이 싹터도 이상할 것 없잖아? 그래서 현직 경찰관—네 아버지가 늘 눈을 번뜩이며 지켜보았던 거야."

거짓말이다. 그럴 리 없다. 하지만 머리 한구석에서는 냉정한 판단력이 고개를 쳐들었다. 확실히 류세이는 아버지와별로 닮지 않았고, 사진으로 본 어머니의 얼굴에서도 닮은부분을 찾아낼 수 없었다. 그리고 정부가 관여한 이상, 호적조작은 식은 죽 먹기였을 것이다.

"사이코패스라고 알아?" 아사히나가 말을 이었다. "반사회성 인격 장애가 있는 사람을 지칭하는 말이야. 몹시 냉혹한 성격과 감정의 결여가 사이코패스의 특징이지. 하지만사이코패스라고 해서 무조건 비정상적인 범죄자가 되는 건아니고, 평범하게 생활하는 사람도 있대. 레오나르도 다미야도 사이코패스였어. 그의 복제 인간인 너도 사이코패스기질이 있고. 예를 들면 몇 시간 전에 여자친구가 반죽음을당했는데도 넌 아무렇지도 않은 얼굴로 여기 와 있지. 이게감정의 결여가 아니면 뭐겠어?"

그런가. 이제 류세이도 자기 자신을 못 믿을 지경이었다.

난 흉악한 범죄자의 복제 인간인가. 그래서 중환자실에서 미나의 얼굴을 보고도 눈물 한 방울 흘리지 않았던 건가. 애당초 누군가 죽었을 때 슬픔을 느껴본 적이 있었던가. 생각하면 생각할수록 수렁에 빠져드는 기분이었다.

"넌 처음부터 선택받은 존재야, 다카쿠라. 클론 7호인 너와 1년 전에 죽은 여자아이를 되살리고 싶은 형사라. 찰떡궁합 같은 캐스팅이로군."

"닥쳐, 아사히나. 난 그 아이를 되살리고 싶지 않아."

아사히나와 가와무라의 말소리가 아득하게 들렸다. 난 대체 뭘까. 내가 나라고 여겼던 건 완전히 가짜였다. 나는 복제 인간. 게다가 오리지널은 사이코패스이자 흉악한 범죄자다.

뭐가 뭔지 모르겠다. 정신이 망가진 걸까. 아니다. 정신은 처음부터, 태어났을 때부터 망가져 있었다. 어쨌거나 나는 살인마의 복제 인간이니까.

류세이는 고개를 들었다. 아사히나가 웃음을 지었다.

"그나저나 참 웃겨. 연쇄 살인마의 복제 인간이 경찰관이라니."

"아사히나, 닥치라니까. 더 이상 입 열지 마." 가와무라가 끼어들었다. "네 음모는 실패했어. 복제 인간 실용화는 꿈도 꾸지 마. 아까 봤던 인터넷 생방송도 가짜야. 넌 속은 거라고."

아사히나의 입가에 맺혔던 웃음이 사라졌다. 아사히나가 당황한 기색으로 말했다.

"그게 무슨 소리야?"

"나는 잘 모르지만, 네가 본 건 가상환경이라나 봐. 안됐다, 아사히나."

류세이는 갑자기 머리채를 꽉 움켜쥐는 느낌을 받았다. 어느새 뒤에 서 있던 아사히나가 팔을 목에 둘러서 류세이의 움직임을 봉쇄했다. 뭔가 번뜩였다. 어느 틈엔가 아사히나의 손에 칼이 들려 있었다.

～～～

"당장 동영상을 제대로 재생해 주시죠. 시키는 대로 하지 않으면 가차 없이 죽일 겁니다."

"그만둬, 아사히나."

가와무라의 말에도 아랑곳없이 아사히나는 오른손에 들고 있던 칼을 다카쿠라의 목에 바싹 들이댔다. 다카쿠라는 표정 변화 없이 공허한 시선을 허공에 던졌다. 자신이 복제 인간. 게다가 오리지널은 희대의 살인마. 생각지도 못한 충격적인 진상에 할 말을 잃은 듯했다.

아사히나가 획책한 계획은 제지했다. 가토가 중심이 되

어 동영상 공유 사이트 운영 회사와 협의를 거듭한 결과, 오후 7시가 되기 직전에 가상환경이라는 다른 환경으로 옮겨 가서 그 환경에서만 아사히나의 동영상을 재생하도록 했다. 당연히 일반 시청자는 가상환경에서 재생되는 동영상을 시청할 수 없다. 시청할 수 있는 건 동영상을 올린 본인과 가상환경에 접속할 권한이 있는 사람뿐이다.

"이만 단념해, 아사히나. 더 이상 죄를 짓지 마."

"그 동영상을, 이쿠토의 '아이덴티티'를 전 세계 사람에게 들려줘야 한다고. 제발 부탁드립니다."

"안 돼. 복제 인간의 존재를 세상에 알릴 수는 없어."

애당초 아사히나의 계획은 무모했다. 아슬아슬하게 줄타기한 듯한 부분도 군데군데 보인다. 아사히나 본인이 가슴속에 끌어안고 있던 문제를 해결하고자 분별없이 행동한 결과가 이번 소동으로 이어진 것 아닌가 싶기도 했다.

"아사히나, 그만하자. 다카쿠라를 풀어 줘."

"가와무라 씨, 제 이야기 들으셨잖아요? 이 자는 연쇄 살인마의 복제 인간입니다. 지금 죽이는 게 사회를 위한 길일지도 몰라요."

"그만해, 아사히나."

갑자기 정적이 찾아왔다. 나쓰카와 이쿠토의 피아노 연주가 끝났다. TV 화면으로 눈을 돌리자 나쓰카와 이쿠토는 목을 가볍게 돌린 후 다시 건반에 손을 얹었다. 아까와 같은 곡이 흘러나왔다. 나루야마 이오리의 '아이덴티티'다.

그때였다. 마치 곡의 첫머리에 반응한 것처럼 넋 나간 표정이던 다카쿠라가 눈을 부릅떴다. 다카쿠라는 아사히나의 오른쪽 손목을 양손으로 꽉 잡고 머리를 힘껏 뒤로 젖혀서 아사히나의 코에 박치기를 했다.

"윽."

아팠는지 아사히나가 인상을 찡그렸다. 다카쿠라는 순식간에 아사히나의 오른손을 쳐서 칼을 떨어뜨렸다. 그러더니 아사히나를 벽으로 밀어붙이고 팔꿈치로 목을 눌렀다. 아사히나는 아무 저항도 하지 못하고 당했다.

아사히나가 거친 숨을 몰아쉬었다. 다카쿠라의 팔꿈치가 목을 파고들어서 숨을 쉬기 힘든 것 같았다. 이대로 놔두면 죽는다.

"다카쿠라, 안 돼."

가와무라는 양손으로 다카쿠라의 어깨를 잡고 아사히나에게서 떼어놓으려 했다. 하지만 다카쿠라는 꿈쩍도 하지 않았다. 힘을 더 주자 다카쿠라가 갑자기 돌아보았다. 이성을 완전히 잃은 눈이었다.

"다카쿠라, 정신 차려."

그 말도 다카쿠라의 귀에는 들어오지 않는 모양이었다.

다카쿠라가 덤벼들었다. 예상보다 힘이 세서 가와무라는 벌렁 자빠졌다. 가와무라의 몸에 올라탄 다카쿠라가 셔츠 옷깃을 움켜잡고 흔들었다.

"나, 나는……. 나는…….'

완전히 정신이 나간 듯했다. 가와무라는 밑에서 필사적으로 호소했다.

"다카쿠라, 멈춰. 넌 경찰관이야, 다카쿠라. 이봐, 듣고 있나."

"거, 거짓말. 경찰관이 아니야. 난……난 사, 살인자야."

거실 바닥에 떨어진 칼이 가와무라의 눈에 들어왔다. 아사히나가 들고 있었던 칼이다. 그걸 집으려고 손을 뻗었지만, 다카쿠라가 먼저 칼을 집었다.

다카쿠라가 칼끝을 바라보았다. 너무 무표정한 얼굴이라 가와무라는 얼어붙을 듯한 공포를 맛보았다.

"안 돼, 다카쿠라. 그러지 마…….'

다카쿠라가 칼을 고쳐 잡았을 때였다. 갑자기 나타난 사람이 뭔가로 다카쿠라의 뒤통수를 쳤다. 다카쿠라는 "컥" 하고 외마디를 흘린 후, 가와무라의 몸 쪽으로 폭 쓰러졌다. 가와무라는 다카쿠라를 끌어안으며 우뚝 서 있는 사람을 쳐다보았다.

지가였다. 사이버 보안 대책실 실장 지가가 거기 서 있었다.

"아사히나는 수갑을 채워서 경찰차에 태웠습니다. 어떻게 할까요? 이대로 경시청으로 연행해도 되겠습니까?"

거실로 들어온 하타케야마가 물었다. 가와무라가 어떻게 할까 생각하며 옆에 있는 지가를 보자 그가 대신 대답해 주었다.

"그러세요. 경시청과 이야기를 해 놓았으니까요."

"알겠습니다. 호송하겠습니다."

하타케야마가 거실에서 나갔다. 이미 방음실에 있던 나쓰카와 이쿠토도 보호해서 데려갔다. 거실에 남은 사람은 가와무라와 지가, 그리고 소파에 누운 다카쿠라 류세이뿐이다. 다카쿠라는 의식을 잃었을 뿐 다치지는 않았다.

"이번 사건, 어떻게 마무리 지을 생각이십니까?"

가와무라는 지가에게 물었다. 사망자가 다수 나왔으니 사건을 무마할 수는 없을 텐데. 게다가 복제 인간이라는 기밀 사항이 얽혀 있으니 매스컴에서 냄새라도 맡았다가는 성가시다.

"글쎄요." 지가는 태평한 어조로 대답했다. "복제 인간을 공개할 수는 없으니까요. 이번에도 잘 해결되지 않겠습니까. 제가 결정할 일은 아니지만."

마치 남의 일 대하듯 말했지만, 지가는 분명 경시청 상층부에 굵은 연줄이 있을 것이다. 아니면 이번 사건에 이렇게까지 깊게 관여할 수 없다.

"남은 복제 인간은 네 명입니다. 돌스는 앞으로도 활동할까요?"

복제 인간 세 명이 목숨을 잃었고, 남은 복제 인간은 다카쿠라 류세이, 나쓰카와 이쿠토, 안조 미나, 그리고 미국에 있다는 클론 5호뿐이다. 지가가 대답했다.

"규모는 작아지겠지만 활동은 계속하겠죠. 감시 대상이 줄었으니 일이 편해지지 않겠어요?"

왜 이번 소동이 발생했는가. 그걸 따지자면 28년 전으로 돌아가야 한다는 것이 가와무라 개인의 견해였다. 28년 전, 아리마 버전 클론의 존재를 은폐하기로 결정한 정부의 선택이 잘못이었다. 한 분자생물학자가 제멋대로 폭주한 결과물이지만, 그 과학적 성과에 헤아릴 수 없는 가치가 있다는 건 아마추어도 안다. 정식으로 공표했으면 이번 비극은 피할 수 있었을 것이다. 방금까지만 해도 가와무라의 생각은 그랬다.

하지만 다카쿠라의 비밀이 밝혀진 지금은, 28년 전에 정부가 내린 결단의 이면에 깊은 고뇌가 있었음을 깨달았다. 여성을 열두 명이나 살해한 살인마의 복제 인간. 그 존재를 세계에 공표하기는 어려웠을 것이다.

"처분하자는 의견도 있었나 보더군요. 그것도 소수의 의견이 아니었다고 들었습니다."

지가의 시선 끝에는 다카쿠라가 있었다. 다카쿠라에 관한 이야기임을 알아차리고 가와무라는 지가의 말에 귀를 기울였다.

"살인마의 복제 인간은 위험하다며 처분에 찬성하는 목소리가 커지는 가운데, 반대에 나선 사람이 한 명 있었죠. 경시청에서 돌스로 파견된 경찰관 다카쿠라 신이치였습니다."

당시 공안부 소속이었던 다카쿠라 신이치는 클론을 은폐하기 위한 조직인 돌스를 설립하기 위해 파견된 경찰관이었다.

"다카쿠라 씨는 자기가 복제 인간을 키우겠다고 주장하며 반쯤 억지로 호적에 아들로 올렸습니다. 조직 내부의 경찰관이 키운다면 두고 보도록 하자. 돌스도, 당시 후생성 간부도 그렇게 판단했다고 해요. 어쩌면 혹을 떼어 냈다고 생각했는지도 모르죠."

그 후 클론 7호는 출생의 비밀이 숨겨진 채, 엄중한 감시를 받으며 성장했다.

"10년 전 다카쿠라 씨가 퇴직하고 제가 직책을 이어받았습니다. 보기와는 달리 그렇게 좋은 팔자는 아니지만요."

"한 가지 궁금한 점이 있습니다. 왜 다카쿠라를 곁에 두

신 거죠?"

왜 다카쿠라를 사이버 범죄 수사관으로 발탁했는가. 아주 단순한 의문이었다. 원래는 민간 회사의 SE였을 것이다.

"처음에는 제 힘이 미치는 곳에 두는 게 좋겠다는 생각이었죠."

"그 생각이 바뀌신 건가요?"

"네. 가와무라 경위는 눈치챘겠지만, 역시 그는 다릅니다. 아직 힘의 절반도 발휘하지 않았지만 오리지널과 동등한 능력을 지니고 있어요."

사이코패스. 아사히나는 그 말을 사용했다. 무슨 뜻인지는 알지만 그런 존재를 의식한 적은 별로 없다. 하지만 그런 경향이 있는 자들이 반사회적 범죄를 저지른다고 들은 적은 있다.

"앞으로 반사회적 범죄자는 늘어나겠죠." 지가는 딱 잘라 말했다. "사흘 전에 발생한 여아 살해 사건도 그렇습니다. 2주일 전에도 비슷한 사건이 발생했어요. 이런 유의 범죄자들이 점점 더 교활해지지 않을까 우려되죠. 인터넷을 이용해 교묘하게 목표물에 접근할 수 있는 사회니까요."

"지가 실장님, 당신은……."

"다카쿠라 군의 능력을 살릴 수 있는 방법은 사이버 범죄 수사관밖에 없을 것 같았어요. 다카쿠라 군이 레오나르도 다미야의 복제 인간이라는 건 의심할 여지가 없는 사실이에요. 하지만 다카쿠라 군을 잘 이끌어서 힘을 올바르게 사용하게 하는 것이 제 책임이라고 생각합니다. 그러니 가와무라 경위, 앞으로도 협력 부탁드립니다."

레오나르도 다미야는 끔찍한 흉기였다. 하지만 그의 복제 인간인 다카쿠라 류세이는 악과 싸우는 칼날이 됐으면 한다. 그것이 지가의 바람이리라.

"네. 저야말로 잘 부탁드립니다."

가와무라는 웃는 얼굴로 대답한 후 천천히 일어섰다.

에필로그

약속 시간에 5분 늦은 가와무라 나오키가 오른손을 들며 류세이 곁으로 다가왔다.

"기다렸지, 미안해."

"아니요, 저도 방금 왔어요."

장소는 시부야역 앞이었다.

막 오후 6시가 지나서인지 역 앞은 사람들로 넘쳐 났다. 가와무라와 만나는 건 반년만이었다. 지난주에 직장으로 연락했길래 여기서 만나기로 했다.

"좀 걸어야 하지만 생선 요리가 맛있는 집이 있어. 거기로 가자."

류세이는 가와무라와 어깨를 나란히 하고 걸으면서 물었다.

"오랜만이네요. 잘 지내셨어요?"

"그냥 그렇지 뭐, 넌?"

"저도 그냥 그래요."

반년 전에 사건을 겪은 후 류세이는 두 달간 쉬며 구카이 (일본 헤이안 시대 초기에 활동하며 일본 불교의 초석을 다진 승려-옮긴이 주)와 인연이 있는 시코쿠 지방의 불교 사원 88개소를 순례했다. 텔레비전에서 순례하는 외국인을 본 것이 계기였다. 어차피 할 일도 없으니 한번 가 보기로 마음먹었다.

순례 중에도 감시를 당했다. 류세이는 복제 인간인 자신에게 앞으로도 계속 감시가 붙으리라는 걸 깨달았다. 본인이 복제 인간임을 류세이가 알고 있기 때문인지 감시원은 감시하는 모습을 감추려 들지도 않았다.

순례하는 도중에 고치현 무로토시에서 감시원과―확인한 건 아니고 류세이가 멋대로 감시원이라고 단정했을 뿐이지만―이야기를 나눌 기회가 있었다. 폭우가 내려서 우산을 쓰고 걸어가다가 돌풍이 불어 우산이 날아갔다. 비에 흠뻑 젖은 채 이러지도 저러지도 못하고 있으니, 남자 감시원이 다가와서 우산을 내밀었다. 감시원 두 명도 순례자 복장이었다. "감사합니다" 하고 류세이가 인사하자 감시원은 고개를 꾸벅 숙이고 물러갔다. 그로부터 한 시간쯤 후에 비가 그쳤다. 자판기가 있길래 류세이는 캔 커피를 두 개 뽑아서 뒤따라오는 감시원에게 주었다. 감시원은 난처한 표정을 지으면서도 캔 커피를 받았다. 한 달 반쯤 되는 순례 기간 가운데 가장 인상 깊었던 일이었다.

순례를 마치고 돌아온 후, 지가에게 전화해서 복직하고 싶다고 알렸다. 지가가 흔쾌히 승낙해서 류세이는 예전처럼 시나가와의 사이버 보안 대책실에서 일하고 있다. 오랜만에 복직해도 주변 동료들이 무관심하게 대해 줘서 고마웠다.

"여자친구는 어때?"

가와무라가 묻길래 류세이는 대답했다.

"잘 지냅니다."

미나는 기적적으로 목숨을 건졌지만 아직 퇴원하지 못했다. 후유증으로 두 다리가 마비돼 지금은 재활 훈련에 힘쓰고 있다. 다행이랄까 미나는 사건 전후의 일을 전혀 기억하지 못한다. 아사히나에게 세뇌당했다고는 하지만 아리마 교수를 살해한 범인은 틀림없이 미나다. 죽은 아리마 교수는 병사로 처리됐으며, 경찰은 현재 미나를 어떻게 해야 할지 고민하고 있다고 들었다.

"참 어렵군."

가와무라가 고개를 내저으며 말했다. 미나 이야기구나 싶어서 류세이는 대답했다.

"그러게요. 하지만 살아서 다행이에요."

"지가 실장님한테 네 활약상도 들었어. 대단하다던데."

"별것 아니에요."

복직하고 약 넉 달간, 류세이는 살인범 두 명을 찾아내서 체포로 연결하는 다리 역할을 했다. 범인은 둘 다 인터넷 게시글을 통해 알아냈다. 류세이는 자신이 범죄와 관련된 냄새를 맡는 후각 비슷한 능력을 지니고 있다는 걸 최근에 깨달았다. 그게 바로 자신의 오리지널과 동등한 능력일 것이다.

"하타케야마는 다음 달에 경시청으로 복귀해. 내 밑으로 들어올 거래."

"그거 잘됐네요."

도겐자카를 올라갔다. 신호가 바뀌길 기다리는데 가와무라가 "아참" 하고 스마트폰을 꺼내서 조작하더니 류세이에게 내밀었다.

"봐 봐."

가와무라가 촬영한 동영상인 듯하다. 바일까. 나쓰카와 이쿠토가 그랜드피아노를 치고 있다. 무슨 곡인지는 모르지만 아무래도 재즈 같았다. 가와무라가 설명했다.

"시모기타자와에 있는 바야. 1주일에 한 번 거기서 연주한대. 이 사람도 좋은 취미를 찾았군."

동영상 속 나쓰카와 이쿠토는 즐거운 표정으로 건반을 두드렸다. 류세이의 얼굴에 웃음이 맺혔지만 본인은 그런 줄도 몰랐다.

나란 존재는 뭘까. 복제 인간이란 뭘까. 과연 내 삶에 의미는 있을까. 류세이는 자기가 복제 인간이라는 사실을 알고

서 수없이 그런 질문을 던졌지만, 답은 나오지 않았다. 분명 나쓰카와 이쿠토도 마찬가지이리라. 그도 그 나름대로 고민하고 발버둥 친 끝에, 지금은 이렇게 피아노를 치고 있다. 그 사실이 단순하게 기뻤다.

"기뻐 보이는걸, 다카쿠라."

"네. 뭐랄까, 저희는 똑같으니까요."

신호가 파란불로 바뀌었길래 류세이는 스마트폰을 가와무라에게 돌려주고 걸음을 옮겼다. 맞은편에서 걸어오는 고등학생 같은 남자아이와 어깨를 부딪쳐서 류세이는 "죄송합니다" 하고 반사적으로 사과했다. 하지만 남자아이는 아무 말도 없이 가 버렸다. 류세이는 무심코 그 자리에 멈춰 섰다.

"다카쿠라, 왜?"

"아, 아니요. 아무것도……."

설마. 아사히나를 빼닮았다. 하지만 그런 일은 있을 수 없다. 그냥 비슷하게 생긴 남남이리라. 설마 극비로 자신의 복제 인간을 만든 걸까. 아니다, 그럴 리는—.

"빨리 가자, 다카쿠라."

그 목소리에 반응해 류세이는 횡단보도를 건너서 가와무라 옆에 섰다. 고개를 돌려 유심히 살펴보았지만, 아까 그 고등학생은 시부야의 인파 속으로 사라진 뒤였다.

CLONE
GAME

『脳死・クローン・遺伝子治療　バイオエシックスの練習問題』
加藤尚武(지은이), PHP新書(1999)
『クローン人間の倫理』上村芳郎(지은이), みすず書房(2003)
『휴먼 보디숍-생명의 엔지니어링과 마케팅』앤드류 킴브렐
(지은이), 과학세대, 김동광(옮긴이), 김영사(1995)

역자 후기

　무사시 대학교 인문학부 일본문학과 출신인 요코제키 다이는 대학생 때부터 순문학을 썼다고 한다. 그러다 문화센터의 창작 교실에서 미스터리 계열의 단편이 호평받은 것을 계기로 엔터테인먼트 소설을 쓰기 시작한다. 매년 장편소설을 한 편씩 써서 에도가와 란포상에 응모한다는 목표를 세우고 2002년부터 8년을 노력한 끝에, 2010년『재회』로 에도가와 란포상을 수상하며 데뷔한다.

　요코제키 다이는 에도가와 란포상 수상 소감에서 "거창한 세트나 요란한 개성 없이도 이야기를 쓸 수 있다는 사실을 알아차렸을 때 프로로서 출발 지점에 설 수 있었다"고 말했다. 그 말처럼 그는 눈에 띄기 위해 너무 욕심을 부리거나 의욕만 앞세우는 대신, 우직하게 집필에 몰두함으로써 한 해에 두 권꼴로 꾸준히 책을 내고 있다. 그중 한 권이 '복제인간'에 대해 다룬 이 책『클론 게임』이다.

1996년에 복제 양 돌리가 탄생해 전 세계에 충격을 주었다. 돌리의 탄생으로 줄기세포 연구가 엄청나게 변화하고 발전했으며, 멸종 위기에 처한 동물의 복제에도 진전이 있었다고 한다. 2022년 1월 유전자 교정 돼지의 심장이 세계 최초로 인간에게 이식되었을 때도 돌리의 복제 기술인 체세포 핵 치환 기술이 사용되었다고 하니, 복제 기술이 의료 영역에 새로운 지평을 열어 가고 있음은 분명한 사실이다. 하지만 복제 기술에 논란이 없는 것은 아니다. 바로 '복제 인간' 제작의 가능성 때문이다.

2018년에 영장류인 원숭이를 복제하는 데 성공했으니 인간 복제도 기술적으로 불가능하지는 않을 것이다. 하지만 체세포를 제공한 오리지널과 복제 인간이 얼마나 비슷할 것인가, 오리지널의 능력을 100퍼센트 발휘할 복제 인간을 만들어 낼 수 있는가, 복제 인간은 어떻게 사용되어야 할 것인가, 같은 질문이 여전히 남아 있다. 생명 안전과 윤리 문제를 고려해 여러 국가에서 인간 복제 실험을 법으로 금지하고 있기 때문이다. 그런데 요코제키 다이는 돌리가 탄생하기도 전인 1990년에 일본의 과학자가 복제 인간 일곱 명을 만들어 냈다는 설정 아래, 이러한 궁금증에 정면으로 도전한다.

요코제키 다이의 데뷔작 『재회』가 에도가와 란포상을 수상했을 때 심사위원 우치다 야스오는 '잘 짜인 플롯'을, 덴도 아라타는 '시점 이동을 통한 이야기와 수수께끼의 변화'를 호평했다. 실은 이 작품 『클론 게임』 역시 그러한 장점이 고스란히 살아 있다. 국가에서 비밀리에 감시 중인 복제 인간이 차례차례 살해당하는 긴박한 상황에서, 수사 1과의 베테랑 수사관과 사이버 보안 대책실의 풋내기 경찰관이 각각 시점 인물로 등장해 '누가 왜 복제 인간을 살해하느냐'는 수수께끼를 풀어 나간다. 한편으론 살해 대상이자 오리지널의 잠재력에 눈뜨는 복제 인간의 시점도 추가해, 분위기를 환기하는 동시에 긴장감을 더한다. 그리고 세 가지 시점에서 전개되는 이야기가 교차할 때 놀라운 사실들이 드러나며 독자에게 미스터리 소설만이 줄 수 있는 쾌감을 선사한다. '복제 인간'이라는 소재로 생각할 거리를 던져 주면서 엔터테인먼트적인 재미도 놓치지 않았다고 볼 수 있겠다.

사실 나는 2010년에 요코제키 다이의 『재회』 단행본이 발매되자마자 원서를 구입해서 읽었다. 그때 간략하게 적어 놓았던 감상을 읽어 보니 그렇게까지 마음에 들지는 않았던 모양이다. 하지만 이번에 『클론 게임』을 번역하면서 당시 느꼈던 미흡함을 보상받은 듯한 기분이 들었다. "이번 수상을 좋은 의미의 부담으로 받아들이고, 앞으로도 소설을 계속

써 나가겠습니다"라는 에도가와 란포상 수상 소감대로 요코제키 다이는 부담감을 극복하고 계속 발전해 나가고 있다. 우직한 작가 요코제키 다이의 작품이 앞으로도 한국에 많이 소개되기를 기대해 본다.

2023년 3월
김은모

클론 게임

1판 1쇄 인쇄	2023년 3월 15일
1판 1쇄 발행	2023년 3월 30일
지은이	요코제키 다이
옮긴이	김은모
발행인	황민호
본부장	박정훈
책임편집	김순란
기획편집	강경양 김사라
마케팅	조안나 이유진 이나경
국제판권	이주은 김준혜
제작	최태순
발행처	대원씨아이㈜
주소	서울특별시 용산구 한강대로15길 9-12
전화	(02)2071-2017
팩스	(02)749-2105
등록	제3-563호
등록일자	1992년 5월 11일
ISBN	979-11-6979-836-5　03830